黄金《きん》の烏《からす》

阿部智里

文藝春秋

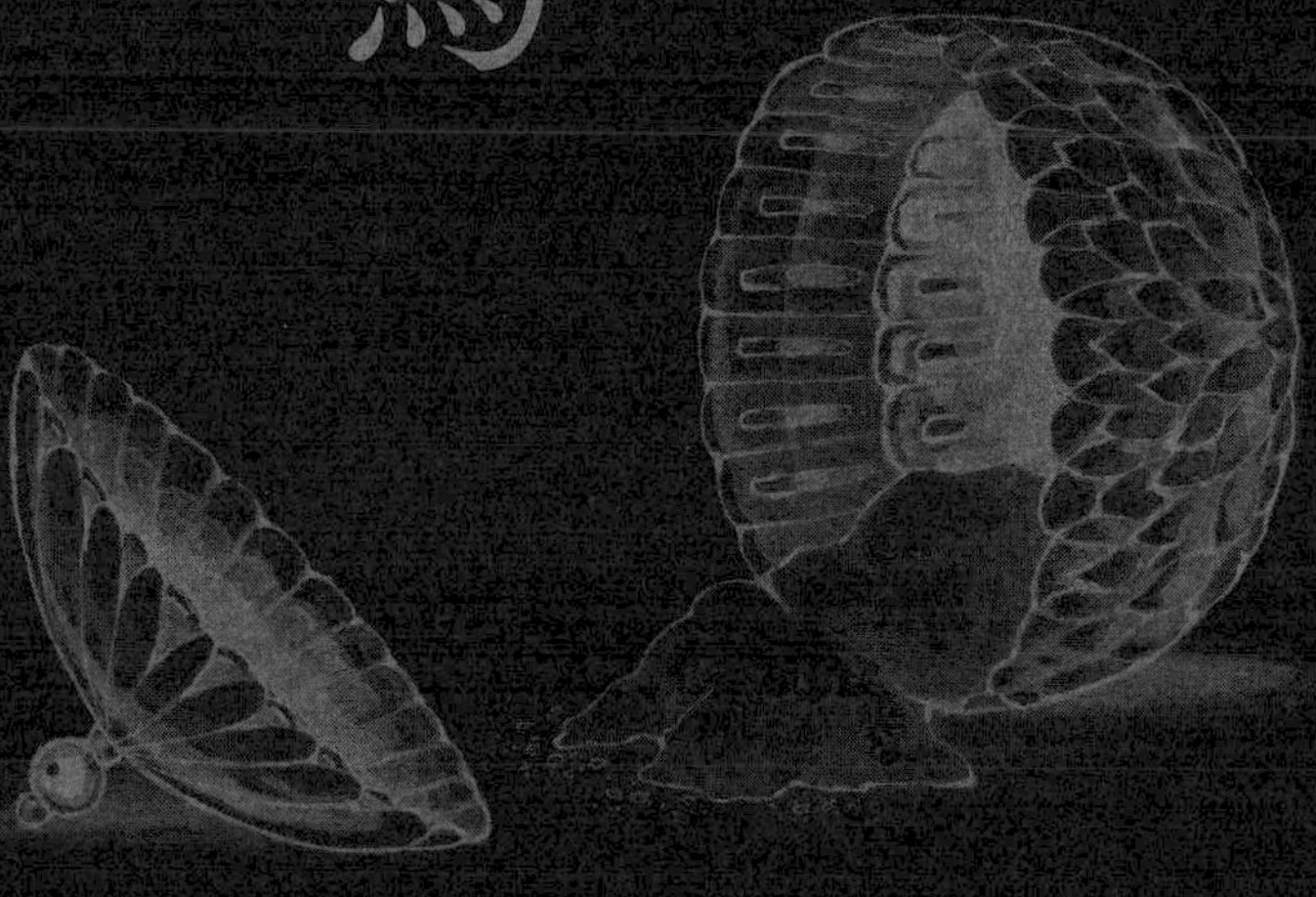

もくじ

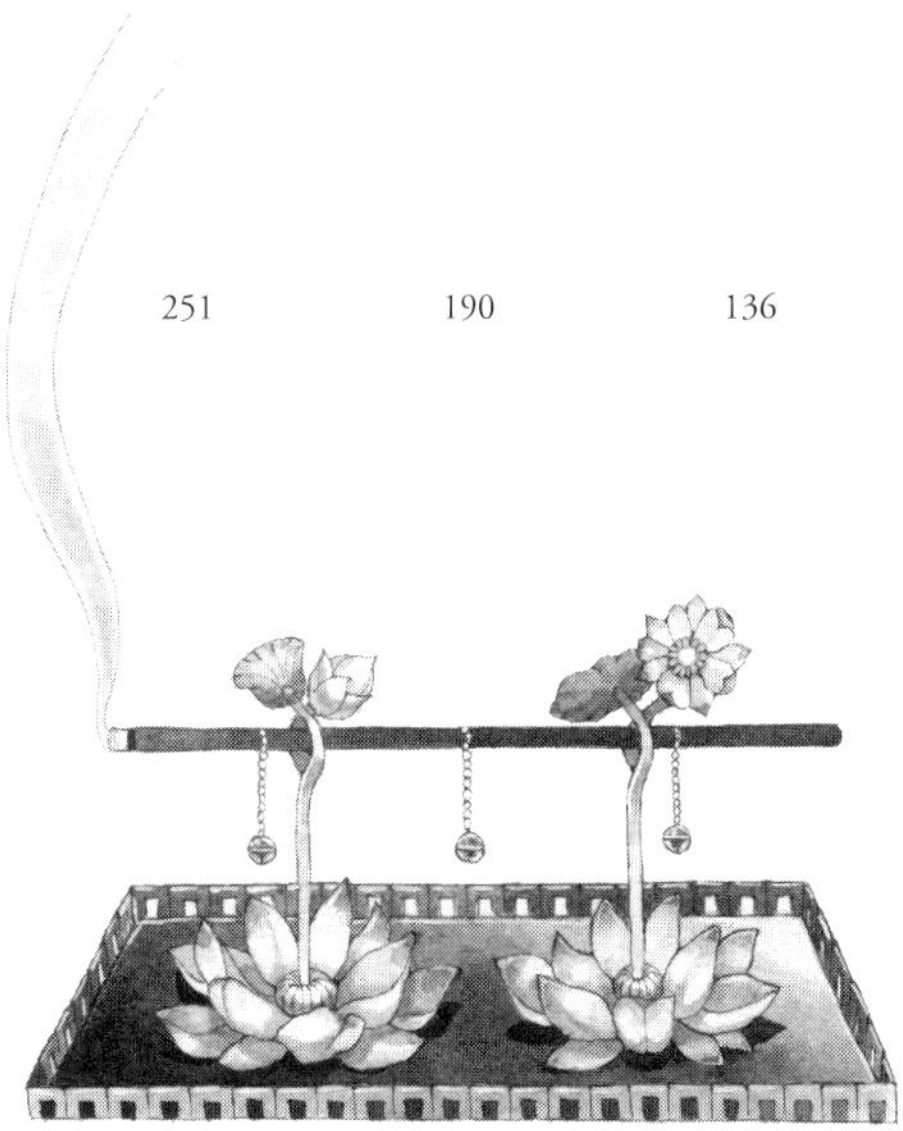

用　語　解　説

山　内（やまうち）

山神さまによって開かれたと伝えられる世界。この地をつかさどる族長一家が「**宗家**（そうけ）」、その長が「**金烏**（きんう）」である。東・西・南・北の有力貴族の四家によって東領、西領、南領、北領がそれぞれ治められている。

八咫烏（やたがらす）

山内の世界の住人たち。卵で生まれ鳥の姿に転身も出来るが、通常は人間と同じ姿で生活を営む。貴族階級（特に中央に住まう）を指して「**宮烏**（みやがらす）」、町中に住み商業などを営む者を「**里烏**（さとがらす）」、地方で農産業などに従事する庶民を「**山烏**（やまがらす）」という。

招陽宮（しょうようぐう）

族長一家の皇太子、次の金烏となる「**日嗣の御子**（ひつぎのみこ）」若宮の住まい。政治の場である朝廷の中心地「**紫宸殿**（ししんでん）」ともつながっている。

桜花宮（おうかぐう）

日嗣の御子の后たちが住まう後宮に準じる宮殿。有力貴族の娘たちが入内前に后候補としてここへ移り住むことを「**登殿**（とうでん）」という。通常ここで日嗣の御子に見初められた者が妻として選ばれ、その後は「**桜の君**（さくらのきみ）」としてこの桜花宮を統括する。

谷　間（たにあい）

遊郭や賭場なども認められた裏社会。表社会とは異なるものの独自のルールが確立された自治組織でもある。この地に住まう者を統括する幹部の住処は「**地下街**（ちかがい）」と呼ばれ、余所者の立ち入りは滅多に許されない。

山内衆（やまうちしゅう）

宗家の近衛隊。「**勁草院**（けいそういん）」という養成所で上級武官候補として厳しい訓練がほどこされ、優秀な成績を収めた者だけが護衛の資格を与えられる。

羽林天軍（うりんてんぐん）

北家当主が大将軍として君臨する、中央鎮護のために編まれた軍。別名「**羽の林**（はねのはやし）」とも呼ばれる。

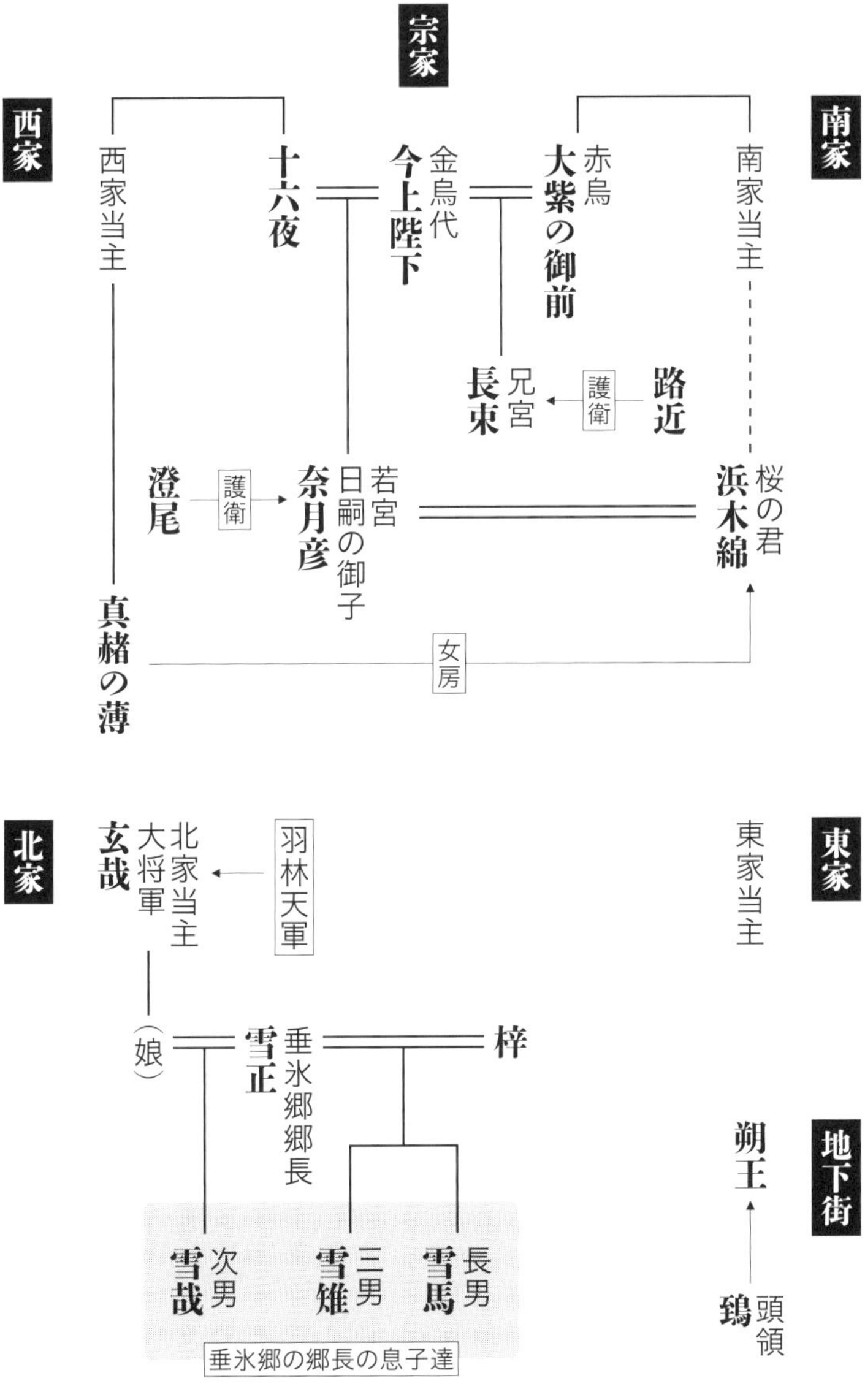

宗家
南家
南家当主
赤烏
大紫の御前
金烏代
今上陛下
十六夜
西家当主
西家
路近
護衛
兄宮
長束
桜の君
浜木綿
若宮
日嗣の御子
奈月彦
護衛
澄尾
女房
真赭の薄
東家
東家当主
地下街
朔王
頭領
鵄
梓
垂氷郷郷長
雪正
（娘）
羽林天軍
北家当主
大将軍
玄哉
北家
長男
雪馬
三男
雪雉
次男
雪哉
垂氷郷の郷長の息子達

金烏《きんう》とは、八咫烏全《やたがらすすべ》ての父《ちち》であり、母《はは》でもある。
如何《いか》なる時《とき》も、慈愛《じあい》をもって我《わ》が子《こ》たる民《たみ》の前《まえ》に立《た》たねばならぬ。
如何《いか》なる困難《こんなん》を前《まえ》にしても、民《たみ》を守護《しゅご》し、民《たみ》を教《おし》え導《みちび》く者《もの》であらねばならぬ。
金烏《きんう》とは、八咫烏全《やたがらすすべ》ての長《おさ》である。

『大山大綱《たいざんたいこう》』弐《に》「金烏《きんう》」より

黄金の烏

序章

あたしがそれを手に入れたのは、ほとんど奇跡みたいなものだった。

「これを、山の手のお屋敷に届けておいで」

そう言われた時、あたしは濡れた布巾《ふきん》で卓上を拭いていた。

古びた卓はいくら拭《ぬぐ》ってもきれいにはならず、どこかで酔漢が吐いたのか、窓からは饐《す》えた臭いが漂って来ていた。酒臭い空気に、いいかげん辟易《へきえき》していたところだったのだ。

あたしの働いていた酒場は、湖《うみ》に面した街の、裏通りにあった。

表通りには立派な旅籠《はたご》が並んでいたけれど、裏通りは地元の者や、湖で働く水夫《かこ》のための店がほとんどだ。客層も当然それに見合ったもので、あたしは毎日のように、酔っ払い達にちょっかいを出されていた。こんなところ、いつか絶対辞めてやると思っていたけれど、真面目に働いていれば、もっと良い働き口が見つかるかもしれないとも思っていた。だから、山の手のお使いにあたしが選ばれたのは、至極当然の事だった。

「お前は、他の者と違ってさぼらないからね。大事な届け物を任せても、大丈夫だろう」

酒場の女店主は、吝嗇家《りんしょくか》で人使いも荒かったけれど、人を見る目だけは確かだった。

荷物の届け先である山の手は、貴族達の住まう区域だ。場合によっては宮中の一部ともされるその一画は、下手をすればあたしなんかが、一生足を踏み入れる事もないような場所だった。

ただでさえ、宮廷のきらびやかな暮らしに憧れていたあたしは、そこに行けるのが嬉しくて、浮かれたまま中央城下と山の手を繋ぐ橋を渡った。

橋の向こうにある中央門をくぐってしまえば、そこはもう別世界だった。

――一歩足を踏み入れただけで、その場の空気の違いは、はっきりと感じ取れた。

貴族御用達のお店の店先は丁寧に掃《は》き清められ、水がまかれている。

どこか淀《よど》んだ酒場とは違う、澄みきった水の香りがした。

美しく整備された石畳に、お城と見紛うばかりの立派なお屋敷。

行き交う者が纏《まと》っている光沢のある上衣《うわぎ》は、絹で出来た物なのだろうか。

たっぷりとした袖を揺らし、歩きながら談笑する貴族の子弟達の物腰は、優美な事この上ない。その使用人と思《おぼ》しき男でさえ、あたしが普段暮らしている場所では、滅多に見られないような立派な恰好をしていた。

お屋敷に届け物をする道すがらで、あたしはすっかり打ちのめされてしまった。

山の手は、身分の差が顕著に現れるという意味で、中央で最も残酷な場所だったのだ。

襤褸《ぼろ》をまとった自分がみじめに思えて、堪らなくなった。そうして、自然と早足になった帰り道で、あたしは母親と思しき女と連れ立った、同じ年頃の娘とすれ違った。

春の光に輝く銀の髪飾りに、ふわふわとした流行《はや》りの衣。紅の単衣《ひとえ》の上に、薄絹を何枚も重ねたそれは、淡く繊細な彩《あや》を織りなしている。

まるで、朝に咲き初《そ》めた、一輪の芍薬《しゃくやく》の花みたいだった。

ここに来るために、精一杯の身支度をして来た自分が、この上なくみじめに思えた。あちこち擦《す》り切れた薄い着物は、自分が唯一持っている衣だったのに。

つい、顔を俯《うつむ》けるようにして、彼女の横を通り過ぎた時だ。

その娘が、懐から何かを落とした。

拾って見れば、それは、黒漆に野の花の螺鈿《らでん》が虹色に光る、見事な飾り櫛だった。

顔を上げれば、母親と楽しそうに談笑する、あの娘の後姿が目に入る。

寸の間、魔が差しかけた。

ここであたしが声をかけなければ、あの子は、どこでこれを失くしたかも気付かないだろう。あれだけ贅沢な恰好をしているのだ。きっと、同じような物をたくさん持っているはず。ここでこれを自分のものとしたところで、誰も困ったりはしない――。

そう思いながら、ため息をついた。

「もし。今、これを落としましたよ」

駆け寄って声をかければ、振り返った二対の目が見開かれた。

一瞬、粗末な身なりのあたしを見て、嫌な顔をされるかと思ったけれど、こちらの懸念《けねん》に反して、その子は「あっ」と声を上げただけだった。

「やだ、私ったら」

あたしの手から櫛を受け取った際に触れた彼女の手は、白くやわらかで、まるで労働という
ものを知らなかった。体が近付いた瞬間にふわりと良い香りがして、水浴びをして来たはずの
自分が、汗臭くないだろうかと急に不安になる。

「ありがとう。これは、とても大切なものなの」

そう言って、笑う顔には屈託がない。

「気を付けなさい。せっかく、お父様に買って頂いたものなのに」

「はぁい。ごめんなさい」

眉を寄せた母親の言葉に、首を竦《すく》めるようにして答える。「困った子だこと」と苦笑した母
親は、その笑みを穏やかなものに変えてこちらを見た。

「本当にありがとうございます。失くしてしまったら、大変でした」

「いえ……。とても、素敵な櫛ですね」

「でしょう！　すぐに使うのがなんだかもったいなくて、持ち歩いていたのだけれど、落とし
てしまったのでは意味がないわね」

その娘は唇に指先を当てて考えてから、それまで付けていたかんざしを抜き取り、代わって、
先程落としてしまった飾り櫛を挿した。

「どうかしら。似合う？」

「ええ。とっても」

潑剌《はつらつ》とした様子に、胸がつぶれるような思いがした。

ああ、本当に、違う世界の住人なんだなあ、と思う。

無理やり笑って言ったお世辞を、苦労知らずの少女は素直に受け入れた。そして鮮やかな笑顔を浮かべて、たった今抜き取ったばかりのかんざしの方を、あたしの手に握らせたのだった。

「櫛を拾ってくれたお礼よ。私よりも、あなたの明るい髪色の方が、きっとこれも似合うと思うわ」

じゃあね、と軽やかに手を振って、彼女はあたしに背を向けて去って行った。

降って湧いたような幸運がすぐには飲み込めず、あたしは手の中に残されたものを見下ろした。

それはとても可愛らしい、海棠《かいどう》の花を模したかんざしだった。

けぶるような花びらは、白糸のように細い銀線と、薄く剝《は》ぎ取られた桃色の水晶で出来ている。花芯の部分には珊瑚《さんご》の珠が埋め込まれており、ゆらゆらと揺れる銀の葉っぱは、太陽にかざせば、向こう側が透けて見えてしまいそうだった。

ちょっと力を入れれば、すぐに壊れてしまいそうなくらい、繊細な銀細工だ。

それが、水仕事で荒れてしまったあたしの手の中で、確かに燦然《さんぜん》と輝いていたのだった。

声にならない歓声が出た。

大急ぎで酒場に帰ってお使いの報告をする間も、あたしの頭の中はずっと、仕舞《しま》い込まれたかんざしの事でいっぱいだった。

今まで以上に頑張って働いて、このかんざしに合った着物を買おう。

いや、何も、このかんざしにこだわる必要はない。

いつか、あの娘の持っていたような飾り櫛も手に入れて、こんな掃き溜《だ》めのような場所を出てやるのだ。あたしだって綺麗に着飾れば、良い家の坊ちゃんに見初《みそ》められて、お嫁入りだって出来るかもしれない。今になって思えば、山の手で目にした青年達は、本当に素敵だった。整った顔立ちもそうだが、何よりも、育ちの良さが垣間見える所作は、この辺りでは絶対に見られないものだ。

そう。紳士的で、優しくて、あたしを心から好いてくれる殿方が良い。

いつか必ず、そんな人の奥さんになってやるのだ。

必ず。

そんな風に思いながら、跳ねるような足取りで、あたしは家に帰った。

裏通りから、さらに一本奥に入った、あまり手入れのされていない区画だ。山の手から帰って来たばかりだと、余計にみすぼらしく感じられるあばら家が、あたしの生まれた家だった。

「ただいま」

声を掛けながらすだれをめくって、しかし、思わず足が止まった。

――そこであたしを待ち受けていたのは、見慣れない、風体《ふうてい》の悪い男達だったのだ。
四、五人はいただろうか。

全員が妙にぎらぎらとした目で、あたしの頭のてっぺんからつま先までを、まるでねぶるように見つめていた。

ざわりと悪寒《おかん》がした。

すぐに逃げようとしたけれども、髪を背後から摑《つか》まれて、家の中に無理矢理引きずり込まれてしまった。悲鳴を上げ、必死に抵抗するあたしに向けて男が言ったのは、にわかには信じられない言葉だった。

「大人しくしろ。お前の父親は、もう金を受け取っているんだ」

「潔く諦めな」

「お前は、俺達に買われたんだよ」

下卑《げび》た笑い声、憐れみを帯びた声、何も考えていないような、呑気な声。

そのいずれも、興奮した荒い息の中では同じに聞こえた。

呆然とする私の目が、戸口から逃げるように去って行く、父親の丸まった背中を捉えた。

――それを見た自分が、何を叫んだかは覚えていない。

ただ、暴れた際に床へ落ちた花かんざしが、毛むくじゃらの足によって、無造作に踏み砕かれたのだけは、やけに鮮明に記憶に残っている。

ぐしゃりと潰された、海棠の花。

無残に飛び散る、銀の欠片《かけら》。

留め金から外れた珊瑚の玉が、少しだけ転がる。

だが、転がって行く先を見届ける前に、黒い影が覆《おお》いかぶさって来たせいで、あたしはそれ以上、何も見えなくなってしまった。

転がって行った珊瑚の行方は、今も分からない。

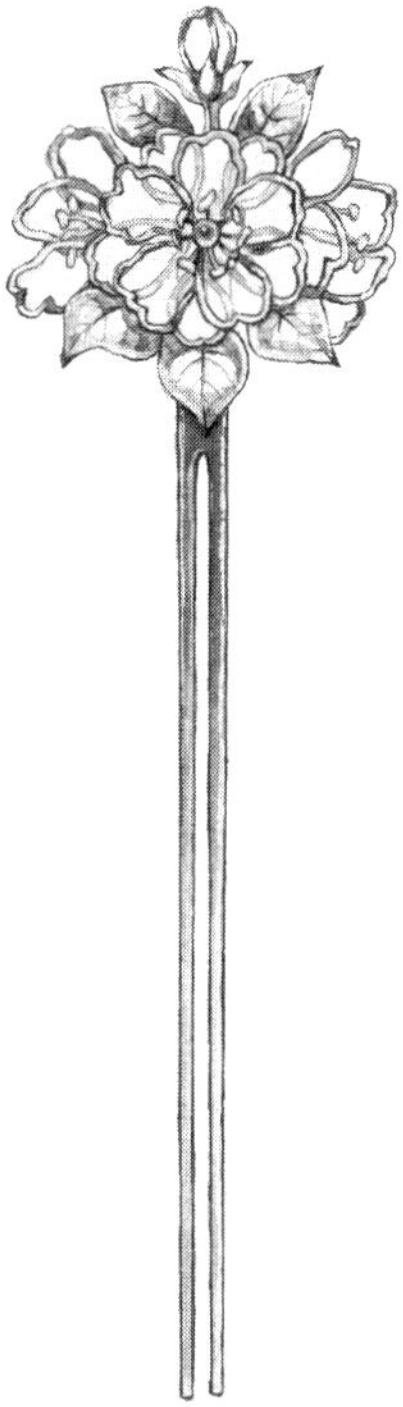

第一章　垂氷郷《たるひごう》

「雪哉《ゆきや》、いいかげんに起きなさい」

肩のあたりを優しく叩かれて、雪哉は目を覚ました。

真っ先に目に入ったのは、こちらを覗き込んでいる、目元に笑い皺の浮かんだ母の顔であった。

「……おはようございます」

寝惚け眼《まなこ》を擦《こす》りつつ言えば「はい、おはよう」と、呆れたように返される。

「と言っても、本日二回目のおはようですけどね。もうすぐお昼の時間ですよ」

言われて、雪哉はぽかんとした。

周囲を見回せば、自分が横になっていたのは自室の寝床ではなく、火の気のない囲炉裏端《いろりばた》である。開け放された扉から心地よい風が吹き込み、黒光りする板の間には、鮮やかな緑が映り込んでいる。

普段騒がしい兄と弟の姿は見えず、鳥の声以外は、ひどく静かであった。

「兄上とチー坊《ぼう》は？」

「とっくに下に行っていますよ」

「下？　今日って、何かありましたっけ」

「何かって、梅を漬ける手伝いをする約束でしょう」

寝惚けているらしい息子に、母は小さく眉根を寄せた。

「まさかお前、どこか具合が悪いんじゃないでしょうね」

額に手を伸ばされて、雪哉は慌てて飛び起きる。

「体調は大丈夫です。すみません、ちょっとうっかりしていました」

「そう？　では、一回顔を洗ってからお行きなさい」

「はい」

草履《ぞうり》をつっかけて外に出て、湧き水を引いた水場へと向かう。竹筒の先から落ちる水で顔を洗ってから、岩の窪みに溜まった水面を覗き込んだ。

結い上げられた、やや茶色を帯びた頭髪は、寝癖も手伝って好き勝手な方向に跳ね回っている。寝過ぎたせいか顔はむくみ、普段から間違っても美少年とは言われない顔が、輪をかけて不細工になっていた。

癖っ毛を無理やりまとめてから、強めに顔を叩いて気合いを入れ直す。それから、母屋の裏口から顔を覗かせ、家人《けにん》と話している母に声をかけた。

「母上、行ってきます」

「行ってらっしゃい。後で差し入れを持って行くから、みなさんによろしく伝えてね」

「はい」

羽織っていた着物を脱いで床に置き、両腕に軽く力を込める。そうすると、薄い靄《もや》のようなものが纏《まと》わりつき、次の瞬間には黒い衣――羽衣《うえ》となっていた。何度か飛び跳ね、羽衣を体に馴染《なじ》ませてから駆け足になると、屋敷の表へと向かう。

雪哉達の住む屋敷の表口は、大烏《うま》や飛車《とびぐるま》が降りたり飛び立ったり出来るよう、広い車場《くるまば》となっている。その先は空に向かって張り出した崖になっているのだが、ここは、郷長屋敷《ごうちょうやしき》で生まれた子どもにとって、恰好の遊び場であった。

駆け足から徐々に速力を上げ、助走をつける。

人の姿のまま、勢い良く崖から飛び出した雪哉は、空中で体を一回転させ、すばやく体を変化させた。

全身の羽衣は黒い羽毛に変わり、骨格がぐにゃりと引き伸ばされる心地がする。

三本足の大烏《おおがらす》へと転身《てんしん》した雪哉は、ついさっきまで両腕だった翼を広げ、緩やかに滑空していった。

眼下には、のどかな田畑《でんぱた》が広がっている。

田植えを直前にした田んぼには既に水が入れられており、吹きわたる風に、鏡のような水面を揺らしていた。

山に囲まれた盆地であるこの辺りには、郷長一家が居住する山城――役所として郷政《ごうせい》を行う屋敷と、郷吏《ごうり》とその家族が生活するための集落が存在している。

畑の間にはしっかりした家々が並び、穏やかな暮らしぶりを垣間見せていた。

美しい水田を越えた先、なだらかな山の斜面の一角に、目指す梅林がある。

そこから、大きな籠を背負って出て来る一団を見つけて、雪哉は「しまった」と心のうちで呟《つぶや》いた。

「遅いよー、坊ちゃん」

「収穫はもう終っちゃったよ」

彼らの上空までやって来ると、下から、からかい混じりの声を掛けられる。雪哉は地表ぎりぎりで人の姿に戻り、一団の前にすとんと着地した。

「おばさん、ごめん！　何か、二度寝しちゃったみたいで」

「相変わらずだねえ」

「でもまあ、こっちも坊ちゃん達が来る前から、始めちゃっていたからね」

仕方ないと笑うのは、郷吏の妻や母親、娘達だ。

彼女達の多くは、普段は山城のふもとにある郷長所有の田畑を耕したり、郷長一家の身の回りの世話などをして暮らしている。

雪哉はここ、北領《ほくりょう》が垂氷郷《たるひごう》、郷長一族の次男坊であった。一応は彼女らの主家に当たる人物であったが、手伝いが必要な時にはすぐに駆り出されるし、特別扱いはほとんどされてこなかった。彼女達からすれば親戚のようなものなのだろうし、雪哉からしても、それは同じなのである。

「宮仕《みやづか》えから帰って来たら、少しはしっかりするかと思ったんだけど」

「一年ぽっちじゃ、何にも変わらなかったねえ」

「いいさいいさ！　のんびりしているのが、坊ちゃんの良いところだもの」

「無理に変わる必要なんかないさね」

口々に言われた言葉に、雪哉は眉尻を下げた。

「本当にごめんよ。来たからには、人一倍頑張るからさ」

「じゃあ、そうしてもらおうかね」

笑い声が明るくなったところで、「雪哉ァ！」と怒鳴る声がその場に響いた。

「お前、遅い」

視線を転じれば、子ども達の集団の中に、兄と弟の姿を見つけた。

兄は、十五になった雪哉よりもひとつばかり年長なだけであったが、小柄な自分よりも頭一つぶん上背があった。頭髪には癖がなく、比較的端正な顔立ちをしている。その隣を歩く末弟も兄とよく似た風貌をしているので、つくづく、血のつながりの分かりやすい二人だと雪哉は思う。

男の中では兄が一番年長なせいか、どうやら子守りを押し付けられたようだ。目を三角につり上げてはいるものの、背中に赤ん坊を背負い、両手に幼児を引き連れたその姿に、威厳《いげん》は微塵も感じられなかった。

「そう言うくらいなら、起こしてくれりゃ良かったのに」

兄に駆け寄り、赤ん坊を引き受けながら言うと、馬鹿にしたように鼻を鳴らされる。

「まさか、こんな時間まで寝ているとは夢にも思わなかったんでな。大体、朝飯食ってから寝る奴があるか」

「言っておくけど、俺は一応声をかけたからね。それでも起きなかった、雪哉兄《にい》が悪いんだぜ」

澄まして言ったのは、チー坊こと弟の雪雉《ゆきち》だ。その背中には小さめながら、たっぷりと青梅の入った籠が担がれている。

雪哉は苦々しく呻《うめ》いた。

「ああもう、俺が悪かったよ」

「分かったのなら無駄口叩かず、きりきり働くんだな」

兄に嫌みを言われながら、この辺りで一番広い水場へと向かう。

次の作業に移るのは午後からという話になり、昼飯を作りに行った女達が、小さな子ども達を引き取って行った。食事が出来るまでの間、手持ち無沙汰になってしまった郷長家の三人兄弟は、一足先に梅の実を洗う事にして、柿の木陰を選んで座った。

まだ蚊も出ていないし、爽やかな初夏の風が、汗ばんだ額を撫でて行くのが気持ち良い。

梅の実に当たって弾けた水飛沫《みずしぶき》が、木漏れ日を受けてきらきらと光っている。

日光を透かした緑が美しい枝葉の下で、三兄弟は無心に手を動かし続けた。

「しかし、兄上がこんな時間に雑用とは珍しい。父上の手伝いはどうしたんだ？」

弟二人とは異なり、いずれ郷長の跡目《あとめ》を継ぐ長男の雪馬《ゆきま》は、いつもなら父の手伝いで表に詰めている時分である。

雪馬は笊《ざる》に載せた梅を転がしながら「それがな」と変な顔になった。

「街道沿いで問題があったとかで、父上が出て行ってしまわれたのだ」

郷長がいなくても支障のない雑務は、郷吏が引き受けてくれたそうだ。おかげで、雪馬にはやる事がなくなってしまったのだと言う。

「有《あ》り体《てい》に言えば、邪魔だと言って追い出された。父上が帰って来るまでは、こっちの手伝いでもしておこうかと思ってな」

「それは見上げた心がけだね。今年の梅は量が多かったみたいだし」

そう言った雪哉の横で、目を瞬《またた》かせた雪雉が、不意に梅の実をひとつ、つまみ上げて見せた。

「確かに、数は多いかもしれないけどさ。なんか、一個一個が小さいと思わない？」

言われてみれば、収穫した青梅は数こそ多かったが、実そのものは小ぶりである。以前は、もっとずっと大きく、一本の木から採れる数も多かったのにと、収穫の最中で話題になったらしい。

「梅だけじゃなくて、野菜とかも、最近はあんまり出来が良くないんだって。雪哉兄は、中央でそういう話を聞かなかった？」

雪哉はつい二月前まで、中央で宮仕えをしていた身である。

宮廷では地方の特産品の中でも、上等なものしか使われないから、実体験としてそれを感じた事はほとんどない。だが、作物の不作については、耳に胼胝《たこ》が出来る程聞いた覚えがあった。

「ああ……。米の出来が悪いってのは、よく言われていたよ」

「やっぱりそうなんだ」

南の方じゃ大水もあったって言うし、嫌だねえと首を振る弟の言葉は、恐らくは女達の受け売りだ。大人ぶっている弟に曖昧《あいまい》な笑みを返して、雪哉は洗い終えた青梅を笊から籠へと移した。

弟は「嫌だねえ」の一言で済ませていたが、中央だったらこの後に「これも全て、若宮殿下《わかみや》のせいだ」という陰口が続いていただろう。

いずれ、この山内《やまうち》の地を背負って立つ日嗣《ひつぎ》の御子《みこ》、若宮殿下は、雪哉が中央で仕えていた相手であった。

若宮は、山内で最も尊い貴人でありながら、評判の良かった実兄を譲位させて宗家《そうけ》の後継に収まったという、悪名高い男でもあった。そのため宮廷内に敵も多く、ここ数年の不作や大水までが「本来の則《のり》を乱した若宮のせい」にされるという、非常に苦しい立場にあったのだ。

短い間ではあったが、雪哉が仕えている間にも天災の責任を若宮に求める声は多く聞こえて来た。今でもそういった話を聞くと、複雑な心境にならざるを得なかった。

思わず、顔を背けるように視線を遠くへ向けた雪哉は、青く晴れ渡った空の中に、一つの黒い影を見た。

大烏である。

雪哉の視線を追った兄と弟も、すぐにその姿に気が付いた。

「父上が帰って来たのかな」

末弟の言葉に、雪馬が「違うだろう」と返す。

「騎乗している者が見えない。『馬《うま》』じゃなくて、鳥形《ちょうけい》の八咫烏《やたがらす》じゃないか？」

雪哉達、八咫烏の一族は、人形《じんけい》と鳥形という、ふたつの姿を持っている。

このうち、鳥形の姿を取る事は、八咫烏にとって「恥ずべき事」「行儀の悪い事」とされていた。雪哉のような武家の地方貴族、里烏《さとがらす》、山烏《やまがらす》などと呼ばれる平民は、鳥形にも抵抗が無い場合が多かったが、中央貴族である宮烏《みやがらす》などは、一度も鳥形になった記憶がないまま一生を終える者も少なくはなかった。

基本的に八咫烏は「人形《じんけい》のまま暮らしたい」と考えるのが、普通なのである。

それというのも、人の姿での生活が立ち行かなくなり、一生を鳥形のままで過ごさなければならなくなった者は、もはや八咫烏として扱ってもらえなくなるからだ。自由に人形《にんげん》になれない代わりに、食事の面倒を見てもらえるよう、飼い主と契約した八咫烏は家畜として働き、『馬』と呼ばれるようになるのだ。

だが、徐々にこちらに近づく鳥影は、馬にしては飼い主が見えず、鳥形の八咫烏にしては、あまりにも落ち着きが無いように見えた。

「……何か、様子がおかしくない？」

かなり離れているはずなのに、ギャアギャアと鳴く声が聞こえる。その上、まるで溺れているかのように、無茶苦茶な飛び方をしている。

「俺、ちょっと見て来る」

雪哉が言えば、よし、と雪馬が頷《うなず》いた。

「じゃあチー坊、お前は郷吏達に報《しら》せて来い。あの分だと、どこか怪我をしているのかもしれない」

「分かった！」

「頼んだぞ。俺は、おばさん達に声を掛けて来る」

兄が駆けだす気配を感じながら、雪哉と雪雉は、鳥形へと転身した。

郷長屋敷へと飛んで行く末弟に背を向けて、雪哉は迫り来る鳥影に向かい、一直線に飛び立った。飛んでみて分かったが、やはり、上空に強い風があるというわけではない。あそこまで羽ばたく必要はないはずである。

不審者の顔を視認出来る所まで近づいて、雪哉はぎょっとした。

飛び方を忘れたように羽ばたく烏は、とても正気には見えなかった。

黒い嘴《くちばし》は開きっぱなしで、舌は垂《た》れ、泡を吹いている。目玉はぐるぐると忙《せわ》しなく動き回り、意味を成さない奇声は、耳を劈《つんざ》かんばかりだった。

――あんた、一体どうしたんだ。

並んで飛びながらカア、と強く声をかけたものの、聞こえていないどころか、こちらの姿も見えていないようである。大声を怪訝《けげん》に思ったのか、集落のあちこちから、大人の八咫烏が顔を出し始めた。

——何があった、坊。

弟から話を聞いたらしい、仕事をしていたはずの郷吏が、雪哉のすぐ近くまで飛んで来た。

「見ての通りです」と翼を翻《ひるがえ》せば、異常な様子が伝わったのだろう。わずかに考えた後、郷吏はガア、と声を上げた。

——一旦、地上に下ろしてやろう。手伝ってくれ。

了解の意味を込めて緩やかに降下し、雪哉と郷吏は場所を入れ替わる。声を掛けながら、ゆっくりと近づいて行った郷吏は、しかし次の瞬間、不審者に組みつかれて怒号を上げた。

——てめえ、何をする！

不審者は三本足で郷吏の体をがっちり摑むと、その喉笛に嚙みついたのだ。翼をまるで手のように使い、郷吏の体を押し包もうとする。当然、そうなればまともに飛べるはずもないのに、まるで、自分が鳥形である事を忘れてしまったかのような動きだった。

——おじさん！

ひと固まりになって墜落する二羽に、雪哉は叫んだ。郷吏は必死になって不審者を振りほどこうとするが、間に合わない。

畑にいた者達が、上空の異変に気が付いて、慌ててその場を離れる。

どしゃん、という鈍い音と共に、二羽は真っ逆さまのまま、畑の中に落っこちてしまった。

「おい！」

「あんた、大丈夫かい」

打ち所が悪かったのか、郷吏は呻いたきり、鳥形のまま蹲《うずくま》っている。

駆け寄る八咫烏の姿を見て、雪哉はひやりとした。一緒になって落ちた不審者の体が、わずかに動いたのが目に入る。

――おばさん、近付いちゃ駄目だ！

雪哉の警戒の声とほぼ同時に、不審者が勢いを付けて起き上がった。嘴は割れ、額から血を流している。それなのに、構わず目の前の女達に向けて嘴を振り下ろそうとする姿に、雪哉は覚悟を決めた。

鳥形のまま急降下し、その後ろ頭を思いっきり蹴りつける。

不審者に襲われて腰を抜かした女が、後退《あとずさ》りながら悲鳴を上げた。

「坊ちゃん！」

――早く逃げて！

変な姿勢で落ちたせいか、不審者の翼は不自然に歪んでいる。空までは追って来られないと踏んで、雪哉は急降下と急上昇を繰り返しながら、大烏の体にしつこく蹴りを入れ続けた。案の定、飛べなくなったらしい不審者は雪哉の挑発に乗り、ぎこちなく羽ばたきながら後を追おうとする。

もう少しすれば、郷長屋敷から応援が来るはず。それまで粘れば、こっちのもんだ！

雑な攻撃をかわし、宙返りして嘴から逃れた雪哉はしかし、畑の向こうで、呆《ほう》けている幼児がいる事に気が付いた。逃げおおせた女の一人が、子どもをここから遠ざけようと、駆け寄って行くのが見える。

すばしこい雪哉に苛々《いらいら》していた不審者が、立ちすくむ子どもと、女の背中に顔を向けた。

ああ！　くそ、こっちを向け。

雪哉は必死になって蹴りを繰り出すが、不審者は、こちらの攻撃を完全に無視してかかった。

八咫烏のものとは思えない、吠えるような鳴き声を上げると、三本の足をがむしゃらに動かし、まるで、獲物を見つけた蜘蛛《くも》のように、女と子どもへと襲いかかって行く。

子どもを抱きしめた女が、恐怖にひきつった顔で振り返る。

やられる、と雪哉が思った、その時だった。

――背後から、何かが頭の上を通り越し、雪哉の顔に一瞬だけ薄い影を差した。

凄《すさ》まじい勢いで飛んで来たのは、今度こそ本物の馬だった。

馬の背中に騎乗していた者が、放たれた矢のような勢いで鞍《くら》から飛び出す。そのまま大烏の頭に抱きつき、片手で嘴を鷲摑《わしづか》みにしながら着地したように見えた次の瞬間。

大烏の巨体が、くるりと宙を舞っていた。

黒い羽を撒き散らしながら回転した不審者の体が、地響きとともに土の上にひっくり返る。

雪哉が我に返った時、不審者は畑に顔を半分埋めるようにして、がっちりと押さえ込まれていた。

もがこうとする大烏を楽々とねじ伏せるこの男は、あろう事か、飛び込んだ勢いを殺さないまま、頭ごと捻《ひね》るようにして大烏を投げ飛ばしてしまったのだ。

「怪我はないか？」

落ち着いた様子で声をかけられた女と子どもは、目の前で起きた事態が信じられないのか、あんぐりと口を開いている。だが、やけに聞き覚えのあるその声に、雪哉は目を見開いた。

まさかと思いつつ、急いで人形《じんけい》に転身し、男のもとへと走り寄る。

その顔を確認して、雪哉は大きく息を吞んだ。

「やあ。久しぶりだな、雪哉」

飄々《ひょうひょう》とした物言いに反する強い眼差しは、忘れたくとも、忘れようのないものだった。

「あなたは――」

一体、どうしてここに。

呆然として呟けば、ちらりと、苦笑めいたものが瞳に浮かぶ。

「取りあえず、縄を持って来てくれないか」

話はそれからだと言って、彼は、困ったように腕の中を見下ろしたのだった。

帰宅した郷長を出迎えたのは、怪我をした郷吏と、縄でがんじがらめにされた鳥形の八咫烏、何故か女達から黄色い悲鳴を浴びる、見慣れない客人の姿であった。

最初は現状を把握出来ずに戸惑っていた郷長も、己の留守の間にあった事を聞いて血の気が引いた。

「頭のおかしい男が、襲って来ただと！　被害はどの程度だ」

「畑を荒らされ、郷吏が一人、怪我を負いました」

「重傷なのか」

「幸い、大した傷ではないようです。頭を打ったのは少し心配ですが、さっき目が覚めて、不覚を取ったと、悔しそうにしていましたよ」

不幸中の幸いです、と笑う長男に、郷長は肩の力を抜いた。

「それは良かった……全く、肝《きも》が冷えたぞ」

下手人の身柄は拘束してあるし、ひとまず、緊急の問題はないだろうと気を緩めた時だ。

「いいえ。安心するのは、まだ早いですよ」

凛と響いた声は、それまで、囲炉裏端で女達からひたすら酌を受けていた、客人のものである。女達の輪から抜け出して来たその姿を、郷長はまじまじと見つめた。

まだ若い男である。それも、とびきりの美青年だ。

年の頃は、長男の雪馬よりも二つか三つ上くらいだろうか。年の割に、大人びた雰囲気をしている。絹糸のような黒髪はすっきりとうなじでひとまとめにされ、肌は、白磁《はくじ》のように白く透き通っていた。その表情はとぼしく、冷《ひや》やかな程に整った造作と相まって、まるで人形のような男だと思う。

だが、線の細さに反して、切れ長の目の奥に、弱いところは微塵もなかった。身に着けているものは粗末であったが、その立ち居振る舞いには宮烏らしい気品が感じられる。

「お初にお目にかかります、垂氷郷郷長殿。私は墨丸《すみまる》と申します。本日、中央よりやって参りました」

郷長が口を開く前に、周囲にいた女達が、墨丸がいかにして自分達を助けてくれたのかを、熱っぽく、一斉にまくし立てた。

垂氷は、もともと武人の多い地方である。

そのせいか、中央貴族風の優男《やさおとこ》は馬鹿にされ、武骨な男らしい男が好まれる風潮があったのだが、顔が美しい上に腕も立つとなれば、また話は違って来るらしい。

郷長自身、内心では「この華奢《きやしや》な若者が！」とにわかには信じがたい気持ちではあったが、郷民を助けてくれた事は疑いようもなく、丁重に礼を述べたのだった。

「しかし、安心するのはまだ早いとは、どういった意味ですかな」

問い返せば、墨丸の瞳がきらりと光った気がした。

「その件で、お話をしたくてまかり越しました。街道沿いで噂の件と言えば、お分かり頂けるでしょうか」

思いがけない言葉に、郷長は、はたと墨丸の目を見返した。

「もしや、さっき襲って来た八咫烏は」

「何の理由もなく、おかしくなったわけではないでしょう。僭越《せんえつ》とは思いましたが、郷吏達に頼んで、既に身元を調べてもらっています」

一応、雪馬殿にも了解を頂きましたがと続けられ、郷長は目の前の青年の認識を改めた。

「これは失礼した。中央からというのは、朝廷からという意味でしたか」

はいと、墨丸が素直に頷く。

「此度《こたび》の訪問も、主《あるじ》の命《めい》によるものです。つい二月前まで、雪哉殿とは親しくさせて頂いておりました」

「では、貴公の主というのは――」

郷長が驚きのまま口を開こうとしたところで、妻の梓《あずさ》が、やんわりと間に入って来た。

「色々と、積もる話もおありでしょう。どうぞ、夕餉《ゆうげ》の席にいらして下さい」

そこでようやく郷長も、興味津々にこちらを窺《うかが》う周囲の様子に気が付いた。こちらにじっと視線を向ける女達と、戸口で鈴なりとなっている子ども達を見て、墨丸も梓の言葉に頷く。

「では、お言葉に甘えまして」

場所を移し、改めて運ばれて来た夕餉の膳には、女達が張りきったせいもあり、ちょっとした御馳走が並んでいた。

山盛りになった、香ばしい若鮎の塩焼き。

出汁《だし》のきいた具だくさんの山菜汁からは、香ばしい味噌の香りが、湯気とともに湧き立っている。朴《ほお》の葉に載せて焼いたつくねの上には、甘辛いタレと半熟の卵黄がトロリとかかって、今にも零《こぼ》れ落ちそうだった。山で採れた山菜を揚げたてんぷらは、さくさくとした金色の衣に、一ふりの塩をかけるくらいでちょうどいい。

美味《うま》そうな料理を前にして、まずは一献《いっこん》、と大ぶりな椀を受けた墨丸は、一息にそれを飲みほして見せた。

「いやはや、見事な飲みっぷり」

「北領の地酒がうまいからでしょう」

「これはどうも、嬉しい事を。北領の者は、みんな酒好きですからな」

「どんどん召し上がって下さいませ。雪哉が、一年もの間お世話になったのですもの。どうぞ遠慮なさらず」

にこにこしながら膳を運んで来た梓の言葉に、墨丸は真面目な面持ちとなった。

「いえ、世話になったのはこちらの方です。ご子息には、色々と助けられる事が多かった。若宮殿下も、雪哉殿が垂氷に帰ってしまうと聞いて残念がっておられましたから」

まあ、と目を輝かせた妻の横で、郷長は苦笑いした。

「そうおっしゃって頂けるのは有難いが、どうか、世辞は止《や》めて頂きたい。あれが若宮殿下から放逐《ほうちく》された件は、とっくに承知しておりますので」

「父上！」

突然、咎《とが》めるような声を上げたのは、それまで大人しく控えていた長男、雪馬である。

「せっかく、中央の話をして下さるのです。私は、雪哉が中央でどういう働きをしていたのか、聞きとうございます」

見れば、末の息子もムッと唇を尖《とが》らせ、梓も困ったように眉尻を下げている。能天気な顔で箸を口に運んでいるのは、あれと呼ばれた本人ばかりである。

「働きと言っても、お前……。どうせ、雪哉の事だ。ろくな話は聞けないだろうに」

苦い顔で言い返せば、一座の者を順繰りに眺めていた墨丸が、小さく首を傾げた。

「それは、どういった意味でしょう」

「実際に何があったかは、雪哉本人から聞いておるのです」

側仕《そばづか》えの数が少なかったため解雇こそされなかったが、雪哉の仕事の出来は、相当酷いものであったという。さんざん周囲に迷惑をかけ、若宮殿下からも呆れられて、最初に約束した一年が来るのを待ちかまえるようにして宮中から追い出されたのだ、と。

「若宮殿下からも、呆れられて」

ゆっくりと郷長の言葉を反芻《はんすう》して、墨丸は何か言いたそうな視線を雪哉に向けた。雪哉は我関せずとばかりに、黙って汁をすすっている。

「お恥ずかしながら、愚息三人の中でも、雪哉は特別どんくさい子でしてな」

困ったものです、と頭を振りながら、郷長はいかに雪哉が駄目な息子かを言い立てた。

「武家の子なのに、度胸も剣の腕もない。長男と打ち合っても、まともな仕合《しあい》にならなかったためしがないのです。頭の血のめぐりも人一倍悪くて」

「まあ、若宮殿下がどうお考えかは、私には分かりません」

延々と続けるつもりだった郷長の言葉を、墨丸が自然な調子で遮《さえぎ》った。

「ですが、一緒に働いた私の意見を述べさせて頂けるのであれば、雪哉殿は大変優秀だったように思いますよ」

「お心遣い、痛み入ります」

「本当の事です。だからこそ、こうして私はこちらに伺ったのですし」

やっと本題に入った気配を感じて、郷長は顔つきを改めた。

「と、申しますと？」

「雪哉殿を少しの間、貸して頂きたいのです」

雪哉が、口に含んでいた汁物を噴き出した。盛大に咳き込む当人を無視して、郷長は片方の眉をつり上げた。

「雪哉を、ですか。これはまた、どうして」

「若宮殿下から仰せつかった仕事を、手伝って欲しいのです。中央から北領へ、禁制の薬が流れているようですので」

「禁制の薬？」

げほげほとうるさい次男坊の背中をさすっていた雪馬が、怪訝そうに顔を上げた。

「それは、麻葉《まよう》とかですか」

「いいや。麻葉などよりも、ずっと性質《たち》が悪いものだ。麻葉は、あれはあれで、谷間《たにあい》の連中がきっちり管理しているから」

谷間とは、中央に存在する荒くれ者達のたまり場の事である。

その規模はひとつの街を形成する程に大きく、朝廷の規制も届かない無法地帯となっている。朝廷の禁止した危険物も普通に流通しているような所だが、谷間には谷間なりの規律が存在している。住み分けが出来ているとでも言うのか、流通経路も販売相手も決まっているから、放っておいてもあまり害はないのだ。

しかし今回のものは違う、と墨丸は言いきった。

「谷間の連中が売買を仕切っているわけではないから、山の手に住まう貴族にまで被害が出ている」

入手経路も、精製場所も不明。現物は手に入らず、その原材料さえ見当が付かない。ただ、薬の犠牲になる者の数だけが、むやみやたらと増えている状況なのだ。

その薬は、使用すると素晴らしい多幸感、全能感を得られる代わりに、数回の服用だけで、人形《じんけい》を取れなくなるらしい。中には、人形に戻れなくなったまま正気を失い、衰弱死してしまった者や、自ら命を絶ってしまった者もいるという。

「それってもしかして、今日の奴みたいな感じ？」

説明を聞いていた末っ子が、堪え切れなくなったように嘴を挟んで来た。墨丸は雪雉に向かい、生真面目に頷いて見せた。

「いかにも。薬の名は『仙人蓋《せんにんがい》』という」

「仙人蓋……」

「若宮殿下がこの薬の存在を知ったのは、今から十日程前でした」

花街《はなまち》からの陳情書に紛れて、気が狂《ふ》れて、鳥形のまま暴れ回っている遊女がいるという報告があったのだ。不穏な内容に、関係各所に問い合わせをしてみると、ここ半月ばかりの間に、分かっているだけでも二十名以上の八咫烏に同じ症状が出ていると知らされたのである。

「最初は、何らかの病かと思われたのだが、どうにも様子がおかしい。谷間へと行ってみると、原因はすぐに分かった。谷間では、やはり山の手より先に薬が出回っていたらしくてな。二月近くも前から、仙人蓋の売買も使用も厳しく禁じられて、それが周知徹底されていたのだ」

谷間を取り仕切るのは、多くの手下を持ち、それぞれが自分の縄張りを守る親分連だ。

この親分連の間では、定期的に会合が開かれる。会合での決定事項は、ひとつの例外もなく、谷間全てに共通する規則となる事になっていた。

「とはいえ、派閥ごとの利害関係もあるからな。大きな決め事など、近頃はほとんどなかったのに、仙人蓋に関しては満場一致の決定だったとか」

それだけ危険な薬であるとも言えたが、何にしろ、朝廷は仙人蓋の対応において、谷間に完全に後れをとってしまった。結果、中央に住む里烏を中心に被害が広まり、若宮の耳にも噂が届くようになったのだ。

そこまで聞いた雪馬が、険しい顔を父親へと向けて来た。

「……その仙人蓋が、今は垂氷にまで流れて来ているのですか」

「認めたくはないが、おそらくはそうなのだろうな」

先日、街道沿いに怪しげな薬が出回ったという報告が入って来た。郷長屋敷に注意喚起の報せが届いたばかりだったため、郷長は一応中央へも連絡し、今日は様子見に出たばかりだったのである。

「現地で、何か分かりましたか」

身を乗り出した墨丸に申し訳なく思いながら、郷長は首を横に振った。

「それが、通報した者も『こんな薬があるのだが、買わないか』と持ちかけられただけのようで……残念ながら、特に有益と思える情報は、見つかりませんでした。出回った量も少ないのでしょうが、現物も手に入らなかったくらいでして」

その、出回ったわずかな仙人蓋を服用した者が、今日の襲撃者になったのだろう。

「お恥ずかしながら、私の認識が甘かったようです。これ程までに差し迫った問題だとは思いもよらず、のこのこと帰って来てしまいました」

早速、明日からは本格的に調べさせ、郷民に対しても布告を出しましょうと告げれば、墨丸は重々しく頷いた。

「今のところ、中央以外で仙人蓋と思しき被害が確認されたのは、垂氷だけです。一刻も早い対応をお願いいたします。若宮殿下もこの一件に関しては、非常に心を痛めておいでですので」

おそらく、数日中に朝廷が正規の調査を求めて来るだろうが、それでは遅いと考えて、墨丸を派遣したのだと言う。郷長の調べと並行して、こちらも勝手に動いて構わないだろうかと問われ、郷長は快く許可を出した。

「しかしそうなると、愚息に手伝わせるには、いささか荷が重いような気がしますな。墨丸殿さえよろしければ、郷吏をお伴にお付けいたしますが……」

次男坊に多大な不安を抱いている郷長は言葉を濁したが、墨丸はそれを、とんと意に介さなかった。

「お気遣いなく。郷吏の仕事を邪魔するわけには参りませんし、雪哉殿の方が、色々と気安く物事を頼めますので」

「ああ、なるほど」

難しい仕事ではなく、雑用をやらせるつもりなのかと、郷長は納得した。

「そういった事でしたら、どうぞご遠慮なく」

容赦なくこき使ってやって下さいと言えば、仏頂面でそっぽを向いていた雪哉が、苦虫を噛み潰したような顔をこちらに向けた。

「本人の了承もなく、勝手に決めないで下さいよ……」

「お前が拒否出来る立場か、馬鹿息子」

鼻を鳴らした郷長に対し、雪馬が何かを言いかけて、迷ったような様子を見せてから口を噤《つぐ》んだのだった。

食事を終え、一息ついた頃である。

客間前の廊下に跪《ひざまず》き、雪馬は静かに声を上げた。

「墨丸殿。遅くなってしまいましたが、湯殿《ゆどの》の支度が整いました。お背中をお流しいたします」

すぐに襖《ふすま》が開かれ、驚いた表情の墨丸が顔を出した。

「雪馬殿。お湯を用意して頂いたのは有難いのだが、背中を流すなど、わざわざ貴公にして頂く事ではありますまい」

客人の湯浴《ゆあ》みを手伝うのは、本来であれば、下男か下女のする仕事である。百歩譲って雪哉か、雪雉であればまだ分からなくもないが、次期当主である雪馬がやって来るなど、本来ならば考えられない話だった。

雪馬自身、それは重々承知していた。だからこそ今回は、家人にも口止めをして、家族にも内緒で墨丸のもとを訪れたのだ。

「申し訳ありません。ですが、明日の朝には発《た》たれてしまうのですよね」

今しか話せる時間がないのだとほのめかせば、墨丸も、すぐにぴんと来たようだった。

「……分かった。いささか心苦しいが、お願いしよう」

客人の察しの良さに感謝して、雪馬は墨丸を湯殿へと案内した。

とは言っても、この屋敷の湯殿なんてものは、中央のそれとは比べ物にならない。

宗家や、宗家に連なる四大貴族の屋敷には、体を浸せる浴槽もあるらしいと聞いているが、郷長は所詮、地家《じけ》と呼ばれる田舎貴族である。人が二、三人しか入れない小部屋に、他で沸かした湯を大きめの桶に溜めたものがせいぜいであったが、墨丸は文句ひとつ言わなかった。

熱湯と水を入れた二つの桶を運び入れながら、雪馬は湯帷子《ゆかたびら》を身に着ける墨丸に話しかけた。

「お湯をお使いになっている間だけでも、お話しさせて頂いてよろしいでしょうか」

雪哉の件で、と言うと、心得たように頷かれる。

「なんなりと」

雪馬は、空の桶に湯と水を入れ、ちょうど良い加減に調節した湯を墨丸の背にかけた。

「弟が、中央で働きを惜しまれていたというのは本当なのですか」

「本当だ」

間髪を容《い》れない返事であった。

墨丸はそれだけでは不足だと思ったのか、淡々と言葉を続けた。

「雪哉殿は、大変優秀だった。働きぶりも見事なもので、若宮殿下は、特に雪哉殿が朝廷を去るのを惜しまれていた。近習《きんじゅう》にも取り立てて、最後にはずっと自分の配下でいて欲しいと請《こ》うたくらいだ」

それを拒んだのは雪哉の方で、若宮が雪哉を放逐したなど、とんでもない話だと言う。

「郷長のお話を聞いて、こちらが驚いてしまった。雪哉殿は、中央で自分が何をしていたか、お父上には伝えていないのか？」

――やはりそうだったか。

心底不思議そうな墨丸を前にして、雪馬は深くため息をついた。

「雪哉は、自分は中央で何も出来なかった、と言っています」

中央から帰って来た雪哉の報告は終始一貫していた。

若宮殿下のお役に立てず、自分はずっと足手まといだった。人員が足らず一年間勤める事になったが、それもやむを得ずであって、他に側仕えが見つかれば、すぐにでもお役御免になったでしょう、と。

「父は、馬鹿正直にそれを真に受けているのです。ですが、そんなわけはあるまいと、ずっと思っておりました。今回、墨丸殿からお話を伺えて良かった」

墨丸が、問うような視線を寄越して来た。

「詳しくお聞きしても？」

雪馬は、一度深呼吸して覚悟を決めると、墨丸の目を真っ直ぐに見据えた。

「我ら三兄弟のうち、雪哉だけ、母親が違うという事はご存じですか」

雪馬の目を見返した墨丸は、ゆっくりと頷いた。

「知っている」

雪哉の実母は、雪哉を生んで、すぐに儚《はかな》くなった女《ひと》である。だが、その生まれは垂氷郷の主家にあたる、北家《ほっけ》であった。

なまじ、母親の身分が高かったのが災《わざわ》いした。

年がひとつだけしか違わない事もあって、かつては長男の雪馬を廃し、雪哉を次の郷長にしてはどうかという動きがあったのである。雪哉と雪馬、どちらが次の郷長となるかで、しばらくは揉《も》めていたのだ。だが、主家である北家の顔色を窺い、親戚達の攻撃に耐えかねた父は、結局、どちらを跡目にするとも明言出来なかった。

「ですから、私が跡目として認められるようになったのは、雪哉が私を立てるように振舞ってくれたおかげです。学問であれ、剣の仕合であれ、私と比べられると分かると、あいつはすぐに手を抜くのです。わざとだというのは明らかでした。だって、父が見ていない時の兄弟喧嘩で——口でも腕っ節でも、私があいつに勝てたためしは、一度だってないんですから」

　母も末弟も、それは承知していた。分かっていないのは父だけなのだ。

「雪哉が意図してぼんくらを装っているだなんて、父はちらとも考えていないのです。もしかしたら、そうと分かるのが怖くて、あえて考えないようにしているのかもしれません」

　雪馬は手を止めて俯いた。こんな事を、自分で言わなくてはならないのが非常に情けなく、それ以上に、雪哉に対して申し訳がなかった。

「きっと父は、安心したいのだと思います。私を跡継ぎにして良かった、自分の判断は間違っていなかった、と。実際は、父が私を選んだわけではなく、雪哉が私を後継ぎにしてくれたというのが本当ですが」

　そのため、母も自分も、雪哉に対して後ろめたいような気持ちを抱いてここまで生きて来た。雪哉が、父や親類達が言うような「ぼんくら」でないのは百も承知なのに、次男坊の気遣いに甘えなくてはならない立場にいて、やきもきし続けていたのだ。

だからこそ雪哉の中央入りは、自分や母にとって、心から喜ばしい事だった。

「……父が雪哉を軽んじ続ける限り、雪哉はずっとこのままです。だから、あいつが俺や母上に憚《はばか》らず、自由でいられるのなら、中央で生きていけば良いと思っていました」

雪哉を厭《いと》うているわけでは断じてない。

母は、雪哉を実の子として育てて来たし、家族であるという強い思いは、雪馬も雪雉も同じである。だから、いつまでも垂氷にいて欲しいと思う反面、雪哉がこの小さな地方の郷の中に収まって、自分の能力を無理やり押さえ込んで生きて行くのは、もったいないと思っていたのだ。

「なんで、あいつは戻って来てしまったのでしょう」

他でもない若宮殿下に引き留められたのなら、中央に残っても良かったはずである。むしろ、本人のためにはその方がずっと良かったのに。

助けを求めるように墨丸を見上げれば、中央から来た客人は、何かを思い起こすように視線を遠くへ向けていた。

「若宮に仕える事に、価値を見出せなかったようだ。自分にとって大切なのは家族と故郷だけだと、再三言っていたくらいだから」

「じゃあ、あいつはまだ、垂氷に囚《とら》われているんだ」

胸の奥をぎゅっと摑まれたような気分になり、雪馬は服が濡れるのも構わず、墨丸の横に両膝をついた。

「お願いです、墨丸殿。いずれ郷長になる以上、私には弟を救えません。どうか、私に代わって雪哉を、自由にしてやってはもらえませんか」

雪馬の様子をまじまじと見た墨丸は「顔をお上げなさい」と、静かに命令した。

そして、縋《すが》るような眼差しの雪馬と目が合うと、やわらかな微笑を浮かべたのだった。

なまじ見目《みめ》の良い男なだけに、笑うと一気に華やいだ雰囲気になる。

それまでの表情が薄かったせいもあり、まるで乾いた地面から、突然に花が湧いて出たかのような有様であった。しかも、その笑顔は美しいと言うよりも、まるで幼子を見守るように、優しげである。

急な表情の変化に面食らった雪馬に向けて「そう考えるのも早計なのではないか」と墨丸は穏やかに告げた。

「雪哉の、大切なものを守りたいという気持ちに嘘はない。その気持ちを無下にしてしまっては、あまりにあの子が可哀想だ」

雪哉殿は馬鹿ではない、それは貴方が一番よくお分かりだろうと、慰めるように墨丸は言う。

「私は、本人の意思に任せるのが一番だと思う。雪哉殿は聡明であると同時に、とても頑固でもあるから、きっと、他人に何を言われようが気にしないだろう。その代わり、本当に護りたいもの、やり遂げたい目標が見つかれば、君が今まで心配していたのが馬鹿らしくなるくらい、自由に羽ばたいて行くのではないかな」

弟を信じておあげなさいと諭されたような気がして、雪馬はなんとなく恥ずかしくなった。

年頃はあまり変わらないはずなのに、こうしていると、まるでずっと年上の八咫烏に相談しているような気分になる。

それを言うと墨丸は、微妙な顔を返したのだった。

「当たらずとも、遠からずかな」

＊　＊　＊

――一体、どうしてこうなった。

半ば頭を抱えながら、雪哉は目の前の背中を睨《にら》みつけていた。

墨丸と名乗る男が垂氷郷にやって来た、翌日の朝である。

垂氷のぼんくら次男こと雪哉は、笑顔で手を振る親兄弟、郷吏と郷吏の家族達に見送られ、墨丸とともに郷長屋敷を後にした。

墨丸の連れて来た馬に二人して乗り、空に飛び立ってしばらく。

間違っても誰かに話を聞かれる事のない所までやって来て、雪哉はこの一日、言いたくても言えなかった言葉をようやく吐き出せたのだった。

「何が『若宮殿下の使い』ですか」

こんな所に護衛の一人も付けずにやって来るなんて、と雪哉は息巻いた。

「ふざけるのも大概にして下さい、若宮殿下！」

墨丸――もとい、日嗣の御子こと若宮、奈月彦《なづきひこ》は、真面目くさった顔で言い返した。

「勘違いされては困る。若宮殿下は宮中にて、現在も立派にお役目を果たされている。今の私は、若宮殿下の側仕えである『墨丸』以外の何者でもない」

きちんと戸籍もあるしな、と、肩越しに身分を証明する手形を差し出される。背中につかまったまま、ひったくるようにそれを受け取った雪哉は、内容を確認して呆れ返った。

「よくもまあ、用意周到に……。まさかとは思いますが、中央の皆さんに黙って来たわけではありませんよね？」

敵の多い宮中において、この男の味方になってくれる奇特な人物は宝である。そんな仲間にも黙って出て来たのであればいよいよ救いようが無いと思ったが、若宮はあっさりとそれを否定した。

「そこまでの無茶は出来んよ。心配するな。敵方も、若宮は迎えたばかりの奥さんの所に、入り浸っていると思っているはずだから」

何気なく言われたが、どうやって敵の目を誤魔化しているのか、考えるだに恐ろしい。雪哉が宮中にいた一年の間も、若宮は敵対する勢力に、常に命を狙われていたのだ。

若宮は、八咫烏の族長一家、宗家の嫡男というわけではない。

八咫烏の長は金烏《きんう》と呼ばれ、その座は、ほとんどの場合世襲される。通常であれば、現金烏とその正妻の間に生まれた長男、兄宮が次の金烏となってしかるべきだったが、若宮は「真の金烏」として生まれたという理由で、次男――しかも、側室の母から生まれた――にも拘わらず、日嗣の御子の座に着く事になっていた。

そもそも族長を表す「金烏」という用語は、実はふたつの存在を指し示している。

ひとつは、金烏の本来の形である「真の金烏」。もうひとつは、真の金烏が存在しない間、あくまで場繋ぎとして代理を務める「金烏代《きんうだい》」だ。金烏代が単なる宗家出身の八咫烏であるのに対し、真の金烏は、そもそも八咫烏とは完全に異なる生き物だとされていた。

八咫烏は、夜間に転身を行えない。ところが真の金烏は、日没後も自由に姿を変えられるなど、普通の八咫烏ではあり得ない事が出来るのだとされていた。そして今、雪哉の目の前で馬を駆る若宮は、その真の金烏であると言われている。

若宮が、兄宮を蹴落として日嗣の御子の座についたのはそのためだ。真の金烏以外の宗家の者は、全て「金烏の代理」という扱いだから、宗家に生まれた子が神官によって「真の金烏である」と認められた場合、問答無用で君主の座につかなくてはならないのだ。

しかし、雪哉が若宮に近侍《きんじ》していた一年の間、この男が俗に言う「真の金烏」らしさとやらを見せた事など、ただの一度もなかった。結局のところ、真の金烏だの金烏代だの、そんなのは全て宗家の正統性を主張するための方便なのだと雪哉は思っている。

実際、真の金烏が世に出た代というのは、混乱した歴史が多かったらしい。挙句《あげく》、実際に大水や干ばつなどの天災に見舞われれば、「真の金烏は災いを呼ぶ」などと言われても仕方がないように思える。

だからと言って、雪哉には「若宮を殺してしまえば良い」と考える連中の気持ちは全く分からない。そんなどす黒い欲望渦巻く宮中に辟易したからこそ、雪哉は中央の職を辞し、垂氷へと帰って来たのだった。

「……あちらは、相変わらずですか」

意図せずして、呆れたような物言いの中に、寂しげな色が混ざってしまった。それに気付いたのか、若宮は声もなく笑う。

「相変わらずだ」

何しろ変わりようがない、と達観したような若宮の口調が、雪哉には面白くなかった。

「だったら、あまり長く宮中を空けない方が良いでしょうに」

「それが、そうも言っていられない状況なのでな。でなければ、わざわざ私が出向いたりはしないよ」

若宮が大真面目であると気付き、雪哉も顔つきを改めた。

「仙人蓋は、そんなにまずい薬なのですか」

「後天的に八咫烏が人形《じんけい》をとれなくなる薬など、聞いた事もない。それに、お前も昨日の奴を見たから分かっているだろうが、服用した者だけでなく、周囲の八咫烏まで被害が及んでいる。仙人蓋それ自体はごく少量しか出回っていないのに、影響があまりに大き過ぎる」

それなのに、未だ仙人蓋そのものの正体は全く不明なのだ。

中央の医《くすし》が総力を挙げて治療法を探しているものの、未だに人形が取れなくなった者が、もとに戻れる方法は見つかっていない。

これは、明らかに異常であった。

今はこの程度の被害で済んでいるが、対応策が見つからない以上、現況は最悪と言って良い。

「とにかく、仙人蓋の現物を確保し、売人を早急に取り押さえる必要がある。さもなければ、仙人蓋はいくらもしないうちに、八咫烏の存続そのものを危うくする存在になるだろう」

既に朝廷が動いているとはいえ、これ以上、後手にまわるわけにはいかない。正規の手段は役所に任せ、若宮は、若宮にしか出来ない掟破りの手段に打って出たのである。

「いざとなった時には、金烏としての権限を使うつもりでいる。山内の民を守るためにも、今、出来る事は全てしておきたいのだ。協力してくれるな？」

暗《あん》に「お前を連れ戻しに来たわけではないから、そう警戒するな」と釘を刺された気がして、雪哉はしばしの間、黙りこくった。

「……垂氷に犠牲者が出た以上、これはすでに、僕の問題でもあります。協力するのに力は惜しみません」

「大いに結構。お前の大切なもののためにも、精々励んでくれ」

そう言った後、若宮はまっすぐ前を向いたまま、ひたすらに馬を天翔《あまが》けさせたのだった。


山内には、朝廷の存在する中央と、それを取り囲む東西南北の、四つの領が存在している。

四領は、それぞれ東家《とうけ》、南家《なんけ》、西家《さいけ》、北家の「四家《よんけ》」という四大貴族によって分治されており、一つの領は、さらに三つの郷に分かれていた。

山内の交通網は、中央から地方に向けて延びる放射状の道の他に、十二の郷を横断するように整備された、環状の街道が存在している。

鳥形に転身出来るのだから、街道など不要にも思えるが、その実、この街道の利用者は多い。馬を使った移送は早くて便利な分、一度に運べる荷物の量が少なく、却《かえ》って運送費の方が高くついてしまうためだ。実際、地方からの年貢米の運搬や、大量の荷物を一度に運ぶ場合は、翼を切られ、特別に脚力を鍛えた馬に荷車を牽《ひ》かせる場合が多かった。

街道沿いの宿場は、街道を歩く者のための宿屋であると同時に、馬を休ませるための休憩所でもある。大きな市が立つのもこの宿場町がほとんどで、余所《よそ》から来た商人や旅人は、ここで地方の特産物を仕入れたりするのだ。

若宮と雪哉は仙人蓋が辿った経路を探るべく、まずは田間利《たまり》という名の宿場町へと向かった。

今朝方、夜明けと同時に帰って来た郷吏からもたらされた情報によって、あの不審者の身元は既に割れていた。郷長屋敷と、田間利のちょうど中間地点の村に住んでいたその男は、もともとは猟で生計を立てている、独り者だったらしい。

山で狩って来た獣を売りに、一昨日の朝、宿場に出て来た事は村民の話から分かっていた。男が田間利で仙人蓋を手に入れたのは、ほぼ間違いない。別段、素行が悪いというわけでもなかったので、村の者は男の凶行を聞き、とても驚いていたという。

結局男は、雪哉と若宮が郷長屋敷を出る時になっても、興奮状態を脱する事はなく、人形《じんけい》にも戻れないまま捕縛されていた。解毒の方法が分からない限り、一生あのままなのかと思えば、昨日の行為に対する恐怖よりも、男に対する憐れみが勝った。

何としても、これ以上の被害は阻止しなければならない。

だが若宮は、なぜか一息に田間利に向かおうとはしなかった。通りがかった村の全てで、ここ最近何か変わった事はなかったかに始まり、村に立ち寄った旅人の様子、村で取引されたもの、最近の村人の体調まで、事細かに聞いて回ったのだ。しつこく質問する余所者を訝《いぶか》しむ者もいたが、雪哉が郷長の次男坊だと分かるや否や、その警戒もあっさりと解かれた。

そこで雪哉にもようやく、若宮が自分を連れて来た理由に合点がいったのである。

「基本的に、地方の者は中央から来た宮烏に当たりがきついからな。手っ取り早いのは、地元の協力者を得る方法だろう」

お前がいてくれて良かったよと悪びれずに言う若宮に、雪哉はこめかみを揉んだ。

似合わない編笠を被り、簡素な羽衣に山賊まがいの大刀を帯びている若宮の姿は、いかにも旅慣れた者の風情である。

幼少の頃から一年程前まで、若宮は外界に遊学していたと聞いている。この年になるまで外界に出ており、山内に帰って来てからは中央から出ていないはずの若宮が、どうしてこんなに地方巡りに慣れた様子なのだろうか。

「時間があれば、北領なら酒を一緒に飲むのも一つの手だな。東領なら笛を吹くし、南領なら中央の政情に詳しいとほのめかせば、むこうから歓待してくれる。西領は話を合わせるのが難しいが、基本的に衣と住まいを褒めておけば問題はない」

　――あっけらかんと言う若宮に、雪哉はあえて考えるのを止めた。

　大した情報も得られぬまま、二人は田間利へとやって来た。

　田間利は、垂氷郷において最も大きな宿場である。とはいえ、垂氷郷そのものが北領の中でも辺境とされるような田舎だから、その規模も大したものではない。中央のような店構えの商店はなく、あるのは旅籠と、簡単な飲食の出来る屋台ばかりだ。

　市も立っていないこの時分、田間利は閑散としていて、あまり活気があるとは言えない様子だった。そんな中、若宮と雪哉は、宿場の顔役が経営する一番大きな宿屋へと向かった。宿はすでに郷長の派遣した郷吏達の拠点となっており、大々的な聞き込みをしていたので、簡単な情報交換を行おうと思ったのだ。

　宿屋に顔を見せた二人を、郷吏達は快く出迎えた。郷長から墨丸に協力するようにという通達が来ていた事もあり、自分達が調べて手に入れた情報を、惜しまずに教えてくれたのである。

　郷吏は、若宮と雪哉に茶菓子を出しながら、仙人蓋をこの地にもたらした者の目星について語った。

「商人ですか」

「ええ。話を聞く限り、街道沿いに商売をして回っている、行商人じゃないかと思っとります。地元の八咫烏ではないのは確かかと」

　仙人蓋の犠牲となったあの男は、獣の皮や肉を直接客に売るのではなく、特定の業者にまとめて買い取ってもらっていたらしい。そこで金を得ると、毎回、宿場に併設した屋台に入り、他の地域から来た者と酒を飲むのが常《つね》だったのだ。

「常連だったので、屋台の親仁《おやじ》が顔を覚えとりました。あいつは余所者と話をしていて、勘定も一緒、屋台を出るのも一緒だったそうで」

親仁は、あの男が最後に一緒だった者を「初めて見た顔だった」と証言した。大きな荷物がなかったので、近くの宿屋の宿泊客かと思ったらしい。

しかし、「ここから先が大変だ」と郷吏は唸った。

「今から、あの男と商人の人相書きを広場に貼り出したり、宿屋の女将《おかみ》なんかに訊いてみようかと思っとるんですが。何分、ここにいる者の八割が旅人ですからなあ」

新しい情報が得られるかは、怪しいものだと言う。

しかも、本当にその商人が仙人蓋をもたらしたという確証もないのだ。屋台を出て、その商人と別れた後、全く違う相手に薬を渡されたのだとすれば、今行っている調べはまるごと無駄になってしまう可能性すらあった。

礼を言い、雪哉と若宮は、郷吏のいる宿屋を出た。

日は、すっかり高くなっている。

いいかげん腹の虫もうるさくなってきたので、二人は広場脇の木陰に腰を下ろし、雪哉の母が持たせてくれた握り飯を頬張った。

「あまり、有益な情報はありませんでしたね」

握り飯の中身は、去年の今頃に漬けた小梅の梅干しである。酸っぱさに目を細め、竹の水筒を渡しながら声をかけると、若宮は「そうでもないぞ」と言い返した。

「最初に、郷長屋敷にもたらされた情報がある。この宿場で売人と接触した者は、少なからずいるはずだ。屋台の親仁殿の証言、最初の情報をもたらしてくれた者の証言――幾人かの証言を繋ぎ合わせれば、自然と答えは見えてくるはずだ」

あやしげな薬の売買をもちかけられたが、結局買わずに済んだ者が他にいるかもしれないのだ。郷吏達が大々的に喧伝《けんでん》し、宿場町の有力者が捜査に協力的であれば、時間はかかっても、必ず売人の姿は浮かび上がって来るに違いないと若宮は言う。

「では、僕達はどうしましょう。郷吏達の手伝いでもしますか」

見上げて問えば、若宮はすぐに「いいや」と首を振った。

「どうせなら、郷吏達には絶対に出来ない方法を試してみよう」

「そんな方法があるのですか」

「まあ、黙ってついて来い」

指についた米粒を舐めると、若宮は寄りかかっていた木から体を起こした。どうするつもりなのかと、大人しく若宮に続いた雪哉はしかし、すぐに首を捻る事になった。それと言うのも若宮は、宿場町に着く前と同じように、最近何か変わりはないかを訊いて回っただけだったのである。

時節による客足の変化や、ここ数年の商品の変遷、酒場で働く男の女房の愚痴まで、話の種類は多岐に渡った。中には、仙人蓋と絶対に関係ないだろうと思えるものも多かったが、若宮は根気強く話を聞き続けた。

若宮の行動の意味が分からずに、雪哉は完全に置いて行かれた気分になった。この感じは、若宮に仕えていた時にはお馴染みだったものである。

宿場をあらかた回り終え、いいかげん雪哉も疲れて来た頃だった。

飴湯《あめゆ》を売る老爺《ろうや》の言葉に、初めて若宮が明確な興味を示した。

「変わった事と言えば、最近は栖合《すごう》の方で、不知火《しらぬい》がよく見えるようになったと聞きますな」

「不知火？」

「ええ。昔は滅多に見られないもんでしたが、ここ十年くらいですか。山の端《はた》で、一年のうちに五回も六回も見えるようになったそうで」

――山の端《は》に炎《かぎろい》立つ、という。

山の端《はた》とは、中央から最も離れた辺境を指す言い方である。文字通り、山内の端《はし》であるとされていて、そこを越えてしまうと、二度と帰って来られなくなるという言い伝えがあるのだ。

不知火は、夜の辺境で迷子になったものを惑わす「お化け」であるとされていた。

本来であれば、山の端を越えた先には住む者はいないので、闇夜では何も見えないはずである。ところが、暗闇の中で道しるべを失った者は、あるはずのない明かりを山の端の向こうに見る事がある。それを民家の明かりと思って近付いてしまうと、いつの間にか山の端を越えてしまい、山内では行方が分からなくなるのだ。

運良く惑わされずに帰って来た者が、あるはずのない明かりが見えるこの現象を『不知火』と呼ぶようになったという話は、ひとつの伝承として知られている。

「不知火は、不吉なものとされておりますからな。皆、気味悪がっておりましたよ」

老爺自身は世間話の一環として語ったようだったが、床几《しょうぎ》に腰かけて飴湯を飲んでいた雪哉は、隣に座る若宮の目つきが今までとは違う事に気が付いた。

「その、栖合という集落へは、どう行けば良い？」

「栖合は、旧街道の終着点でさ。ここいらでは、一番山の端に近い集落ですな」

「旧街道……」

「わしの祖父《じい》さん達の時代は、それなりに栄えていたらしいですけどね。新街道が出来てからはすっかり廃《すた》れて、今では人の往来なんざほとんど無いですよ」

しかし、一応は整備されていた跡があるため、それを辿っていけば自然に行き着くはずだという。

旧街道の行き着く果て、栖合。

その名前は、先程耳にしたばかりである。雪哉は隣を見上げた。

「確か、今日会う約束をしていた栖合の人が、約束の時間に来なかったとか言っていませんでしたっけ」

とある行商人から聞いた話である。

栖合の者は、普段はめったに宿場へとやって来ないのだが、入り用の物が出来ると、宿場を通して行商人に注文する手筈になっていた。これまで、行商人が来るのを待っている事はあっても、待たせた事は無かったのにと、不思議がっていたのだ。

若宮は唐突に立ち上がった。

「ご主人。美味い飴湯をどうもありがとう」

もういいのかい、と目を瞬く老爺に二人分の代金を渡すと、若宮は足早に歩きだした。

「ちょっと、若さま」

慌てて飴湯を飲みほし、雪哉は小走りになりながら若宮の後を追った。

「どうしたんですか。仙人蓋と不知火が、一体何の関係があるんです？」

「分からん」

きっぱりと言い放った若宮に、雪哉は一瞬口を噤《つぐ》んだ。

「分からないって……」

「分からんが、どうしても放っておけない気がしたのだ。最初に栖合の名が出た時も気になったが、今ので確信した。手掛かりは栖合にある」

「いや、ちょっと待って下さい」

若宮は大真面目だったが、雪哉にはわけが分からなかった。

今まで、若宮が唐突な行動を取る事は多々あったが、それには説明がないだけで、きちんとした根拠があった。今回のように、まるで意味のない事を言いだしたのは初めてである。

「それって、完全に勘じゃないですか」

戸惑いながら反論するも、若宮はこちらを一顧だにしなかった。

「勘は勘でも、金烏の勘だぞ」

何もないわけがない、と断言する若宮に、雪哉は違和感を覚えて沈黙した。

――『真の金烏』なんてものは、宗家が自分の力を守るために作り上げた、便宜上のものではなかったのか。若宮の言葉を聞いていると、まるで、本人はそう考えていないかのようだ。

さっき栖合について語っていた行商人のいた場所に駆け戻ると、彼はまだそこにいた。どうやら、栖合のために仕入れた商品が捌《さば》けずに、これからどうするかを決めかねていたらしい。

「栖合の者のためにここまで持って来たのに、売れなきゃ商売上がったりですよ。届けに行って、帰って来るような時間はないし」

こっちはすぐにでもここを出なくちゃならないのにと、ほとほと困った風の行商人の前に、若宮は金子《きんす》を差し出した。

「私がその商品を買い取って、向こうに届けて来よう」

明らかに代金には多い額に、行商人は目を丸くした。

「そりゃ、こっちとしては有難いが、あんたはそれで良いのか」

「ああ。栖合に急用が出来たのでな」

行商人は大喜びで商品と交換し、若宮はその足で、最初の宿へと向かった。郷吏達の方に進展がないのを確認すると、すぐに厩《うまや》に預けていた馬を引き取って来る。

「このまま、栖合に向かうつもりですか」

「お前は行かないのか」

「いえ」

いずれにしろ、若宮に従う以外の選択肢はないのだ。

馬は、若宮と雪哉を背中に乗せて、田間利を飛び立った。

環状街道を越え、旧街道沿いに飛ぶようになると、一気に家屋の数も少なくなり、周囲は寂れた印象になる。特に村と呼べるような集落もなく、ぽつぽつと民家があるくらいだ。宿の者の話によると、栖合は数世帯が集まっただけの小さな集落であり、栖合より先に住んでいる八咫烏は、まずいないだろうとの事だった。

日が傾き始めた頃になり、異変に気付いたのは、若宮が先だった。

空を飛んでいる最中である。

まだ栖合の影も見えていなかったのに、若宮は不意に顔を上げ、己の背中に摑まっている雪哉を振り返った。

「何か、臭わないか」

雪哉には何も感じられなかったが、若宮の声は緊張を孕《はら》んでいた。

「分かりませんけど、どんな臭いです？」

一瞬迷う様子を見せてから、若宮は低く答える。

「生臭い。血の臭いがする」

「血……」

「そう。それも、尋常の量じゃない」

風上は、進行方向だ。

一瞬押し黙ってから、雪哉は曖昧に笑った。

「山奥ですから、猪《いのしし》でも狩って、村で捌《さば》いているのかもしれませんね」

もしくは鹿とか、と明るく言い添えたものの、再び前を向いた若宮の頭はぴくりとも動かない。

雪哉にも分かっていた。

もし若宮の予感通り、仙人蓋と栖合の間に何らかの関係があったのだとしたら、住人同士の間で流血沙汰が起こっていたとしても、おかしくはないのだ。

いくらもせず、行く手に集落の屋根を捉えたが、若宮は喜びの声を上げなかった。

「上から様子を見る。何か見つけたら報告しろ」

「承知しました」

鋭い口調で命令されて、雪哉も今度は固い声で答える。

そのまま、集落の上空を旋回する。

時刻は、夕方と言うには若干早い。誰かが働いていてもおかしくはない時間帯だったが、集落にも、ささやかながら開墾された畑にも、村人の姿はひとつとして見当たらなかった。

「誰もいない……？」

雪哉と若宮を乗せた馬のすぐ横を、トンビが呑気な声を上げて通り抜けて行く。

静かだった。

物干し竿には、洗濯物が揺れている。家の軒先には干物がぶら下がっており、誰かが暮らしているのは間違いない。何も載せていない荷車が二台、まるで、さっきまで使われていたかのように放置されていた。

皆、山に出ているのだろうかと思っていると、とある家の前の井戸端に、何かが落ちているのを見つけた。

「殿下」

目の前の羽衣を引っ張って、もう片方の手で下を指し示す。

「あれ。何に見えますか」

井戸の前、掃き清められた土の上に、水たまりのような黒いしみと、丸まった布きれのようなものがある。

「ここからでは、何か分からんな」

「一度、降りてみますか」

若宮はわずかに考えをめぐらせた後、頷いた。手綱を操作して、井戸に近い少し開けた場所へと馬を下ろす。

馬の背から降り立った瞬間、雪哉は顔をしかめて、無意識に一歩足を引いた。

ここに来てようやく雪哉にも、若宮の言う血臭が分かった。確かに生臭い。生き物が、大量に血を流した臭いがする。それから、腐敗の始まった、死肉の臭い。

目の前を横切った蠅を追って視線をめぐらせた雪哉は、井戸の前に落ちた物を確認し、息を呑んだ。

それは、八咫烏《にんげん》の腕だった。

丸まった布切れと見えたものは、右手の肘から先の部分だ。蠅のたかった掌《てのひら》は上を向いており、付着した血液は乾いている。それが、上空からは水たまりと見えた血だまりの中に、ぽとりと一つ、落っこちているのだ。

呆然とその光景を目の当たりにした雪哉は、すぐに、その血だまりの先にあるものにも気が付いた。腕が落ちている場所から一番近い民家の戸口まで、何かを引きずったような痕《あと》がある。

引き戸は、今は閉ざされている。雪哉の総身が粟立った。

声を出すよりも早く、雪哉は若宮によって、戸口から遠ざけられた。

「音を立てるな。すぐに転身出来るようにしておけ」

囁《ささや》かれ、無言で頷く。

雪哉が離れたのを見計らい、若宮は腰の刀を抜いた。そのまま引き戸に手をかけて、一気に開け放つ。

開かれた扉から射し込んだ光が、室内の様子を照らし出した。

――無残なものだった。

室内に散乱する、ばらばらになった手や足、赤黒い内臓。頬の部分が齧《かじ》られた女の顔は苦悶の表情のまま、白目を剝《む》いて土間に転がっていた。囲炉裏端は、今やどす黒い血の海に覆われて、もとの色が分からない。壁にまで飛び散った血痕の下には、肉片の付いた白い骨が山積みにされている。

そして、部屋の中央に蹲《うずくま》った黒い影が、何やら動いているのが分かった。

むっと立ちこめる血なまぐささの中、ぴちゃぴちゃと何かを啜《すす》る音が響く。

一拍の間、夢中で手元のものにかかりきりになっていたそいつが、動きを止めた。

背中を丸めたまま、ぽかん、とした表情で振り返った顔は赤ら顔で、八咫烏のものではあり得ない。見開いた目には白目がない。虹彩《こうさい》は金色に光り、血が飛び散った体は、みっしりとした毛皮に覆われていた。

猿だ。

それも、とてつもなく大きい。

信じられない程大きな猿に、八咫烏が喰われているのだ。

「殿下、逃げて！」

「飛べ雪哉！」

雪哉と若宮が叫んだのは、ほぼ同時だった。

事態を把握出来ずにいたらしい大猿が、その声に、突如として気配を変えた。

しゃぶっていた骨を吐き捨てると、歯を剝き出しにして若宮へと突進して来る。咄嗟《とっさ》に若宮が体を捻《ひね》り、猿の攻撃をかわした。狙いが外れた猿は、引き戸を派手にぶち抜いて外へと転がり出る。

叫んですぐに鳥形へと転身した雪哉は、上空から、ゆらりと立ち上がった猿の姿を見て絶望的な気分になった。

やはり大きい。七、八尺はあるだろうか。まともに組み合っては、勝ち目が無い。

岩のように盛り上がった巨体の中で、赤い顔だけが浮かんで見える。大きな目は淀んでいて、血の臭いに酔っているように見えた。爪の生えた指先には、先程まで貪《むさぼ》っていた八咫烏の血が付着している。

先日の大鳥とはわけが違う。向こうは明らかに、若宮を殺すつもりで向かって来ている。

——何をしている、さっさと逃げろ！

そう伝えるつもりで雪哉は鳴いたが、若宮は動かなかった。

大猿に向き合って刀を構えたまま、ただ、低い声で問いかける。

「貴様、何者だ。一体、どこからここへ来た」

それに対し、猿が小さく口を動かした。その一瞬だけ、馬鹿にしたような雰囲気を見せたものの、すぐに問答無用とばかりに若宮に襲いかかって来た。

若宮が舌うちをする。

猿が両腕を振り上げた。醜悪な歯を剝いて、鼓膜を劈《つんざ》くような咆哮《ほうこう》が轟《とどろ》く。力ずくで押しつぶそうとしたのか、猿は全身で抱きつくように、若宮へと跳躍した。

それを真正面から受けた若宮は、猿を冷たく睨み据えたまま、右手に持った刀を軽く振り下ろした。

刀身がぎらりと光り、勢い良く血飛沫《ちしぶき》が弾け飛ぶ。

勝負は、あっと言う間もなく決着した。

若宮と猿の姿が重なったと思った次の瞬間には、猿の首はぽんと、胴体から切り離されていたのだ。

宙を舞った頭部が、歯を剥き出しにしたままで何度か跳ねて、転々と転がっていく。血を噴き出しながら崩れ落ちる巨体に巻き込まれないよう、落ち着いて足を引いた若宮は、地に落ちた頭を冷然と見下ろした。

あまりにあっけない猿の死にざまに、雪哉は我が目を疑った。慌てて地上に下り、人形《じんけい》となって若宮のもとへと駆け寄る。

「お怪我は」

「無い。だが、八咫烏が何人も喰われている。被害の状況を確認したら、田間利《たまり》まで一旦戻るぞ」

宿場町には自警団が存在しているし、宿場から郷長屋敷に要請をすれば、領内警備の兵が使えるはずである。

「この集落には、四世帯、十三人の八咫烏がいたはずだ。全員殺されたとは思いたくはないが……」

濁した言葉の先を察して、雪哉は大きく喘《あえ》いだ。

「一体――一体、こいつは何なのですか！」

八咫烏を喰らう大猿だなんて、今まで見た事も聞いた事も無かった。得体の知れない猿への恐怖は、仙人蓋で狂った八咫烏どころの話ではない。

半ば恐慌状態で叫ぶ雪哉の言葉に、若宮は険しい面持ちを返した。

「それは、私の方が聞きたい」

とにかく、状況の確認が先である。

「お前はここにいろ」

雪哉を馬の傍《そば》に留めると、若宮は他の家屋を調べようと踵《きびす》を返した。次々と戸を開けて中を検《あらた》めてゆく若宮の背中を、雪哉はハラハラしながら見守った。生きている者がいて欲しいと願う一方で、情けないと分かっていながら、すぐにでもこの場を立ち去りたくてしようがなかった。

若宮が三軒目の家の中に踏み込み、姿が見えなくなった時だ。背後に何者かの気配を感じて、雪哉は弾かれたように振り返った。

「あ、う」

びくりと体を震わせて、生い茂る雑草に尻もちをついた人影に、雪哉は目を丸くした。

貧相な茶色の着物に、ぼさぼさの髪の毛。怪我をしているのか、体には血がついている。木の陰に隠れるようにして蹲《うずくま》っているのは、紛れもない、人形《じんけい》の八咫烏だった。

怯えたように縮こまる姿をまじまじと見つめて、雪哉は安堵の息をついた。若宮のいる方へと体を向け、大声を出す。

「殿下、生存者がいました！」

何だと、と声を上げて、若宮が慌てた様子で家の中から出て来た。

「でも、怪我をしているようです。一刻も早く」

手当を、と続けようとして、雪哉は口を噤んだ。するりと、背後から首に腕が巻きついて来たのだ。

それを訝しく思うよりも先に、表情を一変させた若宮が叫んでいた。

「そいつは、八咫烏じゃない！」

気付いた時にはもう遅かった。

確かに人の形をしていたはずの腕の筋肉が、いきなり太く盛り上がり、瞬く間も無く毛が生える。毛皮の襟巻をきつく巻かれたような感触とともに、雪哉の首がきゅっと絞まった。

これは、首を折られる。

他人事のようにそう思い、為す術《すべ》もなく体が宙に浮く。

ほんの一刹那が、雪哉にはひどくゆっくりと感じられた。

若宮との間には距離がある。この体勢では抵抗も出来ない。何にせよ、あとほんのちょっとでも力を入れられれば手遅れだ。

若宮と目が合った。

真っ直ぐに雪哉の目を見据えたまま、若宮は流れるような動作で刀を振りかぶっていた。

まるで、何千回、何万回と繰り返して来た動作を行うかのように、滑らかな動きだった。

躊躇《ためら》いはなく、したがって、刀を振りかぶってから投擲《とうてき》するまでの時間は、瞬きひとつ分しか必要とされなかった。

鞭《むち》のように全身をしならせて放たれた刀は、風を切り、一直線に雪哉の顔面へ向かって飛んで来る。そして、雪哉の顔すれすれ、こめかみの髪の毛を数本犠牲にした所に、容赦なく突き刺さったのだった。

づどん、という鈍い音が、雪哉のすぐ耳元で聞こえた。

呻き声は上がらなかった。

ただ、雪哉を背後から絞め上げようとしていた体がびくんと跳ねて、不意に力が抜けたのが分かった。

必死に毛むくじゃらの両腕から逃れた雪哉は、振り返り、ついさっきまで己を殺そうとしていた大猿の眉間《みけん》に、深々と刀が突き刺さっているのを見た。

逃げるように猿から離れ――へなへなと、その場にへたりこむ。

心臓が早鐘《はやがね》を打ち、冷汗がどっと噴き出した。

「大丈夫か！」

駆け寄って来た若宮を見上げて、雪哉は無理矢理に、引きつった笑みを浮かべた。

「……この猿よりも、あなたに殺されるかと思いました」

「私が、そんな下手を打つものか」

ふざけた様子もなく言い返し、若宮は鋭く周囲を見回した。

「うかつだった。まだ他にも、猿がいるかもしれないのに」

「あいつ、人形《じんけい》をとっていました。だから僕、てっきり八咫烏かと思って」

「人形《じんけい》をとられたら、お前には八咫烏と見分けがつかなかった？」

「全然分かりませんでした」

厄介だな、と呟くと、若宮は雪哉の首根っ子を摑んで立たせた。

「最後の一軒の中を確認したら、すぐにここを離れよう。外の見張りは構わないから、私の近くを離れるな」

「分かりました。ちなみに……他の家の中は、どうでしたか」

「全滅だ」

若宮の声は沈鬱だった。

猿の死体から刀を引き抜き、最後の一軒へと足を向ける。震える足を叱咤《しった》して、雪哉も若宮のすぐ後ろに続いた。

しかし、覚悟して足を踏み入れた四軒目の中は、拍子抜けする程に綺麗であった。

血の臭いもせず、食べかけの死体もない。ただ囲炉裏端に、長櫃《ながびつ》が不自然に置いてあるだけである。

大きめの長櫃だった。人形《じんけい》にさえなれれば、身を隠す事も可能そうだ。

若宮は警戒しながら、刀の鞘《さや》を使って長櫃の蓋を取りのけた。慎重に中を覗き見て、すぐに、驚いたように目を瞠《みは》る。

「何かありましたか？」

「いや……」

若宮は言い淀《よど》んだ。

すぐに逃げられるような体勢を取っていた雪哉も、煮え切らない態度を不審に思い、若宮の背後から長櫃を覗き込む。

そして、雪哉も若宮と同様に瞠目《どうもく》した。

長櫃の中に横たわっていたのは、雪哉と同じ年頃――十四、五歳くらいの、小柄な少女だったのだ。

よく眠っているようで、すうすうと安らかな寝息を立てている。

中央の町娘のような恰好であり、とても、辺境の村の住人には見えなかった。

おそるおそる声をかけ、肩を叩くも、全く起きる気配がない。

「……この子も、猿なんでしょうか」

判断がつかなくて若宮を仰ぎ見たが、若宮は「違う」と即答した。

「この娘に、私は何も出来ない。だから、八咫烏なのは間違いない」

「はい？」

妙にきっぱりとした、自信ありげな言い方である。言葉の意味を尋ねる前に、若宮はさっさと少女の体を抱き上げて、馬の所まで戻ってしまった。
「とにかく、急いでここを離れよう。お前は鳥形でついて来い」
若宮が興奮している馬をなだめ、飛び立つ準備をする横で、雪哉は村を見返した。
得体の知れない大猿。
殺された郷民達。
唯一生き残った、この少女。
――僕の故郷で、一体、何が起こっているというのだろう？

第二章　少女

眼下に広がる民家の明かりが、凄まじい勢いで後方へと流れて行く。

太陽はとっくの昔に沈んで、吹きつける風は切るように冷たい。風避けのないところの皮膚が痛いくらいだったが、気にしてなどいられなかった。

雪哉と別れ、北領から一人飛んで帰った日嗣の御子は、一目散に朝廷《ちょうてい》を目指していた。

時折、警備の兵が行く手を遮《さえぎ》ろうと近付いて来たが、響き渡る駅鈴《えきれい》の音を聞くやいなや、慌てて離れていった。

この駅鈴は、いざと言う時のため、郷長が金烏より直接与えられたものである。その音は滅多に聞かないものであり、宗家の者に直接上申する事が求められる、緊急事態を告げる音でもあった。

関所で馬を換えて飛び続け、やがて若宮は朝廷の正面門である大門《おおもん》へとやって来た。

断崖に張り出すように造られた舞台には、松明《たいまつ》が赤々と燃えており、朱く塗られた巨大な門が、暗闇の中に照らし出されている。そこに勢い良く乗りつけた若宮は、駆けつけて来た門番達に向かって大声を張り上げた。

「伝令！　垂氷《たるひ》にて変事《へんじ》あり。郷長より喫緊《きつきん》の出兵要請！」

呆気《あつけ》にとられる門番に馬を預け、若宮は大門から、山の内部にあたる朝廷へと駆け込む。突然の闖入者《ちんにゆうしや》の言葉に、宿直《とのい》の官吏達は顔を見合わせた。

「あんな田舎に、派兵だと？」

「地方民の一揆ではないのか」

現状を把握出来ていない官人達の間をすり抜けると、若宮は己の身分をそうと気付かれぬうちに、階段を駆け上った。

「北の大臣《おとど》！　北の大臣はいるか」

駆け抜けて行き着いた先は、宿直所《とのいどころ》だ。

こちらを警戒して立ち塞《ふさ》がった護衛の背後から、北の大臣こと北家当主が顔を覗かせた。

「何事だ。騒々しい」

「北の大臣。私だ」

「若宮殿下？」

驚いた様子の北家当主の前に、肩で息をしながら若宮は立ち止まる。

「垂氷に人喰い猿が出た。すでに多くの死者が出ている。垂氷郷の郷長が、己の手に負えないと判断して、中央に派兵を要請してきた」

人喰い猿と聞いて珍妙な顔になった北家当主に、若宮は無言で持って来た風呂敷包みを押し付けた。

「ひとまずは、これを見てくれ」

訝《いぶか》しげに包みをほどいた北家当主は、中身を確認した途端に「なんと！」と声を上げて目を剝いた。包みを取り落としこそしなかったものの、嫌悪と驚愕《きょうがく》に顔を歪め、震える手で包みを突き返す。

「若宮殿下。これは一体……」

「詳しく説明している暇はない。とにかく、確認出来ただけでもこれが二匹いたのだ。正体も、どうして垂氷にいたのかも分からない。だが、そいつらのせいで、辺境の集落がまるまる一つ壊滅した。見つけた二匹は既に殺したが、まだ他にも潜伏している可能性がある。今、垂氷にいる武人だけで、山狩りは不可能だ」

言って、鋭く視線を返せば、北家当主は愕然《がくぜん》とした表情から一転、険しい面持ちとなった。

「雪正《ゆきまさ》が――垂氷郷の郷長《と》が、そう判断したのですか」

「本人は現地で指揮を執っているが、すぐに正式な使者が来るだろう。一刻の猶予もないため、ひとまずはこれを預かって来た」

そう言って駅鈴を見せれば、北家当主は首肯《しゅこう》した。

「承知しました。派兵の準備をいたしましょう」

「接近戦は不利だ。弓矢を主要の武器として持って行けと伝えろ」

「御意《ぎょい》」

「私は先に行っている。紫宸殿《ししんでん》に他の大臣達も集めろ。衣服など改める必要はない。とにかく急げ！」

慌ただしく怒号が飛び交うのを聞きながら、若宮はすぐに踵を返した。

威儀を欠いた羽衣《うえ》姿を見て怪訝そうになった官人を無視し、若宮は朝廷の中を早足で通り抜けた。目指すは紫宸殿。金烏《きんう》の御所とも接した、朝廷の中心部だ。

紫宸殿に行き着くまでには多くの警護の者がいたが、彼らは若宮の服装に惑わされはしなかった。それでも驚いた顔の彼らの間を通り、若宮はとりわけ立派に造られた門の前に来た。黒塗りの漆に、桜と橘が彫刻された扉には、紫の紐で結えられた銀色の鈴がぶら下がっている。

「開《あ》けよ」

歩きながら一言命令すれば、内側に掛けられた鍵は誰の手も使わずに解錠した。

若宮の足を阻む事なく、勝手に扉が開いていく。

面前に広がったのは、豪華な装飾のなされた、板張りの広間だ。

四方の壁には、山内の成り立ちや儀式の様子などが螺鈿《らでん》で表されている。

長い板の間の中央を突っ切って歩くに従って、主の来訪を感知してか、欄間に据え付けられた鬼火《おにび》灯籠《どうろう》に、勝手に明かりが灯《とも》っていった。

足を踏み入れる際、扉と室内に飾られた鈴がけたたましく鳴り響いたが、若宮が一段高くなった上座に腰を下ろすと、それもぱたりと止んだ。自分の他に誰もいないから今は静かであるが、すぐにここも、頭に血が上った高位高官達によってやかましくなるだろう。

若宮は虚空《こくう》を睨み据えながら、傍《かたわ》らに引き寄せた大きな包みに爪を立てたのだった。

案の定、取るものも取りあえずといった態《てい》の官人達が集まった会議は、大いに紛糾した。説明を聞いた幾人かの官僚は、揃って引きつった笑いを浮かべ、まるで猿の存在を信じようとしなかったのである。

「猿ですと」

よりにもよって、猿！

高官は、世間知らずの若宮を憐れむように嘲弄《ちょうろう》した。

「どこの誰にそんな法螺《ほら》話を吹きこまれたのかは存じ上げませんが、冗談もほどほどにして頂きたいですな」

「垂氷郷郷長からの要請という話ですが、若宮殿下のもとに報せが行くまでに、大げさに話が伝わったのではありませんか」

嫌みな口調でそう語るのは、いずれも、若宮が日嗣の御子である事に不満を持っている者ばかりである。

「おおかた、辺境の地方貴族が、大きな熊が出たのにでも怖気《おじけ》づいたのでしょう」

「羽《はね》の林《はやし》は、あなたの私兵ではないのです。どうしてもとおっしゃるのなら、御自身の護衛を務める山内衆《やまうちしゅう》だけで行って下さい」

羽の林とは、羽林天軍《うりんてんぐん》の別名である。

山内衆が宗家の近衛を職務とするのに対し、羽の林は、中央鎮護のために編まれた軍だ。その頂点にいるのは大将軍《たいしょうぐん》こと、北大臣玄哉公《きたのおとどげんやこう》。

雪哉の母方の祖父、北家当主である。

口を開きかけた北家当主を一瞥《いちべつ》で下がらせると、若宮は傍らに置いた包みの中身を、紫宸殿の板の間へと放り投げた。

両側に控える高官達の間を、毬《まり》のように転がっていくそれ。

その正体を理解した途端、あちこちから情けない悲鳴が上がった。威勢の良かった高官達は、足元に転がったものを見て、ひくりと声を呑む。

――それは、大猿の首だった。

大人の腕で、一抱えほどはあるだろう。

剝き出しになった犬歯は鋭い。あれで齧《かじ》られれば、誰だってひとたまりもないだろう事は、容易に想像がついた。

憎悪の表情のまますっこと切れた顔には、生乾きの血液がこびりつき、切断面には白い骨と、黄色い脂肪が浮いている。転がった板の間に飛び散った血は黒く粘着質で、毛むくじゃらの首まで長く糸を引いていた。

「これを見てもまだ、猿の存在は法螺であると申すか」

言葉を失くした官人達を鋭く睨んで、若宮は一喝した。

「こいつが、少なくとも十人以上の八咫烏《やたがらす》を貪《むさぼ》ったのだぞ！　この歯で、この口で、そなたらの妻や子と同じ年頃の八咫烏を喰らったのだ。ここで対応を誤れば、全ての八咫烏の危機に繋がる。羽林天軍の出兵は不可欠だ」

絶句した高官達を一瞥し、北家当主は静かに口を開いた。

「具体的な被害の報告はまだ上がっておらぬが、少なくとも、猿の存在はこれで確認が出来た。わしは、垂氷に羽の林を派兵するつもりでおる」

それまで、盛んに若宮を非難していた者達は、揃って口を噤《つぐ》んだ。

猿の首を目にした今、もはや派兵に反対する声は起きなかったが、いずれにしろ、大将軍がこう言っている以上、誰が何を言ったところで無意味である。

「……その話が真実であるというなら、我々に、否やはございません」

先程、法螺話であると一蹴した高官は、逡巡した後、先程の己の発言を撤回した。

「だが、本当にそんなものがいるのだとするならば、垂氷は封鎖すべきなのではないか？」

「馬鹿な。そんな事、不可能だ」

「しかし、中央への侵入だけは、なんとしても防がねばならぬ」

不安を孕《はら》んだ囁《ささや》きが辺りを埋め尽くす中、呻《うめ》くように上がった声があった。

「八咫烏を喰らう大猿とは……にわかには、信じられぬ」

四家の一、西領を統《す》べる西《にし》の大臣《おとど》こと、西家当主であった。

「山内は、山神《やまがみ》さまに守られた聖なる地だぞ。山内の開闢《かいびゃく》以来、こんなものが現れた事例などなかった。この大猿は、一体どこから現れたと言うのだ」

赤茶の口髭を震わせる西家当主の言葉を受けて、彼の斜め正面に座した男——東《ひがし》の大臣である東家当主が、おっとりと口を開いた。

「今までになかったものが現れたという事は、ふたつの可能性が考えられるでしょう」

ひとつは、何らかの原因があって、山内内部の猿が異常をきたし、巨大化したか。

もうひとつは、この大猿が、山内以外のどこかからやって来たか。

「何か、判断材料はございますかな？」

落ち着いた物言いを受けて、若宮も考えながら、慎重に答えを返した。

「おそらく、有力なのは後者だろう」

わずかなやり取りではあったが、猿は独自の言語で毒づいた様子があったし、それなりの知能が見て取れた。普通の猿が突然変異を起こした姿のようには見えなかったのである。

「何より奴らは、人形《じんけい》を取る事が出来た。ただの獣よりも、我々、八咫烏に近いのではないだろうか」

「何ですと！」

「それでは、八咫烏に紛れ込まれたら、見分けられないではありませんか」

一瞬にして恐慌状態に陥った面々に、若宮はすかさず「待て」と付け加える。

「確かに、一見しただけでは分からないが、猿は我々の御内詞《みうちことば》を話せないようだった。それに、人形となった奴らが身に着けている衣は、猿の毛皮と同じ色をしているという特徴がある」

言葉が怪しく、なおかつ羽衣の色がおかしいという判断基準があれば、それなりに八咫烏に紛れた猿をあぶり出す事も出来るはずである。最終的には転身させて、鳥形《ちょうけい》がとれない者が猿であるに違いない。

不安げに言葉を交わす官吏の中、東家当主は再び若宮に視線を向けた。

「では、若宮殿下。貴方さまは、この猿は外界からやって来たと、そうお考えなのでしょうか」

穏やかな口調のまま尋ねた東家当主に、若宮は一瞬、返答に詰まった。

「少なくとも、私が外界に出ている間、このような猿には出会った事がない。だから、そうだと言い切るのは早計だと思うのだが……この状況からすれば、外界からの侵入を受けたと考えるのが、最も妥当なのだろうな」

ただでさえ、猿に襲撃を受けた栖合《すごう》があるのは山の端《はた》、山内の末端部である。ある意味、外界と山内が接する場所で起こった事件だ。前例がないとはいえ、山の端から侵入者が入って来た可能性は、十分に考えられた。

「いずれにしろ、すぐに調査をせねばなりませぬ。被害の状況の確認と、猿がどこからやって来たのか、あるいは、どうして発生したのかを突き止めなければ」

難しい顔の北家当主に、「もうひとつ注意して欲しい」と若宮は声を上げた。

「今現在、猿はどこから来たかが分からない。もし山の端から侵入して来たのだとすれば、垂氷だけを塞いでも意味がない。外界と接する全ての領に、同様の危険がある」

羽の林の一部は垂氷に派兵するとしても、ある程度の兵は中央に待機させておく必要がある。

緊張の走った一同を見まわして、若宮は朗々と響きわたる声で宣言した。

「私が貴君らをここに集めた理由は、そこにある」

どういう意味かと、皆のまなざしが若宮へと集まる。

「被害にあったのは、辺境の集落だった」

近隣の集落との間の交流も稀な所で、もし一年近く連絡がなかったとしても、誰も不審には思わなかっただろうと聞いている。今回は時間をあけずに見つける事が出来たが、運悪く、発覚が遅れていたら、どうなるか。

「最悪の場合——誰にも気付かれずに放置されている集落が、他にもあるかもしれない」

今度こそ、水を打ったように広間は静かになった。

「……我々が気付くのが遅れただけで、これ以前にも、猿の侵入を許していたと？」

青くなった高官の一人に頷きを返し、若宮は命令を下す。

「諸氏には至急、辺境に住まう者の安否の確認をしてもらいたい。同時に、山の端付近で異常がなかったかの確認も行ってくれ。猿の侵入経路を探るのだ。それと、関係があるのかどうかは分からないが、襲われた栖合では、頻繁に不知火が見えていたらしい。それも一応は、調査の対象としておくように」

言うまでも無く、この件は最優先事項である。他の業務を差し置いても、すぐに情報を集める必要があった。

「ですが、中央から山の端まで、どんなに急がせても往復で一日はかかります。僻地《へきち》の集落の状況確認なんてさせたら、最短でも二日は必要です」

　黙って話を聞いていた官吏から、切迫した声が上がる。

「それでもだ。急がせろ」

　どんな事態になってもすぐに対応出来るよう、調査の人員は各部署から一人ずつ選出する事にして、最後に若宮は紫宸殿の中を睥睨《へいげい》した。

「これは、八咫烏全ての危機だ。各自、全力で対応に当たってくれ」

「は」

　慌ただしく席を立ち、散会していく高官の中、それまで一言も喋らず、動かなかった男が若宮へと近づいて来た。

「まるで、猿の様子を実際に見て来たかのようなおっしゃりようでしたな」

　感情のまるで読み取れない口調で話しかけたのは、南《みなみ》の大臣こと、南家当主だった。

　四家当主の中で最も年若い彼は、譲位した若宮の兄を、かねてより擁立して来た男だった。兄宮長束《なつか》自身は若宮の味方となってくれたが、この男の真意は、全く読めなかった。

　今現在、朝廷の中で、若宮が最も警戒している相手である。

「報せを持って来た部下から聞いたのだが、それが何か問題でも？」

　そ知らぬ顔で答えるも、南家当主は引き下がらなかった。

「聞くところによると、殿下は大門から直接こちらにいらっしゃったそうですな。何故、朝廷にいる誰よりも先に、あなたがこの情報を得られたのでしょう」

「垂氷の次男坊は、私の元近習《きんじゆう》だ。ちょうど、垂氷に彼を訪ねていた私の配下が異常を知って、直接私に猿の首を届けたのだ」

ぴりりとした緊張感の中、若宮はしれっと嘘を重ねる。

「……左様でしたか」

全てを見透かすように目を細めると、南家当主は口元だけで笑って見せた。

「この緊急事態です。後の事は我々に任せて、何卒、御自重なさいませ」

「ああ、勿論だ」

ちゃんと大人しくしている、と若宮は神妙に頷いたのだった。

＊　　＊　　＊

田間利《たまり》の宿屋で、雪哉は白みかけた空を窓辺から見上げていた。

結局、まんじりともせずに夜が明けてしまった。

――垂氷郷の状況は、混乱を極めていた。

栖合で起こった悲劇の噂は早くも広まっているらしく、宿に泊まっていた客の中には、慌てて出立《しゆったつ》の準備をする者もいた。すぐに出て行ける者は良い。だが、ここに根を下ろした宿屋の者達は不安そうに目を見交わす他に、何も出来る事はなかった。

栖合の状況を確認に行こうとする者もいたが、それは絶対にしてはならないという通達が出されている。そのせいで、山村の悲劇についてある事ない事が盛んに囁かれているようだったが、何分、現実が酷過《ひどす》ぎた。

　下手人は狂った八咫烏であるとか、猿ではなく熊に襲われたのだとか、飛び交う情報は一貫していない。直接の被害を確認出来ないという点で、流言飛語なのではないかと言いだす者もいたが、とんでもない話である。

　栖合から帰った若宮は、雪哉と眠る娘を田間利で下ろすと、そのまま郷長屋敷へ飛んで行ってしまった。よって、詳しい状況の説明は全て雪哉に託されたのだが、仙人蓋の調査のため、郷吏がその場にいた事が幸いした。

　雪哉の言葉をどれだけの八咫烏が信用してくれるのか不安だったが、郷吏が、雪哉は郷長の息子であり、悪ふざけをするような者ではないと証言したのだ。おかげで、少なくとも宿場町の上層部も、即座に対応に乗り出してくれたのである。

　何より大きかったのは、大猿の首を持って来た事だった。

　栖合で若宮が猿の首を切り落とした時は何事かと思ったのだが、今になって、若宮の行動に雪哉は感謝した。

　生首を見た途端、宿場の者は皆、顔色を変えたのだ。

　自警団の男達は手に手に武器を取り、女達は子どもを外に出さないよう、声掛けがされていた。郷長屋敷からの通達で、領内警備の兵もすでに集められ始めている。

　もうじき、大規模な山狩りが行われるだろう。

「坊ちゃん。お館《やかた》さまがいらっしゃいました！」

外にいた郷吏に声を掛けられ、雪哉はすぐに立ち上がった。

「今行く」

二階から駆け下りて表口から出れば、南の空に、馬の黒い影が数多く広がっているのが目に入った。かき集められるだけの兵を引き連れて、垂氷郷の郷長がやって来たのだ。

「父上」

声を上げ、車場《くるまば》に下りた父へと駆け寄れば、緊張した面持ちで頷かれる。

「墨丸殿から、話はすでに聞いている。後は任せよ」

郷長屋敷で段取りを決めて来たのか、郷長の対応は素早かった。

自警団を率いる宿場の代表者と簡単に言葉を交わした後、まずは様子見に、隊伍を組んで栖合へと飛び立っていった。

宿場には、自警団の他に荒事に対処するため抱えた用心棒がいたが、大規模な山狩りが行える程の人数がいるわけでもなく、また、統制も取れていなかった。用心棒に払う代金に頭を悩ませていた商人達にとって、郷長が動いたのは、有難い事であるらしい。

心強いと、盛んに噂する宿の者を尻目に、雪哉は、はらはらしながら父達の帰りを待っていた。

そして、いくらもせずに帰って来た者達の顔色を見て、安堵するのはまだ早いと、宿場の者達も思い知ったのである。

結果から言って、村に猿はいなかった。

しかし、残された惨劇の光景を見て嘔吐《おうと》した兵もいたとかで、栖合の様子を実際に見た者の顔色は、皆一様に酷いものだった。村の安全が確保出来たのなら、遺体の確認をするべきだという声が上がったが、それは郷長が許さなかった。

否。したくても、出来なかったのだ。

「欠損が酷過ぎて、顔の判別がまるでつかない。面通しは困難を極めるぞ。ただでさえ、集落の者全員が死んでいるのに、これでは誰が死んだのだか、本当に分からないかもしれない」

原形を留めていたのは、土間に転がっていた女の首だけだったと言う。

「生存者は、絶望的だ」

宿場の代表にそう告げた郷長の顔は、真っ青だった。

「……こうなると、唯一の生き残りという娘の話を聞かねばなるまい」

その娘はどうしていると尋ねられて、部屋の隅に控えていた雪哉が答えた。

「それが、まだ目を覚まさないんです」

「気を失っているのか」

「いえ。普通に眠っているようです」

宿場に着いてすぐに医《くすし》に診《み》せたところ、娘はただ眠っているだけで、異常は見られないとの話だった。しかし、何をしても起きず、眠り続けているという状況はいささかおかしいので、何らかの強い眠り薬を服用している可能性があると言う。このまま目覚めないという事はないだろうが、いつ目覚めるかまでは分からないようであった。

親子の会話を聞いていた宿場の代表が、重苦しい声を上げた。

「坊ちゃまが何を思ってあの娘を八咫烏と言ったのかは存じ上げませんが、正直、あの娘は栖合の者の生き残りなどではなく、猿なのではないかと我々は疑っております」

今も娘に付きっきりで、武装した者が警戒している状態なのである。

「確かに、その娘が人形《じんけい》の猿だという可能性はあるな。墨丸殿は、何を思って八咫烏だと断言したのだろう？」

お前は分かるか、と父より水を向けられて、雪哉は苦い思いを噛みしめつつも首を横に振った。

「中央でお勤めしている時からそうでしたが、あの方は、根拠のない事はまず言いません。おそらく、何らかの確信がおありになって言ったのでしょうが……。残念ながら、具体的な説明はして頂けませんでした」

つまりは現時点で、納得出来る理由は何もないというわけだ。

「あの娘が猿であったとしても、それはそれで意味がないわけではないが」

「そうおっしゃるのならば、是非ともお館さまに、あの娘を引き取って頂きたい」

郷長が参ったように言うと、代表はここぞとばかりに娘の身柄を押し付けにかかった。

「八咫烏だったとしても、服装からして栖合の者ではなく、中央から買い付けに来た商人の娘ではないかと存じます」

娘が身に着けていたのは、山吹色の小袖と、短胴《たんどう》と呼ばれる、上衣と湯巻きがひとつに繋がった形の衣であった。これは、中央の女子の間で流行っているもので、地方ではあまり見かけない着物である。

「猿であるにしろ、八咫烏であるにしろ、ここに置いておく利点はございません」

「つまりは、なるべくこの宿場にいて欲しくないのだと告げられて、郷長は唸った。

雪哉も、父と一緒になって考える。

あの娘が猿であれ八咫烏であれ、目を覚ませば中央の者が取り調べを行う必要が出て来る。その場合、わざわざ辺境に近い宿場まで調査団がやって来るのは手間がかかるし、万が一、猿だった時の事を想定すれば、この辺りは人も多く危険である。

その点、郷長屋敷には警備の兵がいるし、街道沿いに比べて、住人も少ない。いざとなった時に他領との連携も取りやすく、中央との交通の便も考慮に入れれば、郷長屋敷で引き取るのが最も良策のように思われた。

郷長も同じ結論に至ったのだろう。宿場の代表の意見を受け入れ、郷吏を呼び寄せると、眠ったままの娘を郷長屋敷へ移送するように指示を出した。

「雪哉。お前はこの娘を連れて、郷長屋敷へ戻れ」

そこで事情を説明し、雪馬や郷吏達の指示に従うように言われ、雪哉は素直に頷いた。自分が伝えるべき事はすでに伝え、出来る事も全てやった。もうすぐ中央から増援と、調査のための文官が送られて来るのも分かっている。

これ以上、ここに留まる理由は何もない。

移動中に娘が目を覚まし、なおかつ猿に転身した場合に備え、十分な数の護衛兼見張りの兵士が用意された。かなり大きい一団を率いて、雪哉は自宅へと帰還したのだった。

一行が到着した時、あらかじめ連絡のあった郷長屋敷では、すでに受け入れ態勢が整えられていた。少女が猿か八咫烏か分からないので、罪人を拘留しておくための牢には、畳を敷き、その上に上等の搔巻《かいまき》を乗せるという、なんともちぐはぐな寝床が用意されていた。布団でなく搔巻にしたのは、袖を結んだ状態で娘に着せ、拘束するつもりだかららしい。牢の周囲には武装した八咫烏が控え、いつでも使える状態にした弓がその手には握られていた。

罪人とも、可哀想な被害者とも知れぬ少女は、そんな周囲の緊張をよそに、あどけない寝顔のままこんこんと眠り続けている。

あの惨劇のただ中にいた者とは、にわかには信じ難かった。

無事に少女が牢の中に入った事を確認して、郷吏と共に働いていた雪馬が、ようやく雪哉に声をかけて来た。

「後は俺達がやっておく。ここまでご苦労だったな、雪哉」

一回屋敷へ帰れと言われ、雪哉は自宅の方へと戻った。

そこでは、足を洗うための湯桶と手拭いが用意されていた。万全の支度で自分を待ち構えていた母の顔を見て、雪哉は全身の力が抜けるのを感じた。

「おかえりなさい。大変でしたね、雪哉」

「ただ今帰りました、母上」

ひとまずお休みなさいと言われて、雪哉は、初めて自分が疲れ切っている事に気が付いた。弟も「質問攻めにはするな」と言い含められているのか、女達を手伝って、大人しく湯漬けを持って来た。

「食べなよ。腹が減っていると、軍《いくさ》は出来ないんだぜ」

自分を気遣っているらしい母と弟に、情けないような、泣きたくなるような気持ちがする。足を洗い、差し出された湯漬けを貪るように腹に収め、雪哉は倒れるようにして寝床に入ったのだった。

しばらくの間、夢も見ず、泥のように眠った雪哉だったが、目覚めはそう遠くなかった。がやがやと、人が外にやって来た気配を感じ、自然と起きてしまったのだ。

それでも、だいぶ体が軽くなったと思いながら外に出ると、表には栖合に向かったはずの郷吏の姿があった。雪馬や、郷長屋敷に残った郷吏達が彼を取り囲んでいる様子を見るに、報告に戻って来たようだ。

「今現在、山狩りはほとんど成果を出していません。見つかったのは、栖合から逃げ出したらしい鶏くらいでした。猿の死体は宿場まで回収しましたが、こちらに持って来るには、手間と時間がかかるでしょう」

「中央から派遣された文官達は、何と言っている」

「猿に対して、何の知識もないのは彼らも同じのようです。今のところ、役に立っているのは羽の林の方で、文官に出来る事はありません」

中央の文官達は、眠っていて話が聞けない以上、娘は郷長屋敷に任せるしかないと、先に現地へと向かっていたらしい。

「ですが、彼らとともに栖合に戻ったところ、新たに判明した事もありました」

無差別に襲われたと思われていた犠牲者だったが、その場で喰われていたのは女と子どものみだったのだ。成人した男は細かく切り刻まれ、大きな酒甕《さかがめ》に入れられていたらしい。

「遺体が、細かく、解体されていた？」

あまりの事に色を失った雪馬に、郷吏は暗い声で答えた。

「……おそらく、猿が保存用に施した処理ではないかと思われます。酒甕の中には、大量の塩も入っていたようですので」

「塩だと」

「それは、つまり」

思い至って、雪哉は戦慄した。

――調理だったのだ。

「奴らは俺達を、ただの食糧だとしか思っていないのか……！」

憎しみのこもった唸り声は、郷吏の間から上がったものだった。

獣は、調理なんてしない。

あの猿は、決して本能のままに人を襲う獣ではないのだ。知性を持ち、明確な意思を持って、なおかつ八咫烏を襲おうとしているのならば、紛れもない『敵』である。

それまで漠然とした恐怖しかなかった一同に、その時初めて、猿に対する憎悪の念が生まれた。

絶対に、許すわけにはいかない。

車場が静まり返る。

それぞれが、決意を新たにして目を見交わした、その時だった。

「雪馬さま、こちらへいらして下さい！」

「どうした」

その場にいた全員が顔を向ければ、息を切らした警護の兵が、娘を拘束している牢の方から走って来たところであった。

「あの娘が、目を覚ましそうです」

「何だと！」

急いで牢へと向かった雪馬の後に、雪哉も続く。牢のある建物の中には、雪哉と雪馬、古参の郷吏が何人か入った。

雪哉達が見守る中、ぐずるように少女が動き、長い睫毛《まつげ》が震える。

ゆっくりと開かれた瞳が、煤《すす》けた木の天井を映してから数拍。

ふと、少女は呻いた。

「何これ。頭痛い」

掠《かす》れた声ではあったが、その口から漏れたのは、紛れもなく御内詞《みうちことば》である。

少女を見守っていた者達は、ひとまず安堵のため息をついた。雪哉が兄に視線を向ければ、心得たように顔を引き締める。郷吏達からも無言で頷かれたのを確認し、雪馬は、格子越しに声をかけた。

「おはようございます。気分はどうですか」

どこか調子の悪いところはないか、穏やかに語りかけたが、まだ寝惚けているのか、少女はぼんやりとするばかりである。

「ここ、どこ?」

「ここは、垂氷郷の郷長屋敷です」

「ああ、そう」

小さく呟き、再び目を閉じかけて――少女は眉間に皺を寄せた。

「……郷長屋敷?」

呟いて、不意にぱちりと目が開かれる。

ちょっとだけ目尻のつり上がった、大きな目である。

こうして見ると、中々に可愛らしい娘であった。

桃の花びらのように小ぶりな唇はつんと上を向き、子猫のような目と相まって、どことなく生意気そうな感じがする。

少女は困惑した様子で雪馬を見返し、急に勢い良く起き上がろうとした。だが、搔巻の上から帯は巻かれているし、ただでさえ長く眠っていた後である。すぐに元の姿勢に戻ると、うう、と小さな呻き声を上げた。

「何よ、これ。どういう事」

倒れたまま、せわしなく周囲を見回した少女は、そこで初めて自分の置かれた状況に意識がいったようだった。

「なんであたし、縛られているの」

「大丈夫だから、安心しなさい。君が何もしない限り、こちらは何もしないから」

郷吏が落ち着かせようと声をかけたのだが、これは逆効果だったようだ。大きな目をさらに見開くと、「大丈夫ですって」と、少女は声を上擦《うわず》らせた。

「冗談じゃないわ。これのどこが大丈夫だって言うの。どういう事か、ちゃんと説明をしてよ。でなきゃあたし、許さないから！」

悲鳴を上げた少女は、明らかにこちらを警戒している。

このままでは会話にならないと察して、雪馬が先に名乗りを上げた。

「私は、垂氷郷郷長が長男、雪馬と申します。今は、郷長の名代《みょうだい》として、君とお話ししています」

「郷長の、名代？」

「ええ、そうです」

ぴたりと甲高《かんだか》い悲鳴を止めた彼女に困惑気味の視線を向けられて、雪哉も軽く礼をして見せる。

「同じく、弟の雪哉です。別に父の名代ではありませんが、兄の付き添いでここに」

少女はしばしの間、まじまじと目の前の兄弟を見つめた。

「あなた達、貴族なの」

「一応は、そうです。君の名前を聞いても良いでしょうか」

「あたしは、あたしの名前は小梅《こうめ》よ。ねえ、なんであたしはこんな所にいるの」

じれったそうに名乗り、少女は眉根を寄せた。

「郷長屋敷って事は、ここ、役所よね。父が何をやらかしたか知らないけど、あたしは何も知らないわよ」

少し落ち着いたらしい少女に、雪馬は本題に入った。

「小梅さん。説明の前に、まずは君のことを聞かせて欲しいんです。きちんと答えて、あなたに敵意がないと分かったら、すぐにでもそれをはずして、ここから出して差し上げます」

「敵意って」

小梅は鼻で笑ったが、雪哉は真面目な顔で、兄の言葉に付け加えた。

「君のいた村で事件があったんです。君をここまで連れて来たのは僕だから、そこは心配しないで下さい」

「……どういう意味？　事件って何よ」

「君の話を聞いてから、お話しします」

雪馬は譲らない。不安そうにしながらも、小梅は語りだした。

「あなた、私のいた村とか言ったけれど、あたしは栖合の出身じゃないわよ」

「ああ、やっぱり。中央からいらしたのですか」

彼女の言葉遣いは蓮《はす》っ葉《ぱ》でこそあったが、なまりがない。雪哉が問えば、小梅は素直に頷いた。

「ええ。栖合には、干し鮎の買い付けに行ったの」

「一人で？」

「まさか。父と一緒よ」

言ってから、小梅は視線を揺らした。

「ねえ、父はどこにいるの」

郷吏達が、黙って目を逸《そ》らした。それに不穏な予感がしたのか、小梅はいっそう心細げになった。

「それで？　鮎を買うために村へ行って、どうしました」

続きを促した雪馬に、小梅は唇を噛む。

「どうしたって、普通よ。特に何もなかったわ。荷車でお酒を運んで、干し鮎と交換しただけ。上手く話がまとまったから、夜には宴会になったの。あたしもご飯を食べて、酒を飲んで――そこから先は、覚えてないわ。ちょっと酔っちゃったから、お座敷を借りて横になって、起きてみたらここだった」

ねえ、父はどこなの、と小梅は再度尋ねた。

「お父上は今、行方不明です」

「行方不明？　何を言っているの」

いよいよ甲高くなってきた小梅の声に、雪哉は真実を告げる覚悟を決めた。

「小梅さん。実は、栖合の住人は、皆、亡くなっているんです」

「はあ？」

きょとんと目を丸くした小梅に、雪馬が慎重に言葉を続けた。

「昨日、栖合で、多くの八咫烏が亡くなっているのが見つかりました。それをやったのは、八尺はありそうな大猿だそうです。二匹は仕留めたようですが、他にもいる可能性があります。君は長櫃《ながびつ》の中にいて、運良く見つかった生存者です」

小梅は唇を震わせて、曖昧に笑った。

「……何よ、猿って。ふざけているの」

「私は、ふざけてなどいません」

「ふざけているじゃない。何なの、あんた。いいかげんにしてよ！」

小梅は笑みを消すと、雪馬を睨んだ。

「遊びは終り。何でもいいから、さっさと父に会わせて。あんた達、適当な事を言って、まさかあたしを拐《かどわ》かしたんじゃないでしょうね」

全身の毛を逆立てた子猫のような彼女の様子は、本人がそうと自覚していない分だけ、痛々しかった。

「……申し訳ない。本当に、ふざけてはいないんです」

しばし、そう言った雪馬と小梅の間で、沈黙が落ちた。

最初、一方的に雪馬を睨んでいた小梅は、静かな口調で告げられた言葉を理解するに従って、みるみる顔色を失くしていった。

「あの人達、死んじゃったって言うの……」

「残念ながら」

「お父さんも？」

真っ青になりながらの言葉に、雪哉は静かに言い添えた。

「誰が犠牲になったのか、まだ確認が取れていないんです。だから、もしかしたら上手《うま》く、山に逃げた可能性もある。行方不明というのは、そういう意味です」

しばらく、落ち着こうとしているのかせわしなく呼吸をしていた小梅は、やがて顔を上げ、毅然《きぜん》とした表情を見せた。

「あたしは信じないわよ。ねえ、だって、父は見つかってないんでしょう？」

縋《すが》るような小梅に、雪馬は沈鬱な面持ちで口を開いた。

「確かに遺体の確認は出来ていません。ですが、希望は薄いと思います」

村にいて生き残っていたのは、君だけだったんですよ。

それを聞いた小梅は、呆然としていた。

「あ、あたしだけ？」

「どうして、君だけ無事だったのでしょうか」

心底不思議そうに問われて、小梅も限界を迎えたらしい。

「そんな事、あたしに訊かれたって分かんないわよ！」

悲鳴じみた声を上げ、わっと泣きだした少女に、雪馬は狼狽した。

うろたえる兄を尻目に、雪哉はじっと小梅を観察していた。

――反応を見る限り、嘘をついているようには見えない。

御内詞《みうちことば》を話している事から考えても、本当に、ただの幸運な生き残りなのかもしれないが……。

牢を出て、雪哉と雪馬、郷吏達は、額を突き合わせて考え込んだ。

「もしかしたら、お父上が彼女を長櫃に隠したのではないか」

「眠っていて襲撃に気付かず、また、猿からも気付かれなかったと？」

先に眠ってしまった小梅の他は、大人は宴会に参加して、子どもは各家で寝静まっていた。

彼女の眠っていた家とは一番遠い所から猿に襲われ始め、いち早く異常に気付いた父親か、または住人のいずれかが、小梅を長櫃の中に隠したのではないか。

「一番ありそうなのは、そんなところではありませんか」

そう言って顎を撫でさする郷吏に、雪哉は「ちょっと待ってよ」と片手を上げた。

「宿場の医《くすし》は、眠り薬を彼女が服用したかもしれないと言っていた。それはどう考える？」

「あの娘の話を信用するなら、宴会の食事に薬が混入していたと考えるべきだろう」

八咫烏に化けた猿が、何らかの方法で食事に薬を盛る。そうして、抵抗されるとまずい大人達の力を奪っておいて、捕食した。

「そうすると、彼女が長櫃にいた理由も分かる。運良く眠らずに済んだ誰かが、小梅を起こそうとしても薬のせいで動かせず、やむなく近くにあった長櫃の中に隠したんだ」

下手に動けた者は、逃げようとしたせいで、却って猿に見つかって犠牲になった、だが、大人しく眠っていたために、小梅だけは見つかるのを免《まぬが》れたのかもしれない。

兄の推論に、雪哉は顔をしかめた。

「確かに、それなら説明がつかない事もありませんけど……」

「説明がつかないも何も、他に考えられないだろう？」

「あの娘も可哀想に。ご父君《ふくん》は、きっともう駄目だろうなぁ」

暗い顔になった兄と郷吏を前に、雪哉だけは何となく釈然としないものを感じていた。

確かに雪哉の目にも、小梅は嘘を言ったり、演技をしたりしているようには見えなかった。

だが、どうも気になる。

兄や郷吏達とは異なり、雪哉には宮仕えの経験がある。一年の間、朝廷で揉みに揉まれた雪哉は、窮地に追い込まれた時の八咫烏《にんげん》が、どれだけ酷い事もやってのけるか骨身に染みて分かっていた。特に若宮の后選びに際しては、女の持つ狡猾《ずる》さを、嫌という程思い知ったばかりなのだ。

女の流す綺麗な涙は、それだけで雪哉の鬼門《きもん》だった。

小梅が何らかの事情を知っていたとしても、彼女が本気でそれを隠そうとしていたら、嘘を見極められる自信はこれっぽっちもないのだ。考え過ぎなのかもしれなかったが、杞憂《きゆう》ならばそれに越した事はない。少なくとも自分だけは気を抜かずにいようと決めて、取りあえずは郷長の決定に従う事にしたのだった。

栖合唯一の生き残りが目を覚ました報せは、すでに宿場にも届けられ、郷長は中央からの文官と一緒に、すぐにこちらに戻って来た。そして思った通り、いくらもせずにやって来た郷長と中央の官吏は小梅と面会した後、雪馬や郷吏が出した意見と、ほぼ同じ結論に至ったのだった。

小梅は御内詞を流暢《りゅうちょう》に話していたし、命じれば鳥形《ちょうけい》にも転身して見せた。八咫烏であるのは間違いないので、目が覚めて半日経った後、ようやく牢から出されたのである。とは言え、栖合の現場ではまだ分からぬ部分も多い。何かあった時に確認を取るためにも、彼女の身柄はしばらくの間、郷長屋敷で預かる事に決まった。

当初、小梅はふさぎ込み、ろくに食事も取ろうとしなかった。

初めて会った時の印象が最悪だったせいか、小梅は特に、男に対し警戒した様子を見せた。それに気を使って、雪哉以外の郷長屋敷の男達も、自分から彼女に近づこうとはしなかった。

部屋に引きこもる彼女に、積極的に声をかけたのは、郷長の妻、梓であった。

小梅も、女達に思うところはなかったらしい。手ずから食事を運び、熱心に世話を焼く梓に、徐々に心を開いていったようだった。

　そんな彼女の様子を、雪哉は陰から見張っていた。警戒されても困るので、自分から話しかけたりはしない。ただ黙って母の背後に付き従い、膳の上げ下げに手を貸すだけだったが、それでも小梅の変化は感じ取る事が出来た。

　小梅は少しずつ炊事場にも顔を見せるようになり、三日目には自ら屋敷の手伝いを申し出るまでになったのだった。

「ねえ。栖合の方じゃ、まだ何も分からないの？」

　夕暮れ時である。

　さりげなく手伝いを申し出て、小梅の近くで豌豆《えんどう》のさやを剝いていた雪哉は、監視していたつもりの本人から話しかけられ、目を瞬いた。

「そのようですね」

　なるべく、雪哉も報告の場には居合わせるようにしていたが、目新しい情報は入って来ていない。小梅はしきりと犠牲者の確認をしたいと申し出ていたが、未だに、顔が確認出来るような遺体は見つかっていなかった。

「……あたし、いつまでここにいれば良いのかしら」

　途方に暮れたように呟かれて、雪哉はまじまじと目の前の少女を見つめた。

　今の小梅は、郷吏の娘から借りた淡い縹色《はなだいろ》の小袖と、染め模様の入った湯巻きを腰に巻いている。初対面の時に寝乱れていた髪は丁寧に整えられ、今はつやつやとした栗色をしていた。

顔色が良くなったせいか、さっぱりと整った装いをすると、まるで良家に仕える侍女のようである。

「ここにいるのは、ご不満ですか」

「不満なんか、あるはずがないわ。皆、とても優しいし。出来れば、ずっとここにいたいくらいよ」

でも、と言い淀む小梅に、雪哉は手を止めて、剝きかけていた豌豆を笊《ざる》に戻した。

「何かおっしゃりたい事があるなら、遠慮なくどうぞ」

不満でも要望でも、と続けると、小梅は余計に困ったような顔になった。

「あのね、それはこちらの台詞《せりふ》。あなたこそ、あたしに何か言いたい事があるんじゃないの」

思いがけない言葉に、雪哉は寸の間、返答に詰まった。

「と、言いますと？」

一体どうしてそんな風に思ったのか、想像もつかずに問い返せば、小梅は拗《す》ねたようにそっぽを向いた。

「だってあなた、いつもあたしを見ているじゃない。お兄さんや弟さんは、顔を合わせればあたしに親切にしてくれるけれど、あなたみたいに四六時中付いて来たりしないわ。何か言いたい事があるのかしらって待っていたけれど、あなた、全然話しかけて来ないんだもの」

ずっと気になって、落ち着かなかったのだと言う。

言われてみれば確かに、傍にいた割に、自分からの接触は少なかったかもしれない。ちょっとやり過ぎたかと内心で反省しながら、雪哉は申し訳なさそうに謝って見せた。

「誤解させてしまったのなら、すみません。年頃の女性には慣れていないもので」

どう接したら良いか分からなくてと、雪哉は気遣わしげな表情を装い、小柄な少女と相対《あいたい》した。

「失礼があってはいけませんが、大変な事があったばかりですし……ただ、君を一人にしたくなかっただけなんですよ」

そう言って、眉尻を下げて小梅へと笑いかける。

雪哉を横目で見ていた小梅は、「ああ、そうだったの」と、何故だか頬を赤らめた。

それから、躊躇《ためら》いがちにこちらに向かい直ると、上目遣いで雪哉を見上げて来たのだった。

「じゃあ、その、あたしに何か不満があるというわけではないのね？」

「ええ、勿論」

笑顔で返してやれば「良かったわ」と顔をほころばせ、小梅は胸を撫で下ろした。

「だったら、あたしがずっとここにいても、問題はなさそうね」

一瞬、言われた意味が分からなかった。「は？」と、思い切り冷たい声が出そうになったのをすんでのところで堪えて、穏やかな表情のまま、首を傾げる。

「……それは、どういった意味でしょう」

「あなたのお母さまがおっしゃったの。もし、このまま父の安否が不明なままだったら、あたしを郷長屋敷で雇ってくれるって」

「母が？」

何でも「身よりのない子どもに居場所を与えるのも、郷長屋敷の役目ですから」と言ったらしい。いかにも、あのお人好しの母が言いそうな言葉である。

「とってもありがたかったのだけれど、あなたがあたしに不満があるのなら、それもどうしようかと思っていたの。でも、安心したわ」

これからよろしくねと、妙に明るい早口で小梅は言った。

――どうも、小梅の良いように会話を誘導されてしまった気がする。

雪哉には、ちらちらとこちらの顔色を窺う小梅の目が、小狡《こずる》く光っているように思えてならなかった。

「そう言えば、炊事場のおばさん達から聞いたのだけれど、あなた、宮仕えしていたというのは本当？」

「それは、ええ、まあ」

「すごい！　ねえ、宮中の話を聞かせてよ。あたし、中央で生まれ育ったけれど、宮廷には一度も入った事がないの。どんな所なのか、詳しく教えてくれないかしら」

これは、どうした事だろう。これまでの様子とは、まるで別人だ。

あのしおらしさはどこにいったのか、ちょっと、異常なくらいのはしゃぎようである。宮中への憧れをまくしたてる小梅に、雪哉は何とも言えない違和感と、薄気味悪さを感じた。

「……君は、お父上が心配ではないのですか」

言うつもりはなかったのに、気付けば、声に出てしまっていた。

最初、きょとんと目を丸くした小梅は、その意味を解するに従って、徐々に表情を失くしていった。

「心配よ。心配に決まってているじゃない」

ばつが悪そうな言葉は、案の定、言い訳じみている。

「でもあたし、ずっと宮烏《みやがらす》に憧れていたから……。ちょっとの間でもこんな立派なお宅で働けるなんて、本当に嬉しいなって思っただけなのよ。それこそ、行方不明になった父に、感謝したいくらいにね」

――それが、父親の生死が不明の娘の言う事か？

本人は気付いていないかもしれないが、うっかり出た彼女の本音は、雪哉を警戒させるに十分なものだった。悪びれない小梅に嫌悪が込み上げて来て、やっぱりこの女は信用出来ない、と思う。

「血の繋がった、実のお父上でしょうに。その言い方はないのでは？」

ぶっきらぼうに言い返せば、小梅はようやく己の失言に気付いたようだった。一瞬だけ顔を強張らせた後、しかし、すぐにこちらを睨み返して来た。

「……あたしの父親がどんなろくでなしか、知らないくせによく言えたものね。でも、そうよね。あんなに素敵なご両親がいて、何一つ不自由なく生きて来た人に、あたしの気持ちなんて分かるわけがなかったわ」

その言葉に、かちんと来た。

「……そう思っている、君の方にも問題があるんじゃないですか」

「何よ、それ。どういう意味」

「俺だって、家族に何の不満もないわけじゃない。それでも、今の形を手に入れるために力は尽くしたんですよ。お父上に問題があったというのなら、それは君の方にも問題があったという事では？」

「何が言いたいの」

このままではいけないと頭の中では分かっているのに、雪哉の口は止まらなかった。

「自分の不遇を父親のせいばかりにしている君に、馬鹿にされる筋合いはないと言っているんです」

言いきった雪哉を、小梅は気持ちの悪い虫を眺めるような目で見返した。

「まるで、自分がずっと努力して来たみたいな言い方をするのね。目いっぱい愛されて育ったのでしょうに」

苦労知らずの坊ちゃんて、これだから嫌なのよと小梅は吐き捨てる。

「知ったような口を利かないで下さい！」

「あんたこそ、あたしの何が分かるっていうの。本当に辛い思いをした事なんかないくせに」

金切り声を上げた小梅に堪らなくなって、雪哉は荒々しく外へと飛び出したのだった。

「あんたなんか、大っ嫌い！」

背中を向けた雪哉に叫んで、小梅は苛々と足元の笊を蹴飛ばした。

「何なのよ、あいつ。あれでお方《かた》さまと血が繫がっているなんて、信じられないわ」

「そう見えますか」

背後からかけられた声に、小梅は飛び上がった。

「お方さま」

いつから聞いていたのか。

振り返れば梓が、困ったようにこちらを見つめていた。

梓の背後には、泡を食ったように散じて行く家人の姿がある。どうやら彼らが、険悪な雰囲気の小梅と雪哉を見て、梓を呼んで来たらしい。

自分の息子を悪く言われて、平気な母親などいないだろう。このままでは嫌われてしまうと思えば、先程までの怒りが急速にしぼんでいった。

「あの、ごめんなさい。あたし、そんなつもりじゃなくて」

小梅はしどろもどろに弁解しようとしたが、梓は小梅を責めたりしなかった。

「残念ですが、あなたの言う通りなのですよ。雪哉と私は、血が繫がっていないのです」

思いがけない言葉に、小梅は言葉を失った。返答に困った様子の少女に、梓は補足する。

「私は後妻ですから。三兄弟の中で雪哉だけが、先妻の子なのです」

それでも、私の息子である事に変わりはありませんけどねと、梓はきっぱりと言い切った。

「血のつながりがあるかどうかなんて、一度家族になってしまえば、どうでも良いのです。でも、私がそれに気付くのが遅れたせいで、あの子には可哀想な事をしてしまいました」

「可哀想な事……?」

弱々しく呟けば、梓はなんとも寂しそうになった。

「情けない話ですが、一度、雪哉を北家に養子に出す話が出たのです」

「北家に」

「ええ。雪哉を生んで、すぐに亡くなってしまった先妻は、北家のお姫さまでしたからね」

長男である雪馬との兼ね合いもあって、色々と言われる事も多かったのだと言う。

母親の家柄もあり、雪馬と雪哉、どちらが跡目を継ぐかで、一時期はかなり揉めたのだ。当時は、好き勝手な主張をする中央住まいの親戚やら、北家に取り入ろうとする地方貴族やらが口出しして来て、梓も相当参ったらしい。

忘れもしません、と梓は暗い目をして、雪哉の出て行った方を見やった。

「あの子が、二歳になったばかりの頃です。北家の方がここにやって来て、あの子を連れて行こうとしたのです。今から思えば浅はかでしたが、こんな風に言われるくらいだったら、雪哉にとっても、北家で暮らした方が良いかもしれないと思ってしまって……」

北家の使いの男が、梓の傍らで昼寝していた雪哉を抱き上げたのを、ただ見守る事しか出来なかった。すると突然、普段はとても大人しかった雪哉が、火が点《つ》いたように泣きだしたのだ。

——たすけて、ははうえ、と。

「それでもう、駄目でした。顔を叩かれたみたいに我に返って、急いで雪哉を取り返したのですけれど」

余程怖かったのでしょうねと、囁くような声の中には、後悔が感じられた。

「あんなに小さかったのに、大きくなるまで、ずっとその時の事を覚えていたようです」

その一件以来、泣き虫になってしまって大変だったのだと梓は言う。

思い出してはうなされて、その度に「僕は母上の息子ですよね」「どこかにやったりはしませんよね」と何度も確認するのだ。大きくなり、それを言わなくなったと思った頃から、雪哉は兄を立てる事に全力を尽くすようになった。兄と机を並べれば馬鹿なふりをして、刀を持って向かい合えば、必ず自分から降参する。

父親や親戚連中にどれだけ馬鹿にされようが、雪哉は、一回も己のために抗弁をしなかった。いっそ卑屈なまでの献身の一方で、兄や梓の悪口を言う者には、裏で徹底的な報復をしていたと知ったのは、つい最近になってからである。

「私とあの子に血の繋がりはありませんから、雪哉にとって血縁関係をもとにした『家族』というものは、縋《すが》れる縁《よすが》にはなり得なかったのでしょう」

雪哉にとって家族とは、『家』であり『故郷』であり、自分の居場所、自分の『帰る事の出来る場所』だったのだろう。そしてそれは、何もしなければ手に入れる事が出来ないものであり、雪哉は自分の居場所を守るために、いつだって必死だったのだ。

「だからあなたの言葉を聞いて、あの子はつい、カッとなってしまったのだと思います」

自分の口にした言葉を思い出し、小梅にもようやく、いきなり雪哉が怒りだした理由が分かった気がした。

「あの、お方さま」

「あなたを傷付けてしまって、本当にごめんなさいね。でも、どうかあの子を許してやって下さい」

小梅が口を開く前に、梓は深々と頭を下げて来た。小梅はぎょっとして、慌てて梓の顔を上げさせた。

「止めて下さい！　あたしだって、そんな事情があるなんて知らなくて、その、結構酷い事を言っちゃったし」

「ええ。あなたがあの子の事情を知らなかったように、あの子もあなたの経験して来た苦労を知りません」

ハッとして目を見開けば、目じりに浮いた皺を深くして、梓は優しく微笑んだ。

「雪哉には、私から話しておきます。あなたも色々と思うところはあるでしょうが、あの子、決して悪い子ではないから。後で謝りに来た時には、どうか、仲良くしてやって下さい」

「いいえ、お方さま」

きっぱりと言って、小梅は決然と顔を上げた。

「あたしが、直接行きます」

強い声に驚いていた梓が、小梅の言葉を聞いて、嬉しそうな笑顔となった。

小梅が外に出ると、空は、既に蜜柑色《みかんいろ》に染まっていた。

生垣として植えられたお茶の木には忍冬《すいかずら》の蔓がからまり、白い花からは、鼻の奥にすべり落ちるような蜜の香りがしている。

あちこち探し回るまでもなく、雪哉は厨《くりや》を出てすぐの所、裏庭の縁石の上に、ぼんやりと腰かけていた。

雪哉は、小梅が今まで見て来た同年代の男子とは、どこか違った雰囲気を持つ少年だった。妙に落ち着いていると言うか、達観していると言うか。

時々、ひどく大人っぽい顔をするのだ。

それが血筋のせいなのか、複雑な育ちのせいなのかは分からないが、同じ貴族であるはずの雪馬や雪雉とも違い、丁寧な物腰の中には、中央の宮烏を思わせるところがあった。

その横顔は怒っているようには見えなかったが、小梅がここにいる事には気付いているのに、あえて無視されているような気がした。

「……さっきは悪かったわよ」

おずおずと話しかければ、無表情のまま振り向かれた。何も言われないのを自分に良いように解釈して、小梅は構わず続ける。

「聞いたわ、あんたのお母さまから。宮烏には宮烏なりに、大変な事もあるのね」

本人が覚えているかどうかは知らないが、梓は、雪哉が幼い頃に連れて行かれそうになった事を、今でも気にしている様子だった。

それを言うと雪哉は、わずかに瞳を揺らした。

「忘れてなどいません。今だって、よく覚えていますよ」

時々夢に見ますから、と雪哉はほろ苦く笑った。

「自分で言う事ではないかもしれませんが、物心ついてから今に至るまで、ずっと気を張っていた嫌いがあるんです。自分がここにいて良いのか、母を母と呼んで良いのか、分からなくなった時もありました」

言い訳させてもらえるなら、結構疲れていたんです、と雪哉はため息をついてこめかみを揉んだ。

「君に何の苦労もなく、と言われて、ついつい過剰に反応してしまいました。でもそれは、君に八つ当たりして良い理由にはならないし、完全な甘えだったと反省していたところです」

申し訳ない、と素直に謝られて、小梅は首を横に振った。

梓の言葉を信じるなら、雪哉には、今の家族の形を守ったのは——あるいは、創ったのは自分だ、という自負があるのだろう。だからこそあそこまで怒ったのだと思えば、自然と腹も立たなかった。

「あたしもあんたみたいな境遇だったら、きっと、同じように言ったと思う」

だから、今度はこっちの事情を聞いて欲しいと、小梅は真っ直ぐに雪哉の目を見た。

「あたしにはね、母親がいないの。家族と言えるのは父親だけだったけれど、その父親も、まともに働きもしないろくでなしだった。あたしは、あんたが家族を守ろうと頑張っているのと同じ期間だけ、家族を養うために働いて来たのよ」

父親が生きている限り、ずっと自分が身を粉《こ》にして稼がなければならないのかと思えば、本当に気が狂いそうだったのだ。

「誰にも頼れないし、体も心も辛かった。自分では稼がないくせに、借金ばかり作る父親が憎くても、誰もあたしを責めたり出来ないと思う」

「僕とは、比べ物にならないくらいの苦労をされてきたのですね」

あまりにもしみじみとした同情に、一瞬、雪哉の皮肉かと思った。だが少年の顔は、自責の念に堪えかねたように歪んでいる。

きっと、先程の自分の言動を恥じているのだろうと小梅は思い直した。

「あなたは、血が繋がってはいないけれど、あんなに素敵な母親がいて、自信を持って家族だと言える人達に囲まれているじゃない。あたしには、それが羨ましい。あんなお母さんがいてくれたら、どんなに良かったかと思うわ。あなたが知らないだけで、いない方が子どもにとって良い親も、この世には存在しているのよ」

小梅の言葉を反芻するように俯いて、しばし。

ゆっくりと顔を上げた雪哉は、先程とは人が変わったように、真摯《しんし》な眼差しをしていた。

「小梅さん。やっぱり、僕が間違っていました。改めて、先程はごめんなさい」

「良いのよ。あたしもごめんね」

これから、仲良くしてくれたら嬉しいわと言えば、雪哉はやけに綺麗な笑顔で「こちらこそ」と返したのだった。

郷長屋敷で小梅の面倒を見る話は、何の問題もなく認められた。

兵を動員した山狩りでも分かった事がほとんどない現状では、小梅はただの被害者であり、郷長にとっては保護すべき対象でしかない。時を見計らって梓が提案すると、郷長は簡単に許可を出したのだった。

「君が八咫烏である事は、中央の方も確認済みだ。郷長屋敷で面倒を見ても、何も問題はない」

「ありがとうございます！　どうか、よろしくお願いいたします」

深々と頭を下げた小梅は、同時に、郷長に一つの頼みをした。

「一度、身の回りのものを取りに中央へ戻りたいのですが、許して頂けないでしょうか」

ちょうど、郷長自身も朝廷への報告のため、中央へ向かう予定を立てていたところである。

良かろうと頷いた父に向けて、雪哉は咄嗟《とっさ》に声を上げた。

「では、父上が朝廷へ行っている間、僕が小梅さんに付き添います」

その方が父や郷吏に迷惑をかける事もないし、中央に慣れている分、時間も手間もかからない。

「それに、墨丸殿の馬もいますし。僕が招陽宮《しょうようぐう》へお届けしましょう」

招陽宮は、若宮殿下の御所である。

若宮は、朝廷に戻る際に馬を乗り換え、郷長屋敷の馬を借りて中央へと帰っていた。若宮の乗って来た馬は未だ郷長屋敷にいたので、なるべく早く返してやりたいと思っていたのだ。

「何より、今の小梅さんを一人にするのは心配ですから」

迷った様子だった父も、雪哉の言葉を聞いて納得してくれたようである。

翌日には、郷長は中央の官吏と郷吏、雪哉と小梅を引き連れて、中央へと出発したのだった。

馬を使えば、垂氷の郷長屋敷から朝廷まで、そう長くかかる距離ではない。

それぞれが馬に乗った一団は、順調に中央へ向かって飛んだ。しかし、本来であればあっさり通れるはずの中央へ入る関所が、この時は殺気立ち、混雑していた。

それも無理はない。北領から出ようとする八咫烏で関所はごった返しているのに、身元の検《あらた》めはことさら慎重で、遅々として進まないのだ。

幸い、郷長と中央官吏の率いる一行という事で、雪哉達はすんなり通してもらえたが、他の旅人達の視線が恐ろしかった。倦《う》んだ様子の旅人が多く見え、関所の番人も、「これでも昨日よりはましになった方です」と憔悴《しょうすい》した顔をしていた。

すでに北領の悲劇は中央まで伝わっているらしく、そこには武装した兵が立ち並んでおり、時折強引に割り込もうとした者を捕まえては、関所の横に張った天幕の中に連れ込んでいた。

関所を出た所で、雪哉と小梅は、郷長率いる一団と別れた。小梅の荷物を回収した後、若宮の住む招陽宮へ行って、馬を返すのだ。

若宮の馬は気性が荒い。以前は、若宮がいない時に雪哉を騎乗させるなど、絶対に許してくれなかったのだが、今は異常事態を察しているらしい。大人しく雪哉と小梅を背に乗せて、関所を飛び立ったのだった。

「しかし、驚いたわ。雪哉は、若宮殿下の御所に出入り出来るのね」

中央育ちのためか、小梅は招陽宮へ馬を届けるという一事が何を表すのか、正確に理解していた。感心した様子の彼女に「ああー」と雪哉は煮え切らない返事をした。

「宮仕えをしていた頃、少しの間だけ、若宮殿下にお仕えしていた時期があるんですよ」

「少しの間でも、若宮殿下にお仕え出来るなんてすごいわよ」

あたしの身分じゃ一生無理、と小梅はため息をつく。

「あなたのお兄さまが言っていたわ。あなたにその気があったなら、中央に残る事も出来たのにって」

どうしてそんな幸運を逃したの、と訊かれて、雪哉は苦く笑った。

「……それを幸運と呼ぶのなら、きっと僕にとっての幸せは、朝廷には存在しなかったのでしょう」

朝廷を内包する中央山は、文字通り山内の中心に位置している。

この山の北から東にかけては大きな湖が存在しており、これはただ単に湖《うみ》と呼ばれていた。湖の周辺には、山内中から集まった物品が取引される市場が展開されており、小梅の家は、北領の関所を出て湖を挟んだ、対岸の地域にあった。朝廷へ入る中央門とは、ちょうど山を挟んで反対側の位置であり、こちらには、雪哉もあまり来た事がなかった。

湖辺《うみべ》の宿屋に馬を預けた雪哉は、自宅に向かって歩きだした小梅の後に続いた。

「いつもは、もうちょっと活気のある所なのに」

小石で整備された道を歩きながら、小梅は道の両側の宿屋を見まわして呟いた。

「泊まっている人は多そうなのに、明るい声が全然聞こえて来ないわ……」

「まあ、無理もないでしょう」

ただでさえこの辺りは、北領から来た八咫烏が一番多く宿泊する場所なのだ。その口を介して栖合で起きた事件の詳細を聞いたのか、中央の八咫烏も、どことなく不安そうな顔をしている。しかし、まだ危機感を覚える程ではないのか、垂氷のような緊迫感は感じられなかった。

ところどころに貼り出された触れ書きを見る限り、朝廷が事細かな布告を出しているおかげで、比較的正確な情報が届いているようである。

慣れ親しんだ町の様子がおかしいせいか、小梅は緊張しているようだった。

いくつもの細い路地を抜け、あまり綺麗に整備されていない階段を上る足が、段々と早くなっていく。

「小梅さん？」

雪哉もやや早足になって声をかければ、怖い顔になっていた小梅が、ハッとして足をゆるめた。

「ごめんなさい、あたしったら。でも、なんとなく父が先に帰っているような気がして」

もし父が生きていたら、絶対に家に戻っているはずなの、と小梅は力無く笑った。

「旅先ではぐれた時には、必ず、一旦家に帰る決まりになっていたから」

雪哉は何も言わず、軽く小梅の肩を叩くに留めた。

「行きましょう」

「そうね」

小梅とともに歩き、やがて、住居もまばらな地区にやって来た。木々が多くなり、山の斜面に直接建てられた家がぽつぽつ見える。

「あそこが、あたしの家」

小梅が指差しながら向かった先は、歴史を感じさせる、古く大きな家であった。だが、大きく見えるのは家の内部に井戸を内包しているからであって、実際に居住するための空間は、それほど広くはないのだと言う。

小梅の説明を聞きながら家を眺めていた雪哉は、垣根の向こうで動く人影を見つけた。小梅もほぼ同時にそれに気付いたのか、息を飲み、脱兎《だっと》のごとく駆けだす。

まさかと思いながらもその後を追い、雪哉はその人影の前に立った。

そこには、三人の男がいた。

動きやすい形の羽衣《うえ》に、白い鉢巻。一目で堅気《かたぎ》では無いと分かる、剣呑《けんのん》な目つき。

これは、小梅の父親ではあるまいと思った。

案の定、彼らの姿を見た瞬間に小梅は面食らった様子で、すぐに眉根をきつく寄せたのだった。

「あんた達、誰。あたしの家で、何をしているの」

「お前は、治平《じへい》の娘だな？」

「だったら何なのよ。こちらの質問に答えて」

小梅のつっけんどんな態度にも、まるで動じない。三人の男のうち、最も年嵩《としかさ》の男が、小梅に向かって手を差し出して来た。

「お父さんに頼まれて来たんだ。ついておいで」

「父に？」

「ああ、そうだ」

父親の名前に動揺するかと思ったが、小梅は思いの外、冷静だった。寸の間返答に詰まっただけで、次に出した声はしっかりしていた。

「……あなた達、本当に父と知り合いなの？」

「ああ、そうだ。君を迎えに行ってくれと頼まれたんだよ」

「どうして、父本人が来ないの」

「少々、事情があってね。それもおいおい説明するから」

「事情があるなら、今ここで言ってちょうだい。さもなきゃ、あたしはここを動かないわ」

言いながら、小梅は足を引いていく。自然と小梅の前に出る形になった雪哉は、三人の男と相対した。

「ちょっとお待ちを。あなた方は何者ですか」

「何だ、小僧。部外者はすっこんでいろ」

途端に不機嫌そうになった男達に、雪哉は出来るだけ格式ばった口調で返した。

「僕は、この方の身を守る義務がある者です。身元のはっきりしない方に引き渡すわけには参りません」

「この娘を守る義務だと？」

言ったそばから、眉間に、深い皺が刻まれる。無言のうちに目を見交わす三人は、一向に名乗る気配が感じられなかった。

「それを命令した僕の父は、朝廷から官位を頂いた宮烏です」

父親の身分を笠に着るのには抵抗があったが、この際仕方が無い。三人の風体を見る限り、明らかに宮烏の手の者には見えなかった。良くて商人の用心棒、悪くて、谷間《たにあい》のごろつきか。そのどちらであれ、貴族の存在を示せば、大人しく引き下がるはずだった。

しかし、雪哉の言葉を聞いた途端、奴らは引き下がるどころか、一気に気色ばんだのだった。

「宮烏だと。一体、どこのどいつだ」

急に声を荒らげた男に、雪哉は驚いた。

「あなたが名乗らない限り、こちらもお答えする義務はありません」

「素直に言えば許してやる。貴様らの背後にいるのは、誰だ」

「お答え出来ません」

「ふざけるなよ、くそ餓鬼め」

「答えられないのなら、吐かせてやる。お前も一緒に来るんだ！」

こちらに向かって伸ばされた手を叩き落とし、雪哉は小梅を捕まえようとした男の腕を容赦なく蹴り上げた。引け腰になっていた小梅の手を取り、全速力で駆けだす。

「てめえ！」

「待ちやがれ」

男の怒声に構っている暇はない。すぐ背後から追って来る気配がしたが、人通りの多い所までいけば、こちらのものだ。

ところが、行く手にも三人と同じような恰好をした八咫烏が現れ、雪哉はしまった、と方向を変えた。慌てて横へ逃れようとするも、いつの間にか、そちらにも奴らの仲間がいる。

――囲まれてしまった。

小梅を背に庇《かば》おうとしたが、すぐ後ろまで来ていた三人のうちの一人が、乱暴に小梅の襟首を摑み上げた。

「何をするの。放して」

悲鳴を上げる小梅に、次々と間を詰める男達。

小梅は短胴を着ているから転身出来ないが、雪哉は羽衣姿である。自分だけでも鳥形になって助けを呼ぶべきかと身構えた雪哉の前で、小梅が、苦し紛れに叫び声を上げた。

「あんた達、こんな事をしてただで済むと思っているの。そこにいる雪哉は、若宮殿下にお仕えしているのよ！」

それを聞いた瞬間、雪哉に向けて飛びかかって来ようとしていた男達が、驚いた様子で動きを止めた。その表情は、若宮殿下の威光に恐れを為したというよりも、思いがけない名前を耳にして、対応に迷ったようであった。

「若宮だと」

日嗣《ひつぎ》の御子《みこ》の事か、と確認して来たのは、最初に話しかけて来た年嵩の男である。雪哉の中では「まずい」と警鐘が鳴っていたが、小梅の口は止まらなかった。

「そうよ。雪哉は日嗣の御子、若宮殿下に伺候《しこう》している宮烏なんだから！　こんな酷い真似をするなんて、絶対に許されないわ。分かったら、さっさとこの手を放しなさいよッ」

やけっぱちになって暴れる小梅を前に、年嵩の男はわずかの間考え込んだ。

「……放してやれ」

端的な命令に、小梅を捕まえていた男が手を放す。

解放された小梅自身、まさか本当に自由にしてもらえるとは思っていなかったのだろう。拍子抜けした様子でその場に立ちつくした。

「小僧。貴様が、若宮の手の者というのは、本当か」

問われて、雪哉は鋭く男を睨み返した。

「そういうあなたは何者ですか」

それを聞かない限り、答える気はないと態度で示せば、わずかに男の口元が笑う。

「強情な奴め。我々は、地下街の者だ。『鵄《とび》』の命令で動いている」

「鵄――」

中央で若宮に仕えていた頃、雪哉は若宮の命令で、谷間《たにあい》で働かされた経験があった。だから、地下街とは、谷間を統《す》べる親分達のねぐらであると知っていたし、鵄の名前も、度々耳にした記憶があった。

「地下街の頭領ともあろう方が、彼女に何の用があると言うのです」

鵄は、谷間を治める現役の親分達の中で、最も力のある男である。

連立する親分衆のまとめ役とも言うべき存在であり、普段は、表社会に顔を出す事をほとんどしない八咫烏でもあった。

「こちらは、要望通り名乗ってやったぞ。お前も、我らの質問に答えろ」

お前は若宮の手の者か否か、と叩きつけるように言われて、雪哉は唇を噛んだ。

「……若宮にお仕えしていた経験があるのは、事実だ」

「なるほど。それだけ聞けば、十分だ」

男は雪哉と小梅を囲む者に片手を振って見せた。

「こうなると、我々の手には負えん。一旦退《ひ》くぞ」

男達はその言葉に従い、あっさりと雪哉達に背を向けていく。呆然とする雪哉に向けて、男は最後に、朗々とした声で言い捨てた。

「近いうちに、鵄から若宮へ連絡が行くだろう。それまでに、協定を破った言い訳を考えておくのだな」

男達の最後の一人が見えなくなった途端、緊張の糸が切れたように、小梅はその場にしゃがみ込んだ。

「小梅さん。谷間の連中がここに来た心当たりは？　協定とは何ですか」

構わずに問い詰めれば「そんなの知らないわよ！」と、悲鳴を上げるように言われた。

「目的なんか、口から出まかせに決まっているわ。きっとあいつら、あたしを攫《さら》いに来たのよ」

小梅は興奮してまくしたてる。

「君を攫いに？」

「ええ、そう。中央では最近多いのよ。年頃の女の子が、いなくなっちゃうの」

あたしの父が行方不明だと聞きつけて、谷間に売り飛ばそうとしたに違いないわ、と小梅は嫌悪を隠さずに吐き捨てる。

「もう嫌。なんで、あたしばっかりこんな目に遭わなきゃならないの」

さめざめと泣きだした小梅に、このままではらちが明かないと悟る。雪哉は小梅の腕を引っ張って、少々強引に立たせた。

「とにかく、行きましょう」

「行くって、どこに」

泣き濡れた顔を上げた小梅に、雪哉は冷静に返す。

「当初の予定通り、招陽宮です。あなたが若宮殿下の名前を出してしまった以上、あちらに知らせる必要があります」

「あたしも行っていいの」

急に顔を輝かせた小梅に、雪哉は「分かりません」と正直に答えた。

「その判断は、僕には出来ませんから。取りあえず近くまで行って、あちらの命令に従いましょう」

――正直なところ、雪哉は今の一件も含めて、小梅をますます信用出来なくなっていた。

小梅の方は、あの口論を契機に打ちとけたと思い込んでいるようだったが、実際、雪哉の彼女に対する疑念はふくらむ一方なのである。

不審な人物を若宮に近付けたくはなかったのだが、こうなった以上、仕方がない。雪哉は馬の所へ戻ると、小梅を連れて、その足で山内衆《やまうちしゅう》の詰め所へと行った。山内衆は宗家の護衛を務める、山内随一の精鋭集団である。招陽宮へ向かうのならば、まずはそこに話を通さねばならなかった。

取次ぎを頼めば、半ば予想していた通り、小梅は詰め所に預け、雪哉だけ来るようにとの返事があった。くれぐれも小梅から目を離さないよう、顔見知りの山内衆に頼んでから、雪哉は先導を受けて飛び、若宮の御所へと向かったのだった。

宮烏の屋敷は山の側面に突き出るような形で建てられているが、肝心の宗家が住まう宮廷と、政治を行うための朝廷は、岩壁をくり抜いた山の中に存在している。

招陽宮は、朝廷を内包する山からすると瘤《こぶ》にあたる、突き出た岩山の上に建てられた宮殿である。雪哉は山腹から噴き出す滝のしぶきを受けながら、朝廷と招陽宮を繋ぐ石橋の上へと乗りつけた。

巨大な門の周りを、大烏や馬に牽かれた飛車《とびぐるま》が飛び交う光景は、少し前までは毎日のように見ていたものだ。だが、この先二度と見る事はないだろうと思ってここを去ったためか、たった二月ぶりなのに、ひどく懐かしく感じられる。同時に「戻って来てしまった」という、名状しがたい敗北感のようなものもあった。

「雪哉」

呼びかけられて振り向けば、一人の青年が、軽快な足取りで橋の上をこちらに向かって来るところだった。

武人にしてはやや小柄であるが、彼がその身の軽さを活かし、飛び跳ねるように敵を蹴散らしていく姿を雪哉は知っている。肌の色は日に焼けたように浅黒く、普段、笑えば少年のようになる顔が、今は厳しく引き締まっていた。肩には、紫に銀の刺繡が入った懸帯《かけおび》――日嗣の御子付きの護衛である証が、誇らしげに下げられている。

招陽宮唯一の護衛であり、若宮の幼馴染《おさななじみ》でもある、山内衆の澄尾《すみお》だった。

「澄尾さん」

「話はすでに聞いている。とにかく、殿下に報告が先だ」

馬は先導してくれた山内衆に任せ、挨拶もそこそこに門をくぐる。

若宮が私室として使っているのは、本殿から渡殿《わたどの》を通じて建てられている、小さな離れである。やって来た扉の前で、澄尾が声をかける。

「殿下。雪哉を連れて参りました」

「入れ」

返答を聞き、澄尾は扉を開ける。

そこで雪哉が目にしたのは、文机《ふづくえ》に向かっている後姿だった。

その目の前には、大きく窓が開け放されている。

外からの淡い光の中で、その姿は黒く浮かび上がっていた。

単《ひとえ》に、薄紫の薄物を羽織っただけの背中には、うなじあたりで適当にくくった黒髪が、鮮やかな流れを描いている。

「やっと来たな」

男にしては高めの、凛として、よく通る声である。

強烈な既視感に襲われて、雪哉はあんぐりと口を開いた。しかし、衝撃を受けているこちらの様子にはとんとお構い無く、こちらを振り返った若宮殿下は、自然な動作で片手を上げたのだった。

「やあ、雪哉。久しぶり」

元気にしていたかと言った口もとには、しかし、本物の若宮では見られない、皮肉っぽい笑みが浮かんでいる。

こしのある光沢のある黒髪に、くっきりとした目鼻立ち。

凛々しく、少しばかりきつい印象を受ける美貌には、茶目っけのある笑みが浮かんでいる。宵闇色《よいやみいろ》の流し眼と紅《あか》い唇が、本物よりもやや色っぽかったが、何度か会った事のある者でも、遠目ならまず間違いなく騙されるだろうと思った。

「浜木綿《はまゆう》さま？」

呆然と、先だって若宮の正室となったはずの姫君の名を呼べば、喉を鳴らして笑われた。

「馬鹿を言っちゃいけない。ここにいるのは、あんたの元主人、若宮殿下だよ。ほれ、久方ぶりの挨拶はどうした」

完全にからかわれている。

雪哉は狐につままれたような心地になりながら、浜木綿の前におずおずと腰を下ろした。

「お久しぶりでございます……と、申しますか、よろしいのですか、こんな所にいて」

若宮の后《きさき》である浜木綿は、本来であれば自身の統括する宮殿、桜花宮《おうかぐう》にいるはずである。

絶対によろしくないだろうと思いながら問えば、浜木綿は片方の眉をつり上げた。

「そんな顔をするもんじゃないよ。こんな無茶が出来るのも、今だけじゃないか」

そういう問題ではない。

声無き非難を感じ取ったのかどうか、それまで複雑な表情で黙り込んでいた澄尾が、若干疲れた様子で口を開いた。

「安心しろ。いくらなんでも、公《おおやけ》の場には出ておられないから」

「昼は招陽宮で雑用を片して、夜は桜花宮に戻るだけだからね。おかげでうつけの若宮は、嫁御《よめご》を貰ってから落ち着いたようだと、もっぱらの噂だよ」

慣れた様子の浜木綿姫の姿に、雪哉は眩暈《めまい》を感じた。

恐ろしい事に、この背の高い姫君は男装してみると、確かに若宮殿下そっくりだった。

顔立ちは全く違うのだが、なんと言うか、雰囲気がとてもよく似ているのだ。だからと言って、もともとの体つきは全然違うのだし、替え玉にするというその発想がどこから来るのか、さっぱり見当もつかなかったが。

「これが朝廷の面々に知られたら、うつけ呼ばわりされるどころじゃ済みませんよ……」

「ばれなきゃ良いだけの話だ」

きっぱりと言い切った浜木綿に、「ああ、この人達は内面からして似た者夫婦なんだな」と雪哉は諦めの境地に入った。

しかし、ここに若宮殿下の偽者がいるという事は、本物はどこに行ってしまったのだろう。

それを言うと、浜木綿は鼻を鳴らした。

「この緊急事態に、あれが宮中で大人しくしているタマかね。留守番はアタシに押し付けて、さっさと北領に行っちまったよ」

「北領に！」

それでは、完全にすれ違いである。狼狽した雪哉に、浜木綿は不敵に笑って見せた。

「安心しろ。どこにいるかは大体把握しているから、いざとなればすぐに連絡はつく。だが、まずはアタシに、何があったか話してごらん」

伊達《だて》に若宮の替え玉をやっているわけではないと豪語する浜木綿へ、雪哉は手短に小梅の家であった事を説明した。

「鵄が――地下街の頭目が、出張《でば》って来るなんて珍しいな」

「しかも、こんな時期に。これは一体、どう考えたら良いんだろうね」

雪哉の話を聞いた澄尾と浜木綿は、二人揃って考え込んだ。

「あの、協定というのは、一体何なのでしょうか」

堪らずに質問すれば、頰に手を当てて考えながら、浜木綿がさらりと答えてくれた。

「それはおそらく、谷間と先代の金烏代《きんうだい》の間で取り交わされた、不可侵の密約を指しているのだろう」

曰く、先代の金烏代は、当時の地下街の頭領との間に、一つの決め事をしたのだと言う。

かつての谷間は、文字通りの無法地帯で、秩序も何もあったものではなかった。しかし、数十年前、先代の金烏代が谷間の取り締まりに着手しようとした矢先に、大きな改革が起こったのだ。

「今の形に谷間が編成されたのもその時期だ。現在、地下街を制している鵄の先代とでも言うのか、『地下街の王』とまで呼ばれている伝説の男がいてね。当時のならず者の集団は容赦なく解体、再編成されて、荒くれ者達の集まりは、独自の法を持った自治組織へと生まれ変わったのさ」

烏合《うごう》の衆ならば与《くみ》し易しと考えていた先代の金烏代も、これには驚いたらしい。下手に手を出せば手痛い報復に遭うし、何より、朝廷が取り締まろうと思っていた事柄は、谷間が先んじて、自ら律するようになっていたのだ。

結果として、表社会と裏社会の明確な住み分けがなされ、朝廷が谷間を取り締まる必要が、そもそも無くなってしまった。金烏代と地下街の王は、現状を維持出来る限り双方手出しはしないという協定を、公にはせずに結んだのである。

「地下街の王と呼ばれた男は、『朔《さく》』という」

「朔――」

澄尾に告げられた名前を、雪哉は口の中で繰り返した。

「谷間の連中は、尊敬の意味をこめて、『朔王《さくおう》』などと呼んでいるな。鵄だって、もともとは朔王の子飼いの一人だったはずだ。鵄だけじゃなく、今、谷間に名前を響かせている親分衆のほとんどは、朔王の薫陶を受けた者なんじゃねえかな」

「おそらく小梅とやらの父親は、地下街の連中を怒らせるような事をしたんだろうね。それにお灸を据えるつもりだったのが、若宮の名前が出て来て騒ぎが大きくなったか」

若宮の名前を出したのは小梅の失言であり、こっちは完全にとばっちりじゃないかと浜木綿は舌うちする。

「ですが、浜木綿さま。これは僕の勘ですが、小梅は何か、隠しているような感じがしてなりません。しらばっくれてばかりで、それが何なのかまでは分かりませんが」

「女は大なり小なり、何かしら秘密を抱えているもんだよ」

「浜木綿さま！」

ふざけないで下さいと言おうとしたが、浜木綿の目の鋭さに気付き、雪哉は口を噤んだ。

「……猿に襲われた集落で唯一生き残った娘の父親が、地下街の連中に狙われている。これを偶然だと判断したら、アタシは夫に顔向けが出来なくなるね」

すぐに小梅とやらを連れておいで、と浜木綿は厳しく言い放った。

「真赭《ますほ》の薄《すすき》に連絡して、あいつの監督のもと、桜花宮で働かせるように言うんだ」

真赭の薄は、浜木綿に仕える女房の筆頭である。

「その娘を、宮中に入れるのですか！」

澄尾が仰天して大声を上げたが、浜木綿は動じなかった。

「あやしい動きの者を遠ざけてどうする。情報がない今、懐に入れて、逐一監視した方が結果的には良いはずだ。その娘が何を考えているか知らんが、地下街の連中から身柄を保護するだけでも、こちらの手札《てふだ》になるだろう。そして、雪哉」

「は」

名を呼ばれて思わず背筋を伸ばせば「お前は北領へ向かえ」と命令される。

「北領――若宮殿下のもとへですか？」

「勘違いが発端とは言え、あちらと接触を持てたのは幸運だった」

おそらくはすぐに地下街の連中から、会談の申し入れがあるだろうが、そこに若宮がいないのでは話にならない。

「郷長にはこちらから話を通しておく。お前は、今すぐあの男を呼び戻して来い」

「承知しました」

「これをやる。次からは山内衆に取次ぎなんか頼まず、直接ここにやって来るんだな」

渡されたのは、若宮付きの近習である事を示す、紫に銀の刺繍がされた懸帯だった。

朝廷を辞す際、雪哉が若宮に返還したものである。火熨斗《ひのし》を当てた後に誰も使わなかったのか、返した時と同じく、綺麗に畳《たた》まれたままであった。

思わず浜木綿の顔を見返せば、意地悪く笑われてしまった。

「朝廷におかえり、雪哉」

さあ、お前に出来る事をしてもらおうか。

第三章　藤の矢

北領が時雨郷《しぐれごう》、郷長屋敷にほど近い山寺で、雪哉は若宮を待っていた。

そこにいればむこうの方からやって来るはず、という浜木綿の予想通り、山寺に着いて半刻《はんとき》もしないうちに、若宮は姿を現した。思いがけず雪哉の姿を目にした若宮は目を丸くしていたが、雪哉の話を聞いて、すぐに状況を理解してくれた。

「なるほど。では、ここの調べを最後にして、一度中央へ戻るか」

「調べ、ですか」

「そう。ちょっと、確認したい事があるのでな。せっかく来たのだし、時間にすればいくらもかからないから、手早く済ませてしまおう」

そう言うや否や、山寺の奥、瑞垣《みずかき》で囲まれた一角へと向かう。

若宮が調べたいと言ったのは、普段、山寺が守り囲っている神域であり、立ち入りが禁止されている場所であった。

こういった山寺は全て山神さまを祀ったもので、そこに仕える神官たちは、いずれも神祇官《じんぎかん》の長《おさ》、白烏《はくう》に統括される官人である。若い神官達は、戸惑い顔で「やめた方が良い」と止めて来たのだが、若宮の素性を知っているらしい古参連中は、ただ黙って頭を下げるだけであった。

「神官があんなに必死になって止めたのは、ここが神聖な場所だからですよね」

ちゃっかり若宮の後について瑞垣の中に入った雪哉は、目の前を歩く背中に向かって話しかけた。

「ここまで来て言うのもなんですが、僕まで入っちゃって良かったんですかね」

「問題ないだろう」

あっさり言って、若宮は迷いのない足取りで、夜の森の中を進んで行く。

「別に、山寺の禁域は、神聖な場所というわけではないからな」

「え、そうなんですか？」

「ああ。ただ単に、うかつに近付けば危険というだけだ」

――あれ。今この人、ものすごく聞き捨てならない事を言った気がしたぞ。

思わず足を止めた雪哉は、そこでふと、違和感を覚えた。

目に入るものに異常はないのに、不思議と足元が覚束《おぼつか》ない。堅い石の上を歩いているはずなのに、ふわふわとしていて、まるで雲を踏んでいるような心地がする。

それに少し、風の中に変な匂いがした。

今まで感じた事のない香りである。嫌な匂いではないが、何やら、落ち着かない。風もないのに、木々が細かく震えているような――視界が、まるで何かと二重写しになっているかのように、ぶれている感じがする。

何かおかしい。

「……殿下。ちょっとお待ちを」

「どうした」

「何か、気持ちが悪いです」

空きっ腹に、強い酒を一気に流し込んでしまったような感覚である。いや、それだって、こんな酩酊感《めいていかん》はなかったように思う。

先導していた若宮は立ち止まってこちらを見ると、心配そうな顔になった。

「辛そうだな。少し下がれ。私よりも、前に出て来ないように」

そう言うと、持参した包みをほどいて、中から取り出した弓に、手慣れた動作でつるを張り始めた。

若宮の持って来たそれは、北領や中央で使われている弓矢とは、明らかに異なっていた。

武人が使う弓矢は職人によって丁寧に加工がされたものだったが、この弓は生木で作られている。にぎりの部分には採ったばかりと見られる藤の蔓《つる》が巻いてあり、とても実用に耐えられるものとは思えなかった。また、箙《えびら》から引き抜いた不恰好な矢の方には、あろう事か、石の矢じりがついている。

困惑する雪哉の前で、若宮はつるを張り終えると、二度三度とつるの張り具合を確かめた。そうして、おもむろに何もない空間に向けて矢をつがえると、ぴたりと狙いを定めたのだった。

若宮の目が、鋭く細められる。

緊張感を孕《はら》んだ一瞬の後、びょう、という鈍い音を立て、矢は、虚空に向けて放たれた。

そのまま、あえなく地面に落ちると思われた矢はしかし、そうはならなかった。

――雪哉の予想も常識も打ち破り、何もない空間に、ざくりと突き立ったのである。

空中にぴたりと留まる様子は、まるで、見えない何かに刺さっているかのようだ。

呆然と見守る雪哉の目の前で、矢じりを固定していた口巻《くちまき》の部分から、何かがにゅっと飛び出して来た。口巻《くちまき》には乾いた藤蔓が巻かれていたはずだったが、そこから覗いたのは、瑞々《みずみず》しい緑の若芽である。

それに気付いてからは、あっという間だった。

藤の若芽は藤蔓へと変わり、そこから、するすると芽が伸び始めた。

淡い黄緑だった柔らかな新芽は、すぐに色の濃い緑葉へと変わる。しなやかな蔓はしゅるしゅると音を立て、何もないはずの空間の上を這《は》うように、四方八方に伸びていった。雪哉の目には見えていないだけで、そこに、透明な壁があるかのようだ。

そう思った瞬間、藤の蔓が張り巡らされた所に、うっすらと、茶色い土の色が見えるようになった。それまで生い茂った雑草があったはずのそこに、いきなり、土の壁が現れたのだ。慌てて周囲を見回せば、切り立った断崖の輪郭が、ぼんやりと浮かび上がって来ていた。向こうが透けて見える土の断面に、若宮の放った矢から伸びた藤の蔓が、縦横無尽に駆け廻っている。

くるりと巻いた蔓の先から、花芽を付けた緑が伸び、つぼみが膨らむ。それが花開いた瞬間、甘い薫りがわっと立ち上り、その場の空気が一気に清澄になった気がした。

いつの間にか、陽炎《かげろう》のようだった土の色も、確かな実体を持っている。

ほんのちょっと前まで、雑木の生い茂るだけの何もない空間だったそこには、藤の花が咲き誇る、見上げるような崖が出来ていたのである。

藤の蔓が伸びていくさまを注意深く見守っていた若宮は、紫色の花が咲いたのを確認すると、満足げに頷き、雪哉の方へ顔を向けた。

「気分はどうだ」

そう言われて気が付いた。

先程まであった、あの酩酊感が消えている。しかしそんな事、今はどうだって良い。己の見たものが、雪哉は信じられなかった。

「何ですか、今のは」

雪哉は若宮の顔と藤の咲き乱れる崖を、何度も見比べた。

「何が起こったんですか。あなたは一体、何をしたんだ！」

動揺している雪哉に気を使ったのか、若宮の口調は言い含めるように、穏やかだった。

「山内の綻びを、繕《つくろ》ったのだ」

山内は、その名の表す通り「山の内側」であり、当然、その境界は山の外と接している。

山の内側と外側を区切る境は、一般に「山の端《はた》」と呼ばれ、近付かないようにされているが、時々落とし穴のように、八咫烏《やたがらす》の居住地に近い場所にも外と接している部分が生まれてしまうのだと若宮は言う。

「それが、綻《ほころ》びだ。綻びは、山の端と同じで、そこから外へ出てしまえば、八咫烏は二度と山内へ戻って来られなくなる」

危険なので、綻びのある場所には山寺を設置し、誰も入り込めないようにしているのだと若宮は説明した。

「……そんな事、十五年間この山内で生きて来て、初めて知りました」

力なく言った雪哉に対し「無理も無い」と若宮は軽い調子で答えた。

「皆が皆、お前のように故郷を愛している者ばかりではないからな。かつては外界に憧れて、綻びへ自ら飛び込んで行く八咫烏もいたのだ」

しかし、正式な手順を踏まずに外へ出たところで、八咫烏は八咫烏ではいられない。ただのちっぽけな二本足の鳥になり、外界で、一生をそのままの姿で生きなければならなくなるのだ。

それが分かったのは、外界との貿易が本格的に行われるようになってからの事だった。無理やり外に出た八咫烏の末路を朝廷も知るところとなり、いいかげんだった「綻び」の管理を、神官の長である白鳥の主導のもと、今のような形で行うようになったのである。

「山内は出るに容易《たやす》く、入るに難しい構造をしているようだからな。今までは問題ないと信じていたのだが、私のような例外も存在している。もしかしたら、猿も山の端か、山の綻びから侵入して来たのかとも思ったのだが……」

釈然としない様子の若宮に、雪哉は唾《つば》を飲んだ。

「違いますか」

「それが、よく分からないのだ」

あの大猿は、自分のようなものよりも、普通の八咫烏に近いように感じられたと若宮は言う。では、山の端や綻びの方に異常があったのだろうかと、山の綻びを繕いながら、あちこちを見て回って来たのだ。

「以前よりも、綻びが大きくなっている傾向はある。だが、綻びの性質そのものに変化はなかった。矢を放てば繕えるし、向こうからは入れないという構造は変わっていない。猿が綻びから入って来られたとは、とても思えん」

若宮はいまいち冴えない顔で首を捻っている。

「その、綻びを繕うというのは何ですか」

「文字通りの行為だ。綻びは、言い換えれば、山内を守る結界が弱くなっている部分だからな。本当に、落とし穴と言うのがぴったりなのだ。今のは一時的な処置だが、落とし穴の上に板を被せるように結界を補強して、綻びをもとの山内の状態に戻したわけだ」

「……そんな事が、可能なのですか」

「他の八咫烏には出来ない。けど、私ならば」

「それは、あなたが『真の金烏《きんう》』だから？」

「お前も聞いているだろう。真の金烏の伝説とやらを」

真の金烏は、夜でも転身を行う。

枯れ木に花を咲かせ、杖を突いた所から水を湧かせ、真の統治者として必要なものを、全て持って生まれて来る。

ああ、それに、山の端からでも外界には自由に行き来が出来るし、山内に開いた綻びも繕えるぞと、何でもない事のように若宮は言った。

「お前は、宗家の正統性を主張するための法螺《ほら》話だとでも思っていたのだろうが、あれは、お伽噺《とぎばなし》でもなんでもない。ほとんどが事実だよ」

絶句した雪哉に、若宮は大真面目に続けた。

「朝廷でのいざこざは、そもそも金烏の本分ではない。勿論、八咫烏の安寧を守るという意味で必要な部分ではあるだろうが、もともと金烏の本分は、八咫烏を守る事だ」

権力争いは、厳密に言えば専門外だと言う。

「では、金烏とは、真の金烏とは、何なのですか」

雪哉は狼狽していた。今まで、曲りなりにも慣れ親しんでいたはずの若宮が、突然、全く知らない人物になってしまったような気分だった。

「金烏とは、八咫烏全ての父であり、母でもある」

急に不安になってしまった雪哉の前で、若宮は唐突に、詠唱するような口調になった。

「如何なる時も、慈愛をもって我が子たる民の前に立たねばならぬ。如何なる困難を前にしても、民を守護し、民を教え導く者であらねばならぬ。金烏とは、八咫烏全ての長である」

すぐに雪哉も気が付いた。

これは、『大山大綱《たいざんたいこう》』だ。

山内の大本、山内の要を規定している大典の、あまりに有名な一節である。

「――それが、真の金烏の全てだ」

そうとしか言いようが無いと、困ったように言って、若宮は雪哉に背を向けたのだった。

＊　＊　＊

夜通し馬を走らせ、中央へ帰還した二人を待っていたのは、考えられる限り、最悪の報せだった。

「おかえり、奈月彦《なづきひこ》。あんたの予想が、悪い意味で当たっちまったよ」

招陽宮《しょうようぐう》へ戻って来た夫を見て、開口一番に発せられた浜木綿の言葉に、若宮は顔をしかめた。

「やはりあったか」

「ああ。今回は集落ではなく、個人の家だったせいで発見が遅れた」

――栖合《すごう》の他に、新たな猿の被害が見つかったのだ。

場所は北領が風巻郷《しまきごう》。そこも、旧街道の果てに位置する、佐座木《さざき》という集落から一軒だけ離れた個人宅だった。

戸籍と照らし合わせた結果、被害者は五人と見られるが、数人分の骨と、おびただしい量の血痕だけがそこには残っていたのである。発見までに時間が空いていたようで、現場に行った者の話によれば、襲撃されたのは一月近く前ではないかという話だった。

「何か手掛かりになるようなものは残っていたか」

「それが、厩《うまや》には馬が残っていたらしい」

可哀想に、繋がれた場所から動く事が出来ずに、飢えて死んでいたのだそうだ。だが、その死体には、猿によって付けられた傷は、どこにも見当たらなかったのだという。

「今、中央から調査団が派遣されて、詳細な分析が行われている。あと一日もすりゃ、もうちょっとまともな報告が上がって来るかもしれないが」

風巻郷は、垂氷郷の隣にある郷である。雪哉は血の気が引いた。

「……やはり北領には、外からの侵入経路があるのでしょうか」

若宮は「山の端や綻びから来たとは思えない」と言っていたが、ここまで地理的な要素が加わると、心配になって来る。何より綻びが大きくなっているという事実そのものが、猿の侵入に何か関わっているのではないだろうか。

心配になった雪哉が視線をやれば、若宮は考え込んだ様子で、澄尾の方へと顔を向けた。

「それは、その中身を改めてから、考えようか」

澄尾は「雪哉から聞いているだろうけど」と断り、手にしていた文箱《ふばこ》を差し出した。

「こっちは、地下街の連中からの手紙だ」

「いつ届いた」

「昨日の夜。多分、お前の名前を聞いて、すぐに書かれたもんだろう。相変わらず、地下街の連中は行動が早ぇや」

渡された手紙は予想に違わず、若宮との会談を申し入れるものだった。送り主は、やはり鳶《とび》である。

地下街との一件は、小梅の父親に関係するものである。小梅の周囲を調べさせたという浜木綿は、表情を険しくした。

「一応、小梅に直接会って話も聞いたんだが、周囲の証言との間に、明確な齟齬《そご》は見られなかったね」

小梅の父親は、もとは中央で水売《みずう》りを営んでいたという。

「水売りって何ですか」

耳慣れない言葉に雪哉が問えば「知らないか？」と澄尾に驚かれた。

「中央じゃ所によって、特別滋養のある水が採れる場所があるんだ。その水場を所有して、水を売り捌《さば》いたりするのが、水売りだよ」

そこまで聞いて、雪哉にもようやく合点がいった。

「それ、地方じゃ薬とされていますよ。『楽泉水《らくせんすい》』って名前で売られていましたけど、あれ、ただの水だったんですか！」

なんだか騙されたような気分になって叫べば「別に、ただの水ってわけじゃないさ」と澄尾は苦笑した。

「言ったろ？　特別に滋養があるって。万病に効いたり、植物の肥料になったりするっていう売り文句は嘘じゃない。まあ、元手がかからない分、水売りがぼろ儲けしている事実は変わらないけどな」

へえ、と感心した雪哉の横で浜木綿が話題をもとに戻した。

「それでだ。小梅の家じゃ、雪哉の言うところの楽泉水が湧き出る井戸を所有して、代々守って来たんだが、この井戸が、父親の代になって涸《か》れちまったんだと」

当然、井戸を頼りにして商いを営んでいた家は立ち行かなくなり、家人達《けにん》も出て行ってしまった。どんどん没落する家を前にして、最初こそ慌てていた父親も、やがて諦めてしまったのだ。

「その父親の尻を小梅がひっぱたいて、行商をするようになったのが最近の事だ。相当苦労して、普通の商売にも慣れて来た矢先に、今回の事件が起こったと言っていた。自分にはつくづく運がないと、小梅は嘆いていたよ」

何度か地下街との関連について訊いたが、小梅自身は、全く心当たりがないという。強いて言えば、父が自暴自棄になっていた頃、谷間《たにあい》の賭場に出入りしていたようだったから、そこで何かをしでかしたのではないか、との事だった。

「それとこれは、周囲の者に聞き込みをして分かったんだがね」

小梅の父が荒れたせいで、小梅の母親は、家を出て行ってしまったらしい。以来、小梅は父親を養うために湖畔の店で働いていたのだが、父親が問題を起こしたせいで、それも馘首《くび》にされてしまったのだとか。

酔いつぶれた父親を引き取りに、酒場に泣きながらやって来た小梅の姿を、何度も目撃した者もいたという。

――なるほど。苦労をしていたという小梅の言葉に、嘘は無かったらしい。

「今、小梅はどうしている？」

「真緒《ますほ》の薄《すすき》の所で働いているよ」

彼女は宮中に憧れていたらしく、大喜びで宮仕えを受け入れていた。もとから焦《こ》がれていただけあって、今のところ、働きぶりも真面目なものであるようだ。

「雪哉や、真緒の薄も同じ事を言っていたけどね。あの子、嘘を言っているわけではないようだが、何か隠しているみたいだね。悪びれた風はなかったから、どの程度の秘密なのかは考えもんだが」

浜木綿の話を聞いた後、若宮は口元に手を当てた。

「ふむ」

地下街との一件は、小梅の父との関連が分からない以上、本来であれば「勘違い」を指摘して、無関係である若宮が受ける必要のない申し出である。

しかし、若宮は若宮で、他に考えがあるようだった。

「……小梅の父親は、外界に関わる地下街の秘密に触れてしまったのではないだろうか、と私は疑っているのだが。どう思う？」

浜木綿と澄尾は、揃って「ああ！」と声を上げた。

「なるほど。『第三の門』か」

「考えられなくはねえな」

すぐに飲み込んだ風の二人の横で、雪哉はまたしても置いてきぼりにされてしまった。

「あのう、すみません。『第三の門』って何ですか」

昨日から尋ねてばかりだと思いながら嘴《くちばし》を挟めば、今度は若宮自ら説明をしてくれた。

「山内には、公には外界との交流を行うための門が、二つ存在していると言われている」

この場合の門というのは、山の端や、綻びから外に出た場合と違い、八咫烏が八咫烏のまま、外に出る事が可能な出口である。同時に、外部の者が山内に入る事が可能な入り口でもあった。

「そのうち一つ目は『禁門《きんもん》』だ。今は封鎖された状態にあるため、使えない」

金烏の住まう御所の奥深く、位置的には山の中心、禁域である頂上付近へと至るように見える扉がある。これは、実際には山の外へと通じる門であるとされていたが、ここ数十年の間一度も開いた事がないため、その真偽のほどは不明であった。

扉が開かないのは鍵がかかっているためだったが、真の金烏が生まれた時にのみ、その鍵が開かれるという言い伝えがある。実際、若宮が生まれた時にその鍵が開いた事が確認されたので、白烏は若宮を真の金烏として認めたのだ。

しかし不思議な事に、肝心の鍵は開かれたのに、今現在、扉は閉ざされたままであった。白烏は、若宮を真の金烏として認めたまでは良かったが、扉が開かない理由を説明出来ず、対応を決めかねているのだという。

「二つ目は『朱雀門《すざくもん》』。禁門が使えない以上、実質、山内における唯一の門だと言える」

外界との交易も、この朱雀門を使って行われている。

この門を使った天狗《てんぐ》との交易、外交を管轄する守礼省《しゅれいしょう》は、歴代の南家当主が長を務めて来た。

山内では鉄と塩は輸入に頼るしかなく、その管理は守礼省が行っている。外界への窓口が朱雀門しかなく、守礼省が管理をしている以上、これらの価格は公正に保たれているはずであった。ところが、先代の金烏代《きんうだい》の御代《みよ》に一度だけ、これらの価格が暴落し、山内の経済が大混乱をきたした事があったのだ。

「一気に、大量の安価な鉄と塩が城下に流通したのだ。南家の輸入量は適正だったし、買い占めた動きも見られない。当時も禁門には鍵が掛かっていたから、誰かが、外界から独自にそれらを輸入して、格安で売りだしたとしか思えなかった」

当然、朝廷はやっきになって犯人を捜し出そうとしたが、真相はついに分からなかった。

「結局、それ以降に同様の事件が起こる事もなかったから、誰かが長年買い貯めた鉄と塩を、一気に放出したのだろうと結論付けられたのだ」

しかし当時は、朱雀門以外の『門』が、どこかに存在しているのではないかと、盛んに噂されたのである。

「あるかどうかすら分からない、未確認の門。それが『第三の門』だ」

目立った動きとしては見られないが、今でも、小規模な価格の下落が見られる場合があった。

そして、そんな時に出回る鉄と塩は、いずれも正規の品ではなかったのだ。

「後は言わずとも分かるな？」

「……地下街の連中が、三つ目の門を所有している？」

「少なくとも、私はそう睨んでいる」

そして大猿は今のところ、山内の外からやって来たと思われているのだ。

猿の侵入経路が、『第三の門』である可能性は、十分に考えられた。

「朝廷が見つける事が出来なかっただけで、三つ目の門が、北領のどこかにあるのかもしれない」

小梅の父は、谷間に出入りしているうちに、何らかのきっかけで『第三の門』の存在を知った。そして、谷間の連中とは違った形で門に干渉した結果、猿が山内に入って来てしまった。

そのため地下街の親分連は、小梅の父親をやっきになって探しているのではないか――。

「大いに、あり得ると思います」

「だろう？　今回の申し入れは、誤解が発端とはいえ、僥倖《ぎょうこう》だった」

「逃す手はないね。絶対に行くべきだ」

これを機に、大猿の侵入経路を知り、何らかの対策を立てる事が出来るかもしれない。

『第三の門』は利権の塊《かたまり》だから、教えようとはしないだろうが、自分達にとっても脅威である猿が関わっているとなれば、また話も変わってくるだろう。

乗り気で策をめぐらす若宮と浜木綿に、不意に、澄尾が割り込んで来た。

「ちょっと待て。お前自身が出向くつもりか」

「無論」

何を今さら、と言わんばかりの若宮に、澄尾の声が低くなった。

「あっちはお前に、地下街へ来いと言っているんだぞ。谷間なら百歩譲って許せても、地下街となったら、護衛は俺一人の手には余る」

澄尾の顔色は芳《かんば》しくない。

「山内衆を使うにしても、朝廷に対し、完全に内密でというのは不可能だろう」

基本的に、谷間と宗家の関係は非公式なものだ。山内衆を使って事が公になれば、それはそれで面倒ではある。

「では、今回は兄上を通して、路近《ろこん》の力を借りよう。彼なら、優秀な配下が山程いるはずだから」

路近は、若宮の兄、長束《なつか》の護衛をつとめる優秀な武人である。路近は、普段から「長束の命令でなければ動かない」と公言して憚《はばか》らない男だから、彼の手を借りるのであれば、長束に話を通さなければならなかった。

澄尾は勝手気ままに振舞う路近に対し、いまいち好感を持っていないようだったが、この状況下では致し方ない。渋い顔をしながらも、澄尾は若宮の言葉に頷いたのだった。

「……分かった。長束さまに連絡して、路近の兵を借りてこよう」

山内衆が周囲を警戒しているが、雪哉にも若宮の側で待機するように言って、澄尾は招陽宮を出て行ったのだった。

「僕がここにいても、何の力にもならないと思うのですが」

一応武家の出身とはいえ、政敵が本気で若宮を狙って来たのならば、雪哉など何の力にもならないだろう。第一、若宮の実力を考えれば身辺警護などいらないのではないかと思ったのだが、そういうわけにもいかないらしかった。

「この緊急事態に、こっちを狙って来る暇人がいるとも思えないけどね。万が一の時に奈月彦《なづきひこ》だけじゃどうにもならないから、我慢しておくれ」

「はあ。相変わらず、ひどい味方不足ですねぇ」

そもそも、若宮の護衛が一人だけというのが異常なのだ。これは、公には若宮が人嫌いであるためと思われていたが、何て事はない。実際は、信用出来る者でなければ、若宮の命が危険だからに他ならなかった。

知っての通り若宮は、優秀な兄を退けて日嗣の御子の座についた経歴を持っている。長束本人が望んでの譲位であったが、長束を擁立して権力を握ろうとしていた連中は、簡単に納得しなかった。表立って反抗するなら可愛いもので、闇に紛れ、若宮の命を付け狙う者が、洒落《しゃれ》にならないくらい多かったのだ。

このままでは殺されると危惧した若宮は、長束が受け入れ態勢を整えるまでの間、遊学と称して外界に逃れていたのである。そうして、ようやく帰ってこられたのが昨年の事だ。信用出来る者を徐々に増やしてはいたものの、まだまだ人手は足りていなかった。

その後、浜木綿と若宮が留守中の情報を交換し、雪哉も雑用をこなしているうちに、長束と路近を引き連れた澄尾が戻って来た。

随分早いな、と雪哉が思ったのも束の間。

部屋へと駆け込んで来た男は、開口一番、若宮を怒鳴りつけたのだった。

「貴様、正気か奈月彦！」

あまりの大喝に、雪哉は首を竦《すく》めた。

先陣を切って乗り込んで来たのは、長束であった。

黒髪は肩に流したまま、出家した事を表す法衣《ほうい》の上から、地味な色の布を羽織っただけの姿である。彫りが深く、男らしくも品のある造作をしていたが、今は色を失くしており、さながら幽鬼《ゆうき》のようであった。線の細い弟と異なり立派な体格をしていたから、こうして激昂《げっこう》すると、体が大きく膨れ上がって見える。

出会いがしらに怒鳴られた若宮は、座った姿勢のまま、きょとんと兄を見上げた。

「何だ。何を怒っている」

「これを怒らずにいられるか！」

吠えるように言い返した長束は、履物を脱ぐのももどかしく、若宮の座所ににじり寄った。

「澄尾から話は聞いたぞ。お前、地下街へ出向くつもりなのだそうだな」

「ああ」

「悪い事は言わん、止めておけ。あまりにも危険過ぎる」

諭《さと》すような口調になった兄を、若宮は不満げに見返した。

「それこそ馬鹿を言うな。今まで、何度も接触を図ったのに、断られてばかりだったのだ。それを、地下街の連中から来るようにと声がかかったのだぞ」

この機を逃してなるものかと、若宮の決意は固かった。

「朝廷の調べに頼っていては、いつまで経っても猿の侵入経路は摑めない。可能性があるなら躊躇《ちゅうちょ》すべきではないだろう」

「そんな事は百も承知。私は、お前が死んだら、意味がないと言っているのだ！」

苛烈に言い切った長束は、若宮の面前で姿勢を正した。

「いいか、奈月彦。今まで私は、お前が谷間まで行くのを許していた。偽名を使っていたし、谷間までなら、それ程の脅威ではないからだ。しかし、今回はわけが違う。向こうはお前が宗家の日嗣の御子と知っていて、なお且つ自分達の領域である地下街に来いと言っているのだぞ。これで、お前の身に万が一の事があってみろ。それで我らは、完全に詰みだ」

地下街は、谷間に住まう者を統括する幹部が住まう場所である。

謂《い》わば、ならず者達の城だ。

貴族でも谷間までは行く事が出来るが、地下街への立ち入りは滅多に許されない。入ったとしても、無事に出て来られる保証は、何一つとして存在していなかった。

「頼むから、考え直してくれ。猿の襲来というのは、確かに予想外だった。だが、いつかはこ、い、う、日が来るのだと、最初から分かっていたはずだ。それならば当然、ここでお前に死なれれば困ると分かるだろう。お前を人質にでもされれば、朝廷は身動きがとれなくなる。それだけの危険があると知ってなお、お前は地下街行きを望むのか」

最後は縋《すが》るような口調になった長束に、若宮は強い視線を投げかけた。

「あちらは、私に来いと言っているのだ。先代の金烏代の時に交渉が成り立ったのは、金烏代本人が出向いたからだ。私が行かねば向こうは納得しない」

ひたりと見返され、弟に一歩も引く気が無いと見て取った長束は、喉まで出かかった言葉を飲み込んだように見えた。

目を閉じて、悄然《しょうぜん》とため息をつく。

「そうか……私がいくら言っても、無駄か……」

俯き、しばしの間黙り込む。

だが、次に顔を上げた時、長束の顔つきは一変していた。

「路近」

名を呼ばれた途端、戸口に控え、傍観の姿勢を決め込んでいた長束の護衛が、目にも止まらぬ速さで抜刀した。

同時に、路近の配下の者が三人駆け込んできて、若宮の喉元へ刃を突き付ける。

ぎょっとして腰を浮かしかけたが、「動くな」という路近の声に、雪哉は硬直した。

「抵抗するなら、本気で斬る」

「路近殿」

「長束さまには、命を奪わない程度ならば、手足の一本や二本の犠牲もやむなしと言われている。まさか私にそれが出来ないなどと、甘い事を思ってはおるまいな」

若宮はわずかに眉を寄せただけだったが、雪哉は唾を飲み込んだ。

路近は変わらず、異様な風体をしていた。猛々しく、誰にもはばかるところのないその姿は、黒い鳥と言うよりも、まるで、獲物を探して大空を飛びまわる、大型の猛禽《もうきん》のようであった。

宮鳥としては大柄な長束に比べても、飛び抜けた上背がある。

腕も足も長く、派手な刺繡の入った厚い生地の衣の上からでも、見事な筋肉が透けて見える。ぎょろりと大きな目をしていて、適当に括られた髪の毛は、野を駆けまわった子どものようにぼさぼさだ。

路近はもともと、長束を擁立していた南家出身の宮鳥であった。何を思ってか、高い身分を擲《なげう》って長束の護衛となった変わり者であり、普段から、若宮の身に関しては頓着しないと宣言していた。その気になれば、言うだけの事はやってのけるだろう。

一瞬、若宮に叛意《はんい》を抱いたのかとひやりとしたのだが、どうにも様子がおかしい。周囲を固めた路近の配下達は、刀を手にしつつも、襲ってくる気配は全く感じられない。

路近は、見事な鷲鼻に皺を寄せ、獰猛《どうもう》に笑った。

「正直なところ、本気で会談を成功させたいのならば、あんたはさっさと地下街に行って、膾《なます》にでも何でもされれば良いと思っているのだがな」

長束さまがこうおっしゃっている以上仕方ない。そう言って路近は刀を下ろし、芝居じみた動作で手を広げて見せた。

「ここは大人しく、地下街行きは諦めろ。でなければ私は本当に、あんたを斬らなければならなくなる。あんたの命さえ無事ならば、長束さまはそれで良いらしいからな」

「ああ、そうだ奈月彦。たとえ、お前の手足が駄目になったとしても、私には真の金烏を守る義務がある。たとえ、お前を傷つける恐れのあるものが、お前自身であったとしても」

言い切った兄に渋い顔を返して、若宮は自身の護衛に助けを求めた。

「澄尾。お前はどちらの味方なのだ」

戸口の辺りで小さくなっていた澄尾が、ぎゅっと目をつむり、顔を背けた。

「……悪い、奈月彦。今回は、俺も長束さまに賛成だ」

お前は行くべきじゃない。

一連の動きを冷静に眺めていた浜木綿が、呆れた様子で文机に頬杖をついた。

「あんた達、金烏の判断を信じないのかい」

「信じているとも」

心外だとでも言わんばかりの口調で、長束は浜木綿に反駁《はんばく》した。

「ただ、こういった方面の危険に関して、こいつの勘は全く働かないだろう」

「それを言われると、確かに痛いね」

お手上げだとでも言わんばかりの浜木綿から視線を移し、若宮は兄を見た。

「しかし、このままでは地下街の連中が黙ってはいまい。どうするつもりだ」

手紙には「若宮が来るように」と、はっきり書かれているのである。会談を断るのは論外として、下手な名代を立てれば、交渉が進むどころか、対立が決定的になってしまう可能性もあった。

　これに対し、長束は迷わず即答した。

「私が行く」

　きっぱりとした長束の物言いに、路近と当人以外、その場にいた全員が目を剝いた。

「……本気なのか」

　半信半疑の弟に「お前の行動を止《と》めた責任は取る」と長束は静かに言い返した。

「私とて、地下街にある手掛かりを見逃すつもりはない。宗家の直系長子が出向いて、まさか、不足という事はあるまい」

　若宮は何事かを言いかけて逡巡《しゅんじゅん》し、とうとう、諦めたように口を閉ざした。それで決着がついたと思ったのか、今度は、長束がこちらを向いた。

「雪哉殿」

　はらはらしながら成り行きを見守っていた雪哉は、突然、矛先を自分に向けられてびっくりした。

「な、何でしょう」

「折り入って、頼みがある」

　――このような改まった感じには、察するものがあった。

　心のどこかが急速に冷えていくのを感じて、雪哉は表情を消した。

「……その、頼みとは？」

警戒しつつ問いかければ、宗家直系長子は堂々と、こう言い放った。

「地下街に、そなたも同行して欲しいのだ。北家当主の孫として」

兄上、と若宮が咎《とが》めるような声を上げたが、長束は一切怯《ひる》まなかった。挑むような顔をしている長束を前にして、雪哉は閉口した。

現在の朝廷には、血筋によって官位が決まる『蔭位《おんい》の制』というものが存在している。雪哉自身が望まない限り、それが官職に反映されたりはしないものの、資格だけで言えば、雪哉は北家当主の直孫と、ほぼ同等の位を有している事になっているのだ。

だが雪哉は、自身が北家の者として扱われるのを、ことのほか嫌っていた。

自分の中に流れる貴人の血は、垂氷《たるひ》において邪魔なものでしかなかったし、生まれてこの方、厄介事しか呼ばなかったからだ。そしてそれは、若宮に仕えている間に自分と交流のあった長束も、重々承知しているはずであった。

「地下街の連中に対し、我等の持つ手札は、圧倒的に少ない」

無言の雪哉に何を思ったのか「今のままでは、ろくな交渉が出来ないのは明らかだ」と長束は付け加えた。

「だが、そなたがいれば話は別だ。地下街の連中が最も警戒しているのは、我々宗家の宮烏よりもむしろ、兵権を握っている大将軍玄哉公《げんやこう》だから」

君の祖父は、地下街の連中が最も恐れる相手なのだと暗に諭されて、雪哉は皮肉っぽく笑った。

「……僕に、自分から人質になれとおっしゃる？」

「否定はしない」

軽蔑を込めて、雪哉は目の前の男を見た。

「こう言っては失礼ですが、下衆《げす》な考えですね。とても、宗家直系長子の言う事とは思えません」

「何とでも言うが良い。私の考えは変わらない」

臆面もなく言った長束に、かつて見られた良心の呵責《かしやく》のようなものは微塵も感じられなかった。

「だが、そなたと私が守りたいものは、根本的に共通しているはずだ」

真の金烏を守る事と、山内を守る事は同義だと長束は主張する。

「そなたが交渉材料になって得られた情報は、結果的に、そなたの故郷を救う事になるだろう。それとも、そなたにとっては故郷よりも、己の矜持《きようじ》の方が大切なのか？」

それは、雪哉を上手く乗せるための言葉だった。

人質になれば、地下街の連中に何をされるか分からない。そしてそれ以上に、朝廷の方が、雪哉の身を案じてくれるとは限らなかった。地下街の連中が人質として認めるだけの身分を持ち、いざとなった時には切り捨てても構わない程度の宮烏。そう思って、長束は自分に目を付けたのだろう。

だが、それを分かっていても、雪哉には長束の挑発に乗る以外の選択肢はなかった。猿の侵入路となった『第三の門』が北領にあるのだとするならば、一刻も早く情報を得る必要がある。そもそも、雪哉が北家の者として見られたくないのは、垂氷の家族を守りたかったからだ。家族を守るためだったら、北家の雪哉となるのを阻む矜持など、存在しているはずがなかった。

じっと、考えをめぐらせてしばし。

息を凝らして自分の反応を待つ一同を前にして、雪哉は音も無く顔を上げた。

「……僕の身に何かあった場合、郷里《きょうり》には、長束さまから事情を説明して頂けますか」

「ああ」

約束しようと即座に返した長束に、雪哉は覚悟を決めた。

「分かりました。そのお役目、謹《つつし》んでお引き受けいたします」

何か言いたそうな若宮夫婦から引き離され、雪哉はその足で、長束の屋敷へと連れて行かれた。会談に備え、最低限、頭に入れておくべき事を教わるためである。

長束は本気だった。本気で、雪哉を人質にしようと考えていた。利用しようとしているのを隠そうともしない姿には、長束自身の覚悟も見て取れた。

――その後の書簡のやり取りの結果、会談は翌日と決まった。

雪哉は長束の屋敷に泊まって、会談の当日を迎えたのだった。

朝になり、雪哉のための衣装が届いたという報せが来たので屋敷の一室に赴けば、そこには見覚えのある女人が待ち構えていた。

地味な色の小袿《こうちぎ》を身に着けていたが、それで、彼女の持つ華やぎが隠し通せるはずもない。赤味を帯びた波打つ黒髪は、今は肩にかかるくらいの長さで切り揃えられている。長い睫毛にけぶる瞳は宝玉のよう。やわらかそうな肌はどこまでもすべらかで、唇は、熟《う》れた茱萸《ぐみ》の実のように紅く、瑞々しい。

もともと咲き誇る牡丹《ぼたん》のような女だったが、その瞳の中には、以前はなかった落ち着きが見られ、ますます美貌に磨きがかかったようだった。

「真赭《ますほ》の薄《すすき》さま」

桜花宮《おうかぐう》を取り仕切っているはずの女房が、どうしてこんな所にいるのか。

驚いて目を丸くした雪哉に、真赭の薄は呆れた様子だった。

「自分の身分を考えてごらんなさいな。あなたの位に合った宮烏の童形《どうぎょう》装束なんて、そう簡単に用意出来るものではありませんわ」

これは実家から借りて来たものですと、真赭の薄は背後にあった衣桁《いこう》を指し示す。そこに掛けられていたのは、見事な儀式用の正装、一装《よそおい》だった。

真赭の薄は、今でこそ女房として浜木綿に仕えているが、もとは、西家を代表する山内随一の令嬢であった。かつては浜木綿と同じく、若宮の后選びのため、桜花宮に呼び集められた后候補だったのだ。

東西南北の四家から、それぞれ一人ずつ。后候補として家柄も見目も選び抜かれた四名の才媛が、一つの宮殿に集められる事を『登殿《とうでん》』と呼ぶ。登殿した姫達は若宮の寵《ちょう》を競い、最も気に入られた姫が若宮の妻に選ばれ、桜花宮の正式な主となるのである。

――と、表向きはそういう事になっているのだが、今の若宮の后選びに関して言えば「寵を競う」という状態は、一度も発生しなかった。

姫達の登殿期間中、若宮は桜花宮を訪れようとしなかったためである。

結果だけ見れば、無事に桜花宮の主には浜木綿が選ばれたわけだが、史上例に見ない「若宮不在の后選び」は、数々の事件と問題を巻き起こした。現在、桜花宮には浜木綿の他、紆余曲折《うよきょくせつ》あって女房となる事に決めた真赭の薄が残っていたが、他の姫達とそのお付きの者は、全員生家へ帰されたと聞いている。

型破りの入内《じゅだい》だったため、浜木綿にはお付きの女房も後ろ盾も、ほとんど存在していなかった。本来であれば、そんな状況では桜花宮の主が務まるはずがなかったが、曲りなりにも何とかなっているのは、かつての好敵手だった真赭の薄が、力を尽くして支えているからである。そんな真赭の薄には雪哉と同年の弟がいるらしく、今回は弟の着物をこっそり持って来てくれたとの事だった。

鮮やかな緋色の袍《うえのきぬ》は、朝の光に照らされて燦然《さんぜん》と輝き、下着の白はまばゆいばかり。額当《ひたいあて》から小物にいたるまで、これ以上ないくらいの高級品だった。

そもそもこれは、貴人の子息が元服の際に身に着けるための正装である。地下街の連中との会談に向かうにしては、いささか場違いな気もしたが、これを持って来るように命じた長束は、雪哉が貴人の子息である事を地下街の連中に誇示したかったのだろう。

　雪哉が宮仕えしている頃に使っていた官服は、地家《じけ》の次男坊としての立場を選んで、低位を示す浅葱色《あさぎいろ》であった。緋色の着物を自分が身に着ける現状が信じられなかったが、真赭の薄ともう一人の女房の手を借りて、雪哉は衣装をまとっていった。

　白い小袖の上に濃色《こきいろ》の単《ひとえ》を重ねてから、ゆったりとした布袴《ほうこ》を穿かせてもらう。蘇芳《すおう》に染められた袙《あこめ》に下襲《したがさね》と、一枚一枚に袖を通して行くにつれて、自分が自分ではなくなってしまうような、不思議な感覚に雪哉は陥った。

　豪奢な袍を着て、最後に、雉《きじ》と唐花が刺繍された平緒《ひらお》を巻き、若宮から預かって来たという飾り太刀を佩《は》いた。

　少し離れて、上から下まで雪哉を見直した真赭の薄は、満足そうに頷いた。

「問題ありませんわね。袴の丈が少し長いかと思っていたのだけれど、紐を括《くく》る位置に注意さえすれば、気にならなくてよ」

　しかし、問題ないと言いながらも、その顔に浮かぶ表情はどこか複雑である。

　ありがとうございましたと雪哉が頭を下げれば、痛みを堪えるように、きゅっと唇を結んだ。

　そして「まさか、長束さまがこんな事を言いだすなんて」と、真赭の薄はひとりごちるように呟いたのだった。

「……これでは、あなたに死ねと言っているようなものですわ」

どうやら、命令されて衣装を持って来たものの、雪哉の地下街行きには、納得していないらしい。あなた、それで構いませんのと、抵抗しない雪哉に対し、どことなく怒ったように真赭の薄は言う。

真赭の薄は、雪哉が「宮仕えをする」と告げた時の、郷里の女達と同じ目をしていた。彼女はおそらく、雪哉に、自分の弟の姿を重ね合わせているのだろう。宮中に来てからというもの、殺伐とした八咫烏にしか会っていなかったせいか、家族の身を案じるような真赭の薄の反応は、ひどく新鮮に感じられた。

雪哉は心配をかけないよう、にっこりと笑顔になって見せた。

「ご心配頂き恐縮ですが、自分の立場は、ちゃんと分かっているつもりです。別に、長束さまに強制されたわけではなく、僕が、僕の守りたいもののために、出向くのです」

だから大丈夫と続ける前に、すぱん、と勢い良く引き戸が開かれた。

「よく分かっているではないか！」

轟《とどろ》くようなだみ声は、長束の護衛兼側近、路近のものだ。既に褐衣《かちえ》姿になった彼は、遠慮も躊躇《ちゅうちょ》も見せずに部屋の中に押し入って来た。

「過程はどうあれ、行く事を決めたのは貴様自身だ。それが分からずにうだうだ言っておるようだったら、一発思い知らせてやろうかと思って来たのだが」

必要ないようだなと言って、路近はガハハと大笑する。突然の闖入者《ちんにゅうしゃ》にも雪哉は驚かなかったが、真赭の薄は固く体を強張らせ、路近を睨みつけた。

「しかし、成人すらしていない子どもを地下街に送るなんて……」

「年の割に小柄だが、こいつだってもう十五だぞ」

確かに、いつ元服しても、おかしくはない年齢ではある。

「こちらの気持ちの問題ですわ。まるでわたくし達の重荷を全部背負わせるようで——他に方法はなかったのですか」

「あるにはあったが、それを長束さまが嫌がったのだから仕方なかろう」

あっさりと言い捨てて、路近は着飾った雪哉に向き直り、ふと、一点で目を留めた。

「何だ。額当は着けないのか？」

「はあ。真赭の薄さまが遠慮なさったので」

額当は、元服前に使う、冠の代わりになるものである。

どうせ仮の冠だと雪哉は気にしていなかったのだが、貴人の頭に初めて何かを着けるという行為を、宮烏は一つの節目と見ているらしい。生粋《きっすい》の宮烏である真赭の薄は、自分が雪哉の額当を着ける事を絶対に良しとしなかったのだ。正式な初冠《ういこうぶり》は別として、今回は長束に頼もうかと話していたところであった。

しかし路近はそれを聞くと「止めておけ」と言って、無造作に雪哉の髪に手を伸ばして来た。

「今は、長束さまも気が立っておられるからな。あんなぴりぴりした御仁に頭をいじられたところで、何も有難くはないだろうよ」

路近は適当な手つきで額当を取ると、止める間もなく、さっさと雪哉の頭に巻いてしまった。

「これで私が、当面の冠親《かんむりおや》だ」

何か文句はあるかと威圧されたが、雪哉はすかさず「いいえ」と答えた。

「路近殿でしたら、何も不足はございません」

むしろ喜ばしいくらいだと、まんざらお世辞でもなく頭を下げる。

「お前、頑固なくせに殊勝な事を言うものだから、時々、嫌みに思えて来るな」

拍子抜けしたように眉を八の字にすると「朝廷に戻って来たのも意外だったが」と路近は首を捻った。

「お前の性格からして、若宮には、もう仕えるつもりがないのかと思っていたぞ」

路近の言葉に、僕もそのつもりだったのですがと、雪哉は言いよどんだ。

「最近、少し、分からなくなって来まして……」

「何がだ？」

「真の金烏とは、何なのか」

路近という男は雪哉にとって、完全な味方とは言えないにしろ、素直に尊敬出来る男であった。若宮に対して忠誠を誓っていないと言っている分、裏で若宮をどうこうしようというつもりがないのは明らかなのだ。歯に衣着《きぬき》せないため、かつては反感を覚えたものだったが、言葉に嘘や誤魔化しが無いのは分かっていたから、今は思うところを正直に打ち明ける事が出来た。

「僕は、真の金烏という存在は、宗家を守るための方便だと思っていたんです」

権力に執着するが故に生まれた、虚構の存在。

方便を口実に、共謀して宗家を守ろうとする長束と若宮の姿は、権力に何の魅力も感じない雪哉にとって、ひどく滑稽に見えたものだった。

「若宮は嫌いじゃありませんでしたけれど、僕には、若宮の目的が理解出来ませんでした」

――そうまでして金烏になって、一体、何がしたいのだろう？

多くの人が傷付き、不幸になって、そうまでして手に入れた金烏の座は、犠牲に見合う価値があるものなのだろうか。権力なんてものにこだわらなければ、朝廷で犠牲になった八咫烏達は、きっと、幸せになれたはずだ。若宮だって金烏の座を諦めれば、命の危険にさらされる毎日からおさらば出来るに違いない。

それが分かっていていながら戦いに身を置く若宮に、雪哉が同情する余地など残されていなかった。権力争いは雪哉にとって「くだらない」と思えるものでしかなかったのだ。

「朝廷に残るという事は、若宮の目的のために命を懸けるという事です。僕は、自分がくだらないと思うもののために、命を懸ける気にはなれなかった……」

雪哉の言葉を黙って聞いていた路近は、なるほどな、と得心した面持ちとなった。

「お前が若宮の配下にならなかった理由は、それか」

考え方は間違っていない、と獣の唸《うな》り声のような音を立てて、路近は笑う。

「ただ、そう考えるに至った前提が、今になって崩れて来た。そうだな？」

「はい」

朝廷にいる時には分からなかった事が、若宮が垂氷にやって来てからというもの、次々と明らかになるばかりだったのだ。

何よりの決め手となったのは、先日若宮が見せた、藤の矢を使った人外の技であった。

真の金烏が、ただの八咫烏ではないのは確かだ。

それなのに、その正体だけが、明らかではないのである。

「若宮は、金烏とは八咫烏全ての父であり、母であると僕に言いました。『大山大綱』にある通りだって。でも、それじゃさっぱり、意味が分かりません！」

苛立たしく声を荒らげた雪哉の肩を、路近は気楽に叩いた。

「残念だがな、坊主。真の金烏とやらの正体は、私にも全く分からん！」

何せ若宮も長束さまも、それを頑《かたく》なに隠そうとしているからなと言って、路近は自分の頬を掻《か》く。

なあ女、と急に話を振られ、それまで黙っていた真赭の薄は、びくりと体を震わせた。

「若宮に対して思うところのある私と違い、お前は若宮の内儀に忠誠を誓っているのだろう。何か、知っている事はないのか」

「……さあ。わたくしには、分かりかねます」

「では、我々は何も分からんままだな。それならそれで、仕方ない」

目を逸らした真赭の薄にも頓着せず、路近は話は済んだと言わんばかりに背を向けて、さっさと外に出て行こうとした。しかし、部屋を出る寸前になって「ああ、そうだ！」と、急に思い出したようにこちらを振り返ったのだった。

「先に言っておくがな、雪哉。今日の会談は、多分失敗するぞ」

確信のある口調に、雪哉と真赭の薄は一瞬、言葉が出てこなかった。

「ど――」

どうして、と問い返す間もなく、路近の手がひらりと振られる。

「まあ、もし成果が得られるとするならば、それは長束さまでなく、お前の方だろうな」

心構えをしておけよと言い残し、路近は呵々《かか》と笑って去って行った。


長束の屋敷の車場《くるまば》に用意されていたのは、豪華な装飾のされた、二台の飛車《とびぐるま》だった。両方ともかなり立派なもので、車を牽《ひ》いて飛ぶ馬達も、大きく見映えのする大烏ばかりである。先導する一台目には長束が、その後ろの二台目には雪哉が乗り込み、一行は谷間《たにあい》へと飛び立った。

物見《ものみ》を押し開けて外を見れば、飛車の周囲には、馬に騎乗した護衛達が飛び交っている。ものものしく武装した兵の中には、身なりを整えた路近の姿も混じっていた。

朝廷と谷間の間に位置する長束の屋敷から目的地まで、そう長い時間はかからなかった。両側に迫る崖の間を飛び、二台の飛車は、建物が密集する中、ぽっかりと開いた空間へと着地する。所詮は谷間の車場である。朝廷に比べて整備が行き届いていないだろうと思っていたのに、思いの外、着陸はすみやかだった。

車内から外を見れば、すでに飛車が来る事は分かっていたらしく、風体の悪い野次馬が山のようにこちらを窺っている。そんな黒山の人だかりから、進み出て来た人影があった。出迎えが来た事を察してか、前の車から、長束が出て来る。

同行して来た長束の従者に促され、雪哉も車の前部から外へと出た。

御簾《みす》が巻き上げられると、すぐに四脚の踏み台と履物が用意された。大層な衣装に足を取られないよう、兵達が手を貸してくれる。

仰々《ぎようぎよう》しい事だと思いながら、雪哉は長束のもとに向かった。

今日、長束が身に着けているのは、紫に金の刺繍が入った、豪奢かつ重厚な法衣であった。煌《きら》びやかな装いは谷間の中で浮いていたが、長束は全く気にしていない。

「出迎え御苦労。朝廷より、若宮の代理でまかりこした、明鏡院《めいきょういん》長束である」

そう言った長束と雪哉を迎えたのは、以前、小梅の家で遭遇した、あの年嵩の男だった。雪哉が以前遭遇した子どもだと気付いているのか、いないのか。相手方の反応は、最初から最悪であった。じろじろと品定めするように長束と雪哉を見ると、舌打ちせんばかりに顔を歪めて「こっちだ」と一言だけ言って、背中を向けたのである。

雪哉と長束は、路近の配下の者に前後左右を囲まれるようにして歩き、その前後を男の部下と思われる者達が挟み込むようにして、一同は移動した。

歩きながら空気を吸い込むと、使いこまれた油と、安い酒の香りがした。

以前来た時と変わらず、谷間の様子はごちゃごちゃと節操無く、そして、上の街にはない活気があった。道にずらりとぶら下がった赤い灯籠に、剝《は》げかけた弁柄《べんがら》格子からこちらを覗く、意味ありげな女達の目。質の悪い刀や槍を手に、遠巻きにこちらの様子を窺う浪人の姿も見える。積み重ねるように建てられた、見上げるような小屋の間を、この街に似合わない姿の男達が、粛々と進んでいく。

谷間が文字通り谷の合間にある街なのに対し、雪哉達が向かっている地下街は、山の手の下、谷を形成する岩壁の中に存在している。それは、長い時間をかけて作られた坑道であったり、もとから存在した洞窟を、地下道の整備によって繋いだものだったりした。いわば、もぐらの巣穴のようなものだったが、そこは完全に彼等の縄張りである。中央の官吏はそこに踏み込む事はおろか、地下街の入り口に近付く事すら出来ないでいたのだ。

男の先導で道を進むうちに、いつしか、両脇に並ぶ見物人の様子が変わって来た。中央の武人と良く似た恰好をした、羽衣《うえ》姿の男達だ。先導する男と同じ白い布を、体のどこかに身に着けている者が増えて来た。

段々細くなって行く道と、それに従って少なくなる建造物。

崖と崖の間が狭まり、完全な一本道になった頃、ずらりと整列して雪哉達を見送る者達は、全員、男の仲間になっていた。

睨むような目つきを気にしないように進んで、とうとう行き着いたその場所は、両側の崖がくっついた、谷の起点となる場所だった。しかし、崖の繋ぎ目と地面の間には黒い裂け目が出来ており、そこには、門番と見られる羽衣の男達が槍を構えていた。

おそらくはここが、地下街の正面口なのだろう。

何も言わず、そこに入って行く男の後を、雪哉達も無言のまま追った。

巨大な門のような裂け目を潜《くぐ》った時、雪哉は、その空気の冷たさを意外に思った。

中央花街から谷間へ繋がる隧道《ずいどう》に入った経験はあったが、あそこは、ここまで寒くはなかった。それに、通路として整備されている割には、光がほとんど見えないのだ。ところどころ、炎と思しき明かりがあるため、ぼんやりと前を歩く者の姿は見えたが、一人で入ったら迷子になりそうだった。

ぐねぐねと曲がりくねった通路を歩き続け、一行がようやく行き着いた先にあったのは、いくつもの灯籠で照らし出された、広間であった。

そこは不思議なくらい、朝廷の紫宸殿に似通っていた。

全体のつくりは粗雑で、きらきらしくも静謐《せいひつ》でもなかったが、威厳だけは紫宸殿をはるかに上回っている。

剝き出しの岩壁と、そこに埋め込まれた灯籠。

壁は岩を削ったものだが、床は板張りになっており、大きく円を描くように畳が置かれていた。

幹部と思しき恰好をした男達がそこに座り、刺すように鋭い視線をこちらに寄越して来る。

出入り口から一番遠い所――一段高く造られた上座には、脇息《きょうそく》に手を置いた、体格の良い壮年の男が座していた。

彼こそが、現在の裏社会で実質の頂点に立っている男、鵄《とび》であった。

髪は短く、胸板は厚い。身に着けているのは、涅色《くりいろ》にうっすらと銀の摺《すり》模様が施された、地下街の頭領のものとは思えない程、品の良い逸品だった。深く皺の刻まれた顔は、厳しくも人品卑しからず、四家当主を背後で支え続けた、敏腕の高官のようにも見えた。

鵄の前、円を描く男達の中心に、長束と雪哉は座らされた。

長束は、まずは挨拶をしようと口を開きかけたが、それを遮って、鵄は低い声を響かせたのだった。

「我々は、若宮に来て欲しいと言ったはずだ。なぜ、若宮はここに来ないのか」

朗々とした声に、雪哉の背筋に震えが走った。

怖かったわけではない。だが、どうあっても不機嫌な声色は、この会談の波乱を、否が応でも予感させるものだったのだ。そう思ったのは、長束も同じだったらしい。表情を険しくして、抑えた調子で弁明を試みた。

「私の名は、明鏡院《めいきょういん》長束《なつか》と申す。今でこそ出家しているが、宗家直系長子に生まれた者として、弟の代理で、こちらにまかり越した」

「私も、甘く見られたものだな」

自嘲《じちょう》するようなため息に「決してそんなつもりはない」と長束は負けじと言い返す。

「若宮殿下は、鵄殿との関係を重視しておいでだ。だが、自らが出向くにはあまりに困難が多いため、代わりに実兄である私を、こちらに寄越したのだ。どうか、自由にならぬ若宮殿下の立場も、理解して頂きたい」

続けて「早速だが、ここに呼ばれた理由をお聞きしたいのだが」と言った長束を、しかし、鵄は撥《はの》ね退けた。

「貴殿ごときでは、相手にならん」

ごときと呼ばれ、ほんの一瞬だけ、長束の横顔が強張った。朝廷で、最も尊い者として育って来た長束にとっては慣れない屈辱だろう。口を開こうとした長束に、周囲を囲んだ男達が、馬鹿にしたような声を上げた。

「本来であれば、我々との協約を破った若宮が来るべきところを、幼児でもあるまいに、兄が代わりにやって来るとは」

「とんだお笑い種《ぐさ》だな」

笑えると言っておきながら、その場の空気は冷やか極まりない。これはまずいと思ったのか、長束は必死になった。

「お待ちを。我々の間には、誤解がございます。若宮が、協約を破ったという事実はございません！」

「ならばどうして、水売りの娘を庇《かば》っている」

「彼女が、猿の襲撃から、唯一生き残った少女だからです」

「猿の襲撃については聞き及んでいる。だが、表の世界の事など、我々には関係がない」

上の問題は上で片付けろと、鵄の言葉には取り付く島がなかった。

「貴殿と娘の間に、それ以外の接点がないと言うのであれば、大人しくこちらに引き渡すが良い。さもなくば、あの水売りとの共謀と見なすぞ」

本題に触れた事に気付いて、長束の顔色が変わった。

「あの娘の父親は、一体、何をしでかした？」

だが、長束の質問にも「だから貴殿では話にならんと言ったのだ」と、鵄は眉間に皺を寄せるだけであった。

「若宮がここに来ていれば、話はもっと簡単だった。全く、己の不始末すら片付けられないとは、真の金烏とやらも考えものだな。己の統治する範囲の民も守れずに、宗家などとは片腹痛い」

「長束さま」

咄嗟《とっさ》に雪哉が声をかけたのは、真の金烏の名前が出た瞬間、長束の目に怒りが閃《ひらめ》いたからだった。

そちらこそ、金烏を何と心得ている。私だけならまだしも、金烏にまで無礼が及ぶとなれば、私とて黙ってなどおれん――そんな心の声が聞こえてきそうな目をしていたが、雪哉に袖を引っ張られて、長束はぐっと唇を噛みしめた。

このままでは、一向に話が進まない。鵄の態度も、どんどん硬化していくばかりである。

ちらりと、己を引きとめる雪哉を見た長束は、強い視線を鵄へと向けた。

「鵄殿。ここで一つ、こちらから提案がある」

「提案？」

あからさまに不審そうな鵄に、長束は頷く。

「そちらが何を誤解しているかは知らないが、本当に、若宮に他意はない。そちらとの協約を破った事も、一度だってないのだ」

そうは言っても、ただ「信じてくれ」と訴えるだけでは、信用出来ないのも道理である。ここはひとつ、朝廷側の誠意を見せたいと、長束は切々と訴えた。

「北家当主の孫の身柄を、そちらに預けたい」

そう言って、長束が雪哉を指し示した瞬間、鵄は片目を眇《すが》めた。

「……それは、どういう意味だ」

「こちらが、譲歩すると言っているのだ」

長束の言葉に、迷いは感じられなかった。

「我々は、地下街に対して後ろめたい事は何もない。だが、そちらがどうしても我々を信用出来ないと言うのであれば、嘘ではないという証明が必要になるだろう」

「それが、我々に人質を差し出す事であると？」

「その通りだ」

まさか、北家当主の孫の命を天秤にかけて、不足であるとは言いますまいと長束は言う。

じっと長束を見据えていた鵄が、両眼を細めた。

「随分な『誠意』の見せ方だが、それは、宮烏がよく使う方法なのか？」

静かな声で尋ねられて、長束は口元を歪める。

「本来であるならば、宮烏の子弟を危険にさらすような真似はしたくない」

だが、今回は特別だと長束はのたまった。

「これが、そなたらの流儀なのだろう？」

だったらそれに従おうではないか、と続けられた長束の発言に、男達の反応は顕著だった。

しかしそれは、長束や雪哉の想像とは、大きく異なったものだった。

「貴様、ふざけるのも大概《たいがい》にしろ！」

最初に怒号を上げたのは、鵄の近くに控えていた、幹部の一人と思しき男だった。

「一体、どれだけ我々を馬鹿にすれば気が済むのだ」

「それが朝廷のやり方か」

「呆れてものも言えん。上の奴らは、性根が腐りきった犬ばかりか」

次々と飛び交う怒号に、それまで、かろうじて平静を装っていた長束も呆気にとられる。

物を投げつけんばかりの喧噪《けんそう》の中、鵄が憎々しげに呟いた。

「我々との関係は、宮烏のつまらん小競《こぜ》り合いと同程度の認識しかされておらなんだか」

だったらこのような無礼も納得というものだと、氷のような冷たさで、鵄は長束との会話自体を拒否した。

「お前は、我々の交渉相手として適当ではない。去れ」

「ま、待て！」

出て行こうとする鵶に、長束は慌てた。しかし、いつの間に傍に来ていたのやら、「やっぱりな」と呟いた路近が、立ち上がりかけた長束を片手で引き戻したのだった。

「こうなった以上、我々にはどうする事も出来ん。後日、若宮に何とかさせましょう」

「馬鹿者！　そんな真似、出来るわけがないではないか」

周囲の怒号にかき消されぬよう、焦りながらも叫ぶ長束。

そこには、身分に塗り固められていた仮面が透けて、年若い男の顔が見えた気がした。よくよく考えれば、この人もまだ二十歳そこそこだったのだと、痺《しび》れたようになった頭で雪哉は思う。

抵抗する長束を連れ出そうと、鵶の配下の若衆達が駆け寄って来た。

それを近付けまいと殺気づく、路近の配下。

このままでは本当に、何の収穫も得られずに帰る事になる。

――それだけは、駄目だ。

一人だけ澄ました顔をする路近が、一瞬、面白がるような視線を雪哉へと向けて来た。朝の、路近の言葉が蘇る。

『もし成果が得られるとするならば、それは長束さまでなく、お前の方だろうな』

考える前に、叫んでいた。

「鵶さまに、申し上げたき儀がございます！」

声変わり前の、少年の高く澄んだ声は、大人達の罵倒《ばとう》から飛び抜けて、思いの外大きく広間に響き渡った。

　雪哉の存在を完全に忘れていたのか、地下街の者のみならず、長束や、路近の配下までもが驚いた顔になる。その結果訪れた一瞬の凪《なぎ》を逃さず、雪哉は早口で言い立てた。

「わたくしは一時期、谷間にて面倒を見て頂いた事がございました。おかげで、鵄さまが仁義を尊ぶお方である事は、よくよく存じ上げております」

　背中を向け、部屋を出ようとしていた鵄も、足を止めてちらりと振り返る。何も言わないが、ひとまず聞く姿勢を見せてくれた鵄に何を言うべきか、雪哉は全力で頭を働かせた。

「わたくしは、北家当主の孫として長束さまについて参りましたが、ここでは、それは何の意味もないと分かりました。ですので、北家当主の孫などではなく、鵄さまに情けを請う者の一人として、一時だけ、わたくしの話を聞いて頂けないでしょうか」

　鵄が、無言で先を促した。それを受けて、雪哉の周囲を囲んでいた鵄の配下の者も、静かに雪哉の面前を空ける。雪哉は姿勢を正し、真っ直ぐに鵄の方へと向き直った。

「猿に襲われた垂氷郷は、わたくしの故郷です。猿に喰われ、血を流し、死んでいった者達は、わたくしの故郷の者。言わば、わたくしの家族です。今回、長束さまのお声に応じたのも、家族を守るために他ならず、正直、わたくしを北家の者として利用する長束さまの思惑なんぞ、糞くらえと思っております！」

　路近が噴き出し、長束がぽかんと口を開いた。

　鵄は、一瞬だけ考えるようにした後、ゆっくりと体をこちらへと向けた。

「では、なぜお主は人質になる事を了承した」

「理由はすでに申し上げました。被害にあっているわたくしの故郷を守るためです。猿の侵入経路には、あなたさまが関わっているかもしれないと聞き及びました」

「何だと？」

初めて、鵄は意外そうな顔になった。雪哉はここぞとばかりに、鵄に向かって平伏する。

「お願いです！　どうか、どうかわたくしの家族をお助け下さい。そのためなら何でもいたします。故郷を守るためならこの命、決して惜しくはございません」

むっつりと黙りこんだ鵄は、雪哉の態度を不快に思っているというよりは、採《と》るべき態度に迷っている様子であった。

祈るような気持ちで沈黙を待って、しばし。

唐突に、能天気な拍手の音が響いた。

「いやはや、立派じゃねえか。宮烏の中にも、血の通った奴らはいるもんだ。なあ、鵄さまよ」

歳を経た者特有の、かろみのある声である。

その声が聞こえた途端、場の空気が一変した。

座していた男達は弾かれたように立ち上がり、長束達と睨みあっていた若い衆は、揃って目を輝かせた。鵄ですら目を見開いて「おやっさん」と狼狽まじりの声を上げたのだった。

雪哉は顔を上げ、背後を振り返った。

その姿を見て、何よりも先に「白い」と雪哉は思った。

部屋の入り口に立っていたのは、一人の痩せた老爺《ろうや》であった。

顔は皺だらけで、頭髪は見事な銀色をしている。灰白《はいじろ》の着流しをまとう体は細身だが、その背筋はしゃんと伸びていた。薄暗い中、全身が銀白色の光を帯びているようで、幽霊のようにぼんやりと浮かび上がって見える。こちらに向ける視線は穏やかで、好々爺《こうこうや》とも言うべきものだったが、周囲の様子から、とてもただ者とは思えなかった。

「ああ、どうかそのままで。地下街の盟主ともあろうお方が、そう簡単に動じちゃいけねえよ」

腰を浮かしかけた鵄をにこにこと制し、老爺は軽い足取りで歩きだした。部屋にいた大半の者が動いて、道をつくる。そうして老爺は部屋の中央、長束と雪哉、路近が固まっている場所へと、悠々とした足取りでやって来た。

「しかし、そこの坊主と比べて、さっきのはいけねえなあ、長束さまとやら。あんた、地下街を何も分かっちゃいねえ」

目の前で大げさにため息をつかれて、長束は戸惑いのまま口を開こうとした。だが、路近がすばやく長束の前に出て、それを遮った。

「申し訳ない。まさかあんたまで出張《でば》って来るとは、思いもしなかったもんで」

「窮屈な恰好して誰かと思えば、てめえ、路近《みちちか》か。俺がいなけりゃ何やっても良いってわけじゃあるめえし、自分の舎弟くらい、ちゃんと躾《しつ》けとけ」

舎弟呼ばわりされた長束は言葉もなかったが、即座に訂正を入れるかと思った路近《ろこん》は、ただ、頭を下げただけだった。

そこで雪哉も気が付いた。

さっきまで、殺気だった室内でも一人飄々としていた路近が、今は真顔になっている。

「貴公は、何者だ」

長束が絞り出した声に、老爺は明るく笑う。

「俺は、とっくに引退した隠居老人さ。鵄さま達と違って、意地も面子《めんつ》もねえからよ。ちょいとばかしあんたに、ここの規則を教えてやるよ」

「何を……？」

「てめぇ、舐めるんじゃねえぞ」

決して大きな声ではなかったのに、老爺の発したたった一言で、部屋の温度が一気に下がった気がした。

真正面からすごまれて、長束は凍りつく。

「三下《さんした》のちんぴらじゃねえんだ。鼻先にこれ見よがしに餌をぶら下げて食いつくと思われてんなら、鵄の野郎も甚《はなは》だ不本意だろうよ」

何を責められているのか分からないのか、長束は大人に叱られた幼子のような顔になっている。それを見て、老爺はわずかに笑う。

「犬の仔を持って来るのとは、わけが違うって事だ。お前さんの行為は、人質そのものの価値を軽んじ、俺達を軽んじ、お前自身を軽んじる行為に他ならねえ」

そこの坊主は、お前にとって犬と同じか、と、老爺はからかうように言う。

「それとも、これが宮烏のやり口なのか？　簡単に身内を売っときながら、それを他人のせいにして、威丈《いたけ》だかに交渉を進めようってのが。情けねえなあ。それが、上の世界で頭張る奴のやる事かよ」

長束は、ようやく自分のしでかした事を理解して、真っ赤になった。

どこかに、地下街の者に対する侮《あなど》りがあったのだろう。何の建前もなく、一方的に「人質を渡すから情報を寄越せ」とは、確かに、相手を完全に馬鹿にした言い分である。

何より長束は、谷間において自分の置かれた状況を、きちんと理解してはいなかったのだ。

地下街の方が頭目《とうもく》を出して来ているのに対し、朝廷側が出して来たのは代理である。この時点で、代理が何者かは関係なく、鵄、および地下街の面子は丸潰れだ。代理の者がいかに高貴な血筋の者かという事は、地下街にとってはまるで意味がないのだから。

「くだらねえと思うかもしれねえが、この世界で相手の面子を立てるって行為は、上の世界で法を守るのと同じだ」

老爺は言う。

「生まれで八咫烏《にんげん》の価値が決まるおたくらと違って、ここで俺達の価値を決めているのは、信頼しかねェんだ。それを失った時点で、お前にここで口を開く資格はない」

「しかし――」

「くどい」

震える声で長束は食い下がったが、老爺はぴしゃりと言い放った。いっそ静かなくらいの物言いだったのに、どうあっても抗《あらが》えない力があった。

あえなく沈黙してしまった長束を一顧だにせず、老爺は上座を振り返った。どことなく、長束と一緒に自分も怒られているような顔をしていた鵄は、老爺に目を向けられて、慌てて背筋を伸ばした。

「勘違いだ」

「は？」

「鵄。こいつらは、お前の知りたい情報を何も持っちゃいねぇよ」

完全に及び腰になっていた鵄は、その言葉に、地下街の頭目としての自分を取り戻したようだった。驚いたように目を瞬くと、すぐにその顔を引き締める。

「では、背後にいたのが若宮というわけでは――」

「ないようだな。無関係とまでは言わんが、少なくとも、売買に関わっていないのは確かなようだ」

老爺の言葉に、鵄は呻《うめ》き、脱力して片手で顔を覆った。

「とんだ茶番だ……」

「傍《はた》から見ている分には、面白かったぜ」

ククク と笑って、老爺は慰めるように鵄の肩を叩く。

――一体、何が茶番だったと言うのか。

わけが分からないなりに、どうやら老爺によって、若宮が協定を破ったわけではないと鵄に理解されたらしい事だけは察せられた。

鵄の肩に手を置いたまま、老爺は「さて」と微笑してこちらを見た。

「待たせちまったな、垂氷の子よ。今度は、お前の話を聞かせてもらおうか」

名は何だと尋ねられて、雪哉は臆さず老爺の前に進み出て、一礼した。

「雪哉と申します」

「よし、雪哉。どうやら、我々の間で勘違いが起こった原因は、お前の話を聞かねば分からぬようだ」

話せと命じられて、雪哉は正直に、今までの経緯と若宮の推論を話した。

垂氷が猿に襲われた事。

そこで生き残った小梅を、郷長屋敷で保護した事。

小梅の実家で、この地下街の者達と鉢合わせした事。

若宮が、猿の侵入経路には『第三の門』が関わっているのではと考えている事を話すと、地下街の連中から、小さなざわめきが上がった。

鵄は押し黙ったまま何事かを考えている様子だったが、ちらりと意見を求めるような視線を老爺に向けた。それを受けて、雪哉の話にも全く動揺を見せなかった老爺が、再び口を開いた。

「お前達の言い分は、よく分かった。その上で問うが、雪哉よ。お前は、我々に何を望んでいる？」

どんな事でも構いません、と、雪哉は言い募った。

「猿の侵攻を食い止めるための、情報が欲しいのです。わたくし達は、『第三の門』が本当にあるのかどうかに、全く興味はありません」

ただ、猿の正体を知るための手掛かりが欲しいだけなのだ。

顎に手を当てた老爺は、ふむ、と一声唸った。

「真心を尽くして助けを求める者あらば、等しく応えてやるのが地下街というもの。心当たりがないわけでもない」

「本当ですか！」

声が上擦《うわず》った雪哉に対し「ただし」と言い足す、老爺の態度はそっけない。

「実際に、それが手掛かりになるかは分からん。俺が与えてやれるのは、情報を手に入れられるかもしれないという可能性だけだ。手掛かりを得られないばかりか、命を失う危険すらある」

それでも構わないかと問われて、雪哉は迷わず首肯《しゅこう》した。

「構いません」

「天晴《あっぱれ》な覚悟だ」

おやっさん、と諫《いさ》めるような声があちこちから上がったが、老爺と雪哉のやり取りを聞いていた鵄は、あえて止めようとはしなかった。

「……最初から、我々の交渉相手は若宮だ。垂氷の者との交渉は、別件である」

だから、雪哉の事は老爺に任せると鵄は言いたいらしい。

そんな鵄に対し大げさに一礼すると、老爺はその場で、踵を返した。

「ついて来い」

それが自分に向けられたものだと察して、雪哉は急いで立ち上がり、老爺の後を追った。

同行を許されたのは、雪哉だけだった。

長束は、ただ、黙って雪哉の背を見送る事しか出来なかったのだ。

第四章　深層

老爺は、狭い隧道《ずいどう》を慣れた様子で進んで行く。

いつの間にか、老爺の手の者と思しき若い衆が、雪哉の背後について来ていた。下手な動きを見せれば、その場で雪哉を殺すつもりなのかもしれなかった。

谷間《たにあい》から地下街に入った時よりも、ずっと長く老爺は歩いた。徐々に足元も悪くなり、整備のされていない地下道へと降りて行く。着慣れない衣装をあちこちにひっかけながら、雪哉は遅れまいと、息を切らしながら老爺を追った。

そうして辿りついた場所は、先程の広間よりもずっと広く、天井が高い空洞であった。若衆が松明《たいまつ》を掲げれば、壁の一辺に、ひどく大きな岩が嵌《は》まっているのが分かった。

「この大岩の向こうには、さらに奥へと続く隧道がある」

広間を出てから初めて、老爺が口を開いた。

「もう何十年も前に、俺が封鎖した道だ。当然、整備もされていなければ、封鎖して以降、誰かが通った事もねえ」

見張っているからそれは確かだと、老爺は軽い調子で言った。

「どうして、塞いでしまわれたのですか」

地下街は、天然の隧道を整備し、発展して来たと聞いている。長い隧道を見つけて、開発もせず、閉じてしまう理由が皆目分からなかった。

老爺は大岩に背を向けて、こちらに向き直る。

「簡単に言っちまえば、入るのは簡単なんだが、出て来るのが難しいのよ」

俺はそれで、少々難儀したのだと老爺はのたまう。

「――だが、かつてはこの奥に、お前の言うところの『情報』らしきものの欠片《かけら》があった」

老爺はニヤリと嗤《わら》った。

「とは言っても、もう何十年も昔の話だ。迷子になるのはごめんだしよ。若い者に行けと言うのも酷だから、この先が今はどうなっているのか、さっぱり分からんのだ」

情報が欲しいというのであれば、自分の目で確かめて来ると良いと老爺は顎で大岩を指した。

「この奥で、あなたは何をご覧になったのですか」

「今の状況が分からない以上、それは言えん」

だが、そうだな、と老爺は宙を睨んだ。

「ひとつ、教えてやれる特徴を言うなら、胸糞《むなくそ》の悪くなる形で、白いものがあった」

もし、それを一欠片でも取って来られたなら、猿に関して出来る限りの協力をしてやろうと老爺は言う。

幸い、目的地までは、最も進みやすい道を進めば良いと言う。迷わずに済めば、簡単に行って帰って来られる距離であるらしい。

「もっとも、道を外れて、迷ってしまえば時間はかかる。そうなったら、ずっと待ち続けるわけにもいかんのでな。お前に与える猶予は、二刻《ふたとき》の間だけとしよう」

「二刻？」

「そうだ。二刻を過ぎたら、この大岩を戻して、隧道はもとのように塞ぐ」

「もし、僕が帰って来ないまま、二刻が過ぎたらどうなるのですか」

「諦めて、違う出口を探すんだな」

それはある意味、迷ったならば、この隧道で死ねという意味だ。

老爺が控えていた若い衆を呼ぶと、その手には盆に載せた何本かの線香があった。

あれは、香時計《こうどけい》だ。

一本ずつ火を点ければ、二刻きっかりで燃え尽きるようにすでに調節されている。香時計を机の上に置き、その横に、火種を準備する。

「お前には、これを貸してやろう」

そう言って老爺が懐から取り出したのは、矢立《やた》て型の鬼火灯籠《おにびどうろう》だった。

矢立てであれば墨壺《すみつぼ》に当たる部分が硝子《がらす》となっており、蓋を開ければ、青白い光の粒が中央でふわふわと浮いているのが見えた。

鬼火灯籠は、本来であれば山内で最高級の照明道具である。

普通の火と異なり、燃料となるのは主に砂糖の欠片で、炎のように光りはしても熱さは全く感じられない。他の物に燃え移る心配もないから、朝廷での書類仕事などに重宝されている。しかし、その分扱いも難しく、鬼火そのものを採る事も困難であるから、普通の八咫烏には手の出ない代物であった。

「今は休眠状態だが、この金平糖《こんぺいとう》を中に入れると、明るくなる」

金平糖一粒につき、光るのは半刻《はんとき》。

四つ目が燃え尽きたところで、ちょうど二刻が来たのが分かるようになっている。

鬼火灯籠を受け取った雪哉は、その場で豪快に装束を脱ぎ捨てた。白い小袖と下襲《したがさね》だけを残し、若宮から託された太刀を腰に佩《は》く。

「準備は良いか」

若衆に尋ねられて、雪哉は頷いた。

「いつでもどうぞ」

老爺の頷きを受けて、ばらばらと、通路から若衆達が走り出て来た。二、三十人は集まった男達が、老爺の指示で一斉に動き始める。若衆の半分は、鉄で覆われた太い丸太を大岩の下にあてがい、上手く窪みのある石を支点として、大岩に力を懸けた。その一方では、荒縄をかけた一団が、反対側から岩を引っ張る。

岩と岩の擦《こす》れる重い音とともに大岩が転がり、岩壁との間に、人が辛うじて通れるくらいの隙間が出来た。すぐに、閉じてしまわないように楔《くさび》が差し込まれる。

若衆の一人が、隙間が確保出来た事を確認して、香時計の一本目に火を点けた。

「始めて下さい」

言われてすぐに、雪哉は抜刀し、自らの小袖の袖を切り裂いた。

「ほお」

雪哉が抜刀して警戒したのは護衛の者だけで、老爺は、もの珍しそうな顔でこちらを窺うばかりである。

周囲の反応には構わずに、雪哉は切り口の糸をより分けて、布を形成していた横糸を見つけだした。ビッ、と、引っ張ればつかえなく解《ほど》けて行くのを確認して、引き出した糸の先っぽを、香時計の置かれた机の脚に縛り付ける。

「……あんな事をしても、糸などすぐに切れてしまうのではないか？」

若衆達が怪訝《けげん》そうに囁《ささや》き合っていたが、これで良いのだ。

普通の絹糸であれば、岩に擦れてすぐに切れてしまうだろうが、雪哉が残した小袖と下襲は、白い布で出来ている。普通の絹と違い、宮鳥の使う最高級の白絹は、色を鮮やかに見せるために、絹糸と女郎蜘蛛《じょろうぐも》の糸を縒《よ》り合わせて作ってあるのだ。女郎蜘蛛の糸は、粘って切れにくい性質があるから、切れ味の良い刃物を使わない限り、途切れてしまう事はないはずである。

本来であれば、儀式用の太刀など使い物にはならなかっただろうが、若宮が真赭《ますほ》の薄《すすき》を通して渡してくれた太刀は、完全に実戦を想定したものであった。

間違っても結び目がほどけないように確認して、ようやく雪哉は立ち上がった。

「これは、僕の命綱です。まさか、糸一本も使う事は許されないとはおっしゃいませんよね？」

面白半分に切ってくれるなと牽制すれば「勿論だ」と老爺は太鼓判を押す。

「我々は、糸には触れぬ。それは約束しよう」

「助かります。では、二刻後に」

袖の糸をするすると引っ張りながら、雪哉はいよいよ、坂道となっている隧道の中に入った。

この数十年間、誰も通った事がないという言葉は、どうやら嘘ではなかったらしい。入った瞬間、数が多すぎて幕のように感じる位の、大量の虫の巣に突っ込んでしまった。蜘蛛の巣とは少し違うようだが、幸先《さいさき》の悪い出だしである。

雪哉は明かりの入った鬼火灯籠を咥《くわ》えると、太刀の鞘《さや》で虫の巣を払いながら、前に進んで行った。

だが、しばらく歩き、虫の巣のかたまりを突破してしまうと、行く手を遮《さえぎ》るものはなくなった。振り返っても、入って来た入り口はすでに曲がりくねった岩壁に遮られて見えず、光源は老爺に渡された鬼火灯籠だけである。足元が悪いので、転んで灯籠を壊してしまわぬよう、途中からは羽衣《うえ》を編み、胸のあたりに固定するようにした。

極端に視界が狭い中、手を当てた岩壁は、濡れている所もある。

暗闇が恐ろしい。

以前にも、視界の利かない中、地下道を全力で進まなければならない事はあった。その時に比べれば光源があるだけマシだと思いたかったのだが、心細さはあの時の比ではない。

何より、初めて通る場所で、迷ってしまったら帰れなくなる、という条件が最悪だった。一応、糸が繋がっているとはいえ、頼りにするには、あまりに脆弱《ぜいじゃく》な道しるべである。

それでも、糸が尽きかける度に立ち止まり、違う糸を探して慎重に繋ぎ、また歩き始める。もたもたしている間に進んだ方が良いのではないかと、頭の片隅で叫ぶ声があったが、道に迷ってしまう危険性を考えると、糸を手放す気にはなれなかった。

焦燥感と戦いながら進むうちに、道は、どんどん道とも言えないものになっていった。岩壁をよじ上るようにして進む場所もあれば、全身で突っ張るようにして、真下に落ちるように進むしかない場所もあった。岩の上を這い、泥まみれ、傷だらけになって、ただひたすらに前を目指す。

途中で痛くなり、膝と肘、掌には、重点的に羽衣を編んで巻き付けた。

行程はきつかったが、ひとつだけ幸いだったのは、進路には迷わなかった事だ。狭くて行き止まりに思える場所でも、冷静に見れば、通れる場所はひとつしかない。明かりが届かない程に広い空間に出た時もあったが、進路は探すまでもなく、ぽっかりと目の前に開いていてくれたから助かった。

逆に困ったのは、狭い道の場合だ。身に着けた着物が邪魔に思えるくらいの隙間では、無理やり羽衣で着物を押さえつけたり、体をねじったりしなければ通れない。指で存在を確かめていた糸が外れてしまい、悲鳴を上げた事もしばしばだった。手放してしまった糸を慌てて見つけ、一人で安堵のため息をつき、また、一人で自分を鼓舞して歩き始める。

最初の明かりが尽きたのは、ちょうど、何本目かの糸を繋ごうとしている時だった。

鬼火灯籠が消えてしまえば、目の前にあるのは漆黒《しっこく》の闇と、完全な静寂ばかりだ。

暗闇に押し包まれた事にひやりとして、もう半刻経っていたのかと、残り時間を思って戦慄する。未だに辿り着かない目的地を思って、無性に叫びだしたくなった。だが、自分の肩に垂氷の命運が懸かっているのだと思えば、泣きごとも言っていられない。

出来る限りの早さで進みながら、決して慌てぬようにと、心の中で何度も繰り返す。

氷柱《つらら》のように上から垂れ下がった岩に頭をぶつけないよう注意しつつも、逆に、下から突き上げるように伸びる石柱に足を取られないよう気を付けて、時間も忘れて雪哉は進んだ。

のろのろとだが、着実に進み続けた歩みが止まったのは、二つ目の金平糖を入れて、しばらく経ってからの事だった。

復路を考えれば、少なくとも二つ目の明かりが消える前に『胸糞の悪くなる形で、白いもの』とやらを見つけなければならない。しかし、それを発見する前に、明らかに行き止まりと思われる場所に出てしまったのだ。

進路は、確かにこれ一本だけだったはず。それなのに、到着した場所には、どうあっても先に進めるような所が無かった。何せ、目の前に広がるのは、ゆらゆらと水面を揺らす、見事な地底湖だったのだ。

道は間違いなかったはず。だったら、この数十年の間に、落石でもあって道が変わってしまったのだろうか。

引き返して、もう一度違う道を探している時間はない。三つ目の金平糖が必要になる前に、突破口を見つけるか、引き返すかの判断を下さなければならなかった。

——ここまで来て、何も摑めずに帰る事になるのだろうか。

焦燥感が、喉元まで込み上げて来る。だが、それも仕方ないという諦念が、じわじわと胸の奥に広がった。

だって、死んでしまったら何にもならないのだ。ここは、潔く撤退するのが正解かもしれない。

その一方で、やはり諦めたくない、という思いもあった。

自分には、垂氷の命運が懸かっている。ここで、簡単に逃げ帰るわけにはいかない。

本当に、ここで行き止まりなのか。どこかに見落としはなかったか。

落ち着いて、もう一度周囲を見まわす。

小さな鬼火灯籠の中で浮かび上がる、澄んだ水をたたえた地底湖。

木の根のような石の垂れる天井に穴は見えず、ごつごつとした岩肌にも、ここから見えない死角は無かった。

「いや……待てよ」

死角は、ある。

急いで地面に伏せ、水面を凝視する。その奥が明るいように見えて、鬼火灯籠の蓋を閉め、光を隠した。一瞬、周囲は真っ暗になったが、目が慣れるにつれて、淡い光源を捉える事が出来た。

青白く発光する、水の奥。

間違いない。進路は、水の中にある。

数十年の間に沈んだのか、若い頃の老爺も、水の中を進んだのかは分からなかったが、迷っている時間はない。衣を脱ぎ、糸を見失わないように手頃な岩へとかける。少々心細い気もしたが、刀身を濡らすわけにはいかないので、太刀も岩に立てかけた。多分、与えられた時間からして、目的地まではそう遠くないはずだ。

これは一種の賭けだったが、雪哉は躊躇《ためら》わなかった。

よく見ればこの鬼火灯籠も、水に入れて大丈夫な作りである。羽衣を消し、口に光を隠したままの灯籠を咥えると、そのまま水の中へと飛び込んだ。

これでも、垂氷ではさんざん川遊びをして育ったのである。

ちくしょう、田舎貴族を舐めるなよ！

誰に対するものかも分からない怒りを覚えながら、泥の舞う湖底を蹴って、水中を進む。

水は、恐ろしく冷たかった。

しかし、行く手にぼんやりとした光があるおかげで、怖いとは感じない。

二度三度と水を掻き、すぐに光源は、岩壁に開いた穴の中にあると分かった。一旦、水面に出て深く息を吸い、一気に潜って、穴の中へと突入する。

あまり、大きくはない穴だ。ごつごつとした岩壁に、両手を突っ張るようにして泳ぐ。

想像していた通り、穴はすぐに抜けた。

浮上し、水面に顔を出した雪哉は、光源が何かを見つけて、驚いた。

光っていたのは、鬼火灯籠でも、外からの明かりでもなかった。

水、そのものだったのだ。

雪哉が辿りついたそこも、穴の向こうと同じような空間となっていた。

違うのは、岩壁の割れ目から噴き出た水が、地底湖に流れ込んでいる所だけだ。正確に言うと、光っていたのはこの、どこからか流れ込んで来る水であった。

さらさらと音を立てる流水が、青白く発光している。

散っていく飛沫は、天空に輝く冬の星のよう。

水面に出来た波紋は、まるで月の光のように、繊細な円を描いていた。

美しく神秘的な光景に一瞬、見惚れてしまったが、ぼんやりしている暇はない。手探りで水から上がり、咥えていた鬼火灯籠の蓋を開く。そして周囲を照らし出した雪哉は、水の畔《ほとり》に積み重ねられたものを見て、ぎょっとした。

「何だよ、これ……」

ああ、なるほど。これは確かに、『胸糞の悪くなる形で、白いもの』だ。

雪哉も、垂氷で何度か目にした経験があったから、それが何かはすぐに分かった。

うずたかく積まれた、骨、骨、骨。

——無造作に散らばるそれは、まさしく、人形《じんけい》を取ったまま命の尽きた、八咫烏《やたがらす》達の骸《むくろ》であった。

獣の骨ではなく八咫烏のものだと分かったのは、雪哉の目に最初に飛び込んで来たのが、見間違えようのない髑髏《しゃれこうべ》だったためだ。

虚《うつ》ろな眼窩《がんか》に、悲鳴も飲み込まれた。

ここ最近、凄惨な光景を見慣れ過ぎたせいか、怯えるよりも先に、どっと疲れが出た。異様な光景に驚くよりも、目当てのものを見つけたという、安堵が勝ったためかもしれない。とにかく、びっくりしたり怖がったりするのは後でも出来るのだ。今は何より、時間が惜しかった。

震える手で、骨の山の中から、掌に収まる大きさのものを選び取る。これで、目的は完遂した。後は帰るだけだと思ったところで、鬼火灯籠の明かりが尽きた。

本当に、時間ギリギリだった。

灯籠の中に三つ目の金平糖を入れようと、体をかがめた時だ。

不意に物音がした。それと、誰かが喋る声もする。

雪哉はぴたりと動きを止めた。

木戸を開くような音が響き、暗闇の中に、松明の明かりが射し込む。

誰かが談笑する声が鮮明になり、何かを、がらがらと放り捨てる音がした。

一人ではない。少なくとも、二人はいるようだ。だが、話し声であるのは間違いないのに、その言葉の意味が、全く分からないのはどうした事か。

いや、甲高い声の中、ところどころで意味の分かりそうな単語もあった。辛うじて聞き取れたのは、「カエラン」と「シカリ」という語だ。

音を立てないよう、細心の注意を払って覗き見れば、二人の大柄な男が、新しい骨を捨てている最中のようであった。

男達が身に着けているのは、栖合《すごう》で見た覚えのある、薄汚い茶色の着物。

間違いない、猿だ！

急激に鼓動が早くなる。

信じられない気持ちだったが、ここで見つかれば、殺されてしまうのは火を見るよりも明らかだ。奴らに気付かれる前に、そっと顔を引っ込めて、息を殺す。

しばらくして、呑気な笑声を空洞に響かせ、猿達は出て行った。

扉の閉まる音、遠ざかる足音を確かめる。

心臓の音が、耳元で唸るようだった。

あの老爺はこれを知っていて、何も教えずに自分をここに寄越したのだろうか。それは、滅多な事は言えなかったに違いない。自分だって己の目で見なければ、中央の山の中に猿がいるだなんて、絶対に信じなかった。下手をすれば、変に地下街の連中の意図を疑ったかもしれない。

だが、それとこれとは話が別だ。一体、どうして猿がこんな所に！

そう思いかけて、違う、と否定する。違う。八咫烏の領域に猿が入って来たのではなく、多分、自分が猿の領域にやって来てしまったのだ。

　ここが猿のねぐらだとするならば、この骨の山は、今まで犠牲になった垂氷の住人達なのだろうか。それにしては数が多い。もしや、八咫烏が気付いていなかっただけで、この山が出来る程、山内は猿の侵入を許していた――？

「ふざけやがって……」

　悪態によって、己を無理やり奮い立たせる。そうでもしなければ、緊張で頭がおかしくなりそうだった。

　鬼火灯籠の管を引き出し、収納されている金平糖を一粒つまみ上げる。そうして硝子の球体に、砂糖のかたまりを転がり落とした。

　鬼火が灯り、再び周囲が明るくなる。

　灯籠を再び口に咥《くわ》えて、水の中に戻ろうとした時だった。

　――骨山の陰に隠れていた者と、目が合った。

　それはひどく自然で、静かな邂逅《かいこう》であった。

　五歳くらいの小さな男の子が、何の前触れもなく、突然目の前に現れたのだ。

　いや、多分、雪哉が気付かなかっただけで、おそらくこの子は最初からここに潜《ひそ》んでいたのだろう。さっき、猿から雪哉が身を隠していたように、この子どもも、骨の山の陰に隠れ、雪哉から身を隠していたのだ。

　むこうも、こちらが何者だか、理解出来ていないらしい。

地面の上に座り込んだ状態で、骨を片手にぽかんとしている。その手元に積み重ねられたもののからして、骨をおもちゃ代わりに遊んでいたらしい事は、明白だった。

雪哉と子どもは、間抜けにも、数秒の間、呆けたように見つめあった。

単純に、どうしたら良いのか分からなかったのもあるが、どちらかがちょっとでも均衡を崩した瞬間、状況が激変するのが恐ろしかった。

だが、いつまでも固まったままではいられない。じっと目を逸らさないまま、そろり、そろりと足を動かし、雪哉は徐々に水辺に近付こうとした。

あどけない顔の子どもは、ぴくりとも動かない。

このまま、何事もなく行けるかもしれないと思った直後、がこん、と、再び木戸の開く音が響き、炎と思しき光が差した。

「ヨータ？」

続いて聞こえて来たのは、誰かに呼びかけるような声だった。今までの静寂が嘘のように、声の主が元気よく骨の山に分け入って来る。

姿を現したのは、目の前の子どもとよく似た顔をした、十歳くらいの少年だった。

少年は、硬直した雪哉と子どもの姿を認めると、ほんの一瞬だけ目を見開き、みるみる内に、すさまじい形相となっていった。

次の瞬間、少年の口から飛び出たのは、紛れもなく猿の威嚇《いかく》の声だった。

大口を開けた顔が、一瞬のうちに毛むくじゃらになる。体が膨れ上がり、あっと言う間もなく、少年は転身した。

まだ白い歯を剝き出しにして、猿となった少年は、雪哉に飛びかかって来た。

男の子もそれを見て、劈《つんざ》くような悲鳴を上げる。

わんわんと、空間に反響する高い声を聞きながら、雪哉は猿と取っ組み合いになった。

太刀は、着物と一緒に向こう側へ置いて来てしまった。うかつだったと焦りながらもよく見れば、猿に転身した相手の体格は、自分とほとんど変わらない。

だったら、ちょっと過激な喧嘩と思えば良いのだ。

腹を括ってしまえば、一気に冷静になった。爪でこちらの顔を引っ搔こうとする猿の顔面を手加減なく殴りつけ、倒れ込んで無防備になった鳩尾《みぞおち》に、容赦なく踵《かかと》を叩き込んだ。どうせ、相手は猿なのだ。犠牲になった八咫烏を思えば、情けは無用だった。ぎゃあ、と哀れっぽい声を上げた猿に、もう一発お見舞いしてやろうと足を振り上げる。すると背後から、何かが勢い良くぶつかって来た。

「ニイニ！」

縋《すが》って来る何かを蹴り飛ばそうとした雪哉は、それが小さな男の子だと気付いて、思わず動きを止めてしまった。幼い頃の弟の姿と重なって、人形《じんけい》のままでは、どうにもやりにくい。何とか振りほどこうと苦戦している隙に、猿が咳き込みながらも飛び起きて、こちらの首に手を掛けて来た。

猿の握力は強い。

これは外せないと悟った雪哉は、すぐさま首を絞める両腕を摑んで、自分の胸元に引き寄せた。勢いをつけて後転しながら、片足で猿の下腹を強く蹴り上げ、相手を背中から地面に叩きつける。

猿は、今度こそ呻《うめ》き声を上げて、手を放した。

これで、こいつはすぐには追って来られないはずだ。とにかく、この場を離れなければ。

自分に手を出して来ないならば、雪哉はこれ以上、この猿をどうこうしようというつもりはなかった。だが男の子は、このままでは猿が殺されると思ったらしい。泣きながら、こちらに殴りかかって来た。上手くあしらえないかと悪戦苦闘しているうちに、小さな歯で、腕を嚙まれてしまった。

ざわりと、白い肌に毛が立ち、男の子も子猿へと転身する。

遠くでは、ここでの騒ぎを聞き付けたのか、大人の猿が駆けて来る足音がする。

大猿が相手では、勝ち目がない。

なんとか子猿を振り払い、水に入ろうと目をやった雪哉は、地底湖の水面が、不自然に波打っているのに気がついた。驚く間もなく、水中にふわりと浮かんだ黒い影が、陸上へと飛び出して来る。

水面に出ると同時に、ぎらりと光った刀身。

雪哉が制止する間など一切なく、研ぎ澄まされた白刃が、過《あやま》たず子猿の首を搔き切った。

声も上げず、温かい血を噴き出して子猿が倒れる。

その様子を、地に伏したままだった猿が呆然と見ていた。雪哉自身、何が起こったのかを把握出来ぬまま、黒い影を目で追い、瞠目《どうもく》した。

「殿下」

無造作に血振るいをしたのは、今は招陽宮《しょうようぐう》で軟禁されているはずの、若宮殿下に他ならなかった。木戸を開き、姿を現した二匹の大猿を確認して、若宮は再び刀を構えた。

「早く行け！」

地面に落ちたままだった鬼火灯籠を拾い上げ、雪哉は慌てて水の中に飛び込んだ。岩壁を鬼火灯籠で照らし、暗い穴の中へと滑り込む。無我夢中で穴を抜け、着物を脱ぎ捨てた場所へと戻って来た。荒い息をつきながら水から上がると、普通に泳いでいるとは思えない早さで、若宮もすぐに追い付いて来た。

「追って来ようとした二匹は片付けたが、人形《じんけい》になれば、猿でもこの穴は抜けられる」

水から顔を出してすぐに、若宮は叫んだ。

「新たな追手が来れば、防ぐものがない。可能な限り早く、走れ！」

羽衣を編み、太刀と鬼火灯籠だけを持って、雪哉は走り出した。

着物から延びた糸を指で確かめながら、もと来た道をひたすら駆け戻る。とは言っても、道が道だ。走れるような場所はほんの一部分で、ほとんどは焦ったところで、のろのろと進むしかなかった。

雪哉のすぐ後ろに続いた若宮は、雪哉が進むのに困る場面では、確実な補助をして回った。

落ちそうな場所では手を貸し、時に若宮自身が踏み台になり、狭い所では、どのように進めば良いかを口頭で指示してくれた。おかげで、疲れていながら、行きよりもずっと楽に進む事が出来た。

「しかし、どうしてあなたがここに？」

山場を越え、比較的なだらかな道を進みながら問うと、若宮は息も乱さずに答えた。

「多少強引ではあったが、招陽宮を抜けて来たのだ」

真赭の薄のように、雪哉を人質にするのに反対した桜花宮《おうかぐう》の女房達が、見張りの目をくらますのに協力してくれたらしい。

「あのまま、兄上に任せておくわけにはいかないからな」

若宮にも、長束が会談に失敗する事は容易に想像がついていた。

でも、長束は自分の言葉を聞こうとしないし、諫言《かんげん》出来る可能性があった路近も、面白がるばかりで止めようとしない。放っておけば、谷間との対立が決定的になる危険性もあったから、長束とは別の経路で、地下街の連中との会談に漕ぎつける必要があったのだ。

「それでまあ、少々無茶な手を使ってだな、長束に先んじて、鵄《とび》以外の地下街の有力者と話を付ける事が出来たわけだ」

あの銀髪の老爺だと悟り、雪哉は納得した。

「なるほど。『おやっさん』が会談に現れたのは、あなたの手回しでしたか」

「手回しとは言えないな。こうなったのは予想外だった。この道を行くのも、私一人のつもりだったから」

　本当だったら、あの老爺に長束の会談を収めて貰った後、若宮が一人でここに来る予定だったのだ。だが、老爺は何を思ったのか、若宮に先んじて、雪哉を隧道に入れてしまった。

　だから香時計の用意が整っていたのかと腑に落ちた反面、雪哉はあまり考えたくはない事実に行き着いてしまった。

「……もしかして、僕、余計な事をしましたか」

　若宮が雪哉に追い付き、しかも猿から助けてくれた事を考えれば、自分は若宮の足を引っ張っただけな気がする。若干の気まずさを覚えながら問うと、若宮は存外、真剣な様子で答えた。

「それは、ここを出るまでは分からない」

　私は道しるべを持っていないしなと言われ、雪哉は自身が手繰《たぐ》る白糸を見た。

　若宮はこう言ってくれているが、道しるべも何も、進むべき道はひとつだけなのだ。糸があった方が帰りやすいのは確かだが、必要不可欠という程のものではないだろう。それに、岩を閉じるまでの二刻は、あくまで雪哉が入った時刻を基準にされてしまったようだから、これは、若宮にとって不利でしかなかったはずだ。

　そんな事を考えていると、不意に明かりが消えた。

　鬼火灯籠の、三つ目の金平糖が切れたのだ。

「残り半刻か」

　糸を手繰る雪哉に代わり、金平糖を補充しようと足を止めた若宮が唸った。

「でも、行きよりははるかに速く帰って来られたはずです。追って来る猿の気配も感じませんし、このまま行けばなんとかなりそうですね」

楽観的な雪哉の言葉には返事をせずに、若宮は再び灯った明かりをかざし、進みだした。

それが「油断は禁物だ」という、若宮からの無言の警告であったと気付いたのは、鬼火灯籠に点火してから、いくらも経たないうちの事だった。

それまで、ぴんと張った白糸に指を引っ掛けるようにして進んでいた雪哉は、不意に、糸の先が軽くなったと気付いた。嫌な予感がして軽く糸を引けば、するすると、つかえなく手繰り寄せられる。

「殿下」

「糸が切れたか」

雪哉の様子を見ていた若宮は、慌てなかった。

「それ以上、糸を引っ張るな。手繰るのは止めて、目で確認しながら進もう」

「分かりました」

そっと手を放し、その後は、きらきら光る糸を目で追って進んだ。切れた場所がどこであれ、糸を引き寄せたのはほんのちょっとだ。これ以上糸に触らなければ、切れた糸の先を見つけるのも、そう難しくはないだろうと思っていた。

そして、細い隧道を上へ下へと進み、何度目かの広い場所に出た時に、異変は起こった。

鬼火灯籠の明かりが照らし出したそこを見て、雪哉と若宮の動きが止まった。

「……殿下」

「何だ」

「行きの時、僕は一本道しか通らなかったように思うのですが」

「それは私も同じだ」

お前の残した糸を追って来たからな、と言われ、雪哉は眉根に皺を寄せた。

「だったら、なんでここには、こんなにたくさんの分岐道があるのでしょう」

――二人の目の前には、まるで蜂の巣のように、ずらりと暗い隧道が口を開けていたのだ。

大きいものから小さいものまで、場所は上と言わず下と言わず、雪哉と若宮が立つ場所から数歩進めば、どれかしらの隧道に入ってしまうような有様である。

絶対に、行きの時には、こんな場所は通らなかった。いくら焦っていたとはいえ、これ程異様な場所に出れば、気付かないはずがない。何より、一本道だからこそ、雪哉は迷わずに進む事が出来たのだ。

「糸はどうだ？」

聞かれて、雪哉は呻いた。

「駄目です。ここで切れてしまったようで」

糸の先が、どこにも見当たらない。

雪哉と若宮は切れた糸の先を探して、鬼火灯籠で一個一個の穴を照らし出して行った。切れた糸の先が見つからず、雪哉が焦り出した頃、きらりと奥に光るものを捉えた。

「殿下、ありました！」

「どこだ」

穴に入り、切れた糸を手に取ってほっと息を吐く。安堵も手伝い、足早に進もうとした雪哉の襟首を、若宮が急に摑んで引き寄せた。

「馬鹿者！　足元をよく見ろ」

怒鳴られて、雪哉は驚いた。そうして、言われるがままに下を見て、息を呑む。

どうして自分が気付かなかったのか分からない。

そこにはまるで落とし穴のように、ぽっかりと、深く広い穴が開いていた。

「……気を付けろ。ここは多分、普通の場所じゃない」

今度は静かに言って、若宮は雪哉の襟首を放した。

「すみません。でも、糸は見つかりましたよ」

これさえあれば、出口に辿りつけるはずである。

雪哉の言葉を聞いた若宮は、一瞬眉根を寄せると「ちょっと待て」と言って、一旦、先程の空間へと戻った。そこに自分の分の鬼火灯籠を置くと、足早に雪哉のもとへとやって来る。

「取りあえず、この糸を追おう」

どうして鬼火灯籠を置いて来たのかは分からないが、若宮なりに、何か考えがあるのだろう。

理由は聞かずに穴を飛び越え、糸の先を辿って歩き、しばらく。

行く手に、明かりが見えて来た。

さっきの事もあるので、注意しつつも明かりの方へ急いだ雪哉はしかし、その正体に気付き、愕然とした。

そこは出口などではなく、先程、若宮が鬼火灯籠を置いた空間に他ならなかった。

いつの間にか、同じ所へ戻って来てしまっていたのだ。

「おかしいですよ」

雪哉は震える声で、若宮を見上げた。

「さっきの道は、ほぼ真っ直ぐでした。同じ所に戻って来るのなら、どこかで、曲がるなり、上がったり下がったりしなければならないはずだ」

これでも、方向音痴ではない自信がある。

そして、自分が辿って来た糸の先に気付いた雪哉は、今度こそぞっとした。

雪哉が辿って来た糸は、空間の真ん中あたりで途切れていたのだ。

どうなっている。出口に繋がっている糸は、一体、どこに消えてしまった？

混乱する雪哉の横で、半ばこの事態を予見していたらしい若宮は、一声唸って考え込んだ。

何を思ったのか、その辺にあった小石を取り上げて、足元の穴へと放り込む。

耳を澄ませてしばし。

カツーンと、穴の中からではなく、雪哉と若宮のすぐ横手に、小石が落ちた音がした。

雪哉と顔を見合わせた後、若宮は穴の中に、自分の鬼火灯籠を放り込む。

先程と同じくらいの時間を置いて、上の穴から、今度は光り輝く鬼火灯籠が落ちて来た。それを易々と空中で掴み取り「これで分かった」と若宮はしかめっ面でこめかみを揉んだ。

「この穴は、正しい出口以外、どこにも繋がっていないらしい」

今さらながら、あの老爺の言った意味が分かった気がした。

『入るのは簡単なんだが、出て来るのが難しいのよ』

――あれは、こういう意味だったのだ。

しかし、途方に暮れている暇はない。先程、間違った道を行ってしまったせいで、時間的な余裕はほぼ無くなってしまった。やみくもに迷っていては、間違いなく時間切れになってしまう。

「どうしましょう。頼みの綱の糸がこれでは、全く役に立ちません」

そもそも、これは一体何なのだと苛立つ雪哉に、若宮は淡々と答えた。

「ここはおそらく、山内と外界の、ちょうど境界にあたる部分だ。このおかしな現象は、八咫烏の住まう山内を守る、結界の作用だと思う。外から入って来ようとする者を排除しようとしているのだろう」

確かに、時雨郷《しぐれごう》の山寺で綻びを繕った際に、若宮は言っていた。山内は、出るに容易《たやす》く、入るに難しい構造をしていると。だが、雪哉は体の不調は感じていないし、こうして人形《じんけい》を取っている。

「では、僕達が通って来たこの道こそが、『第三の門』だったのでしょうか」

想像とは、あまりにかけ離れた門の形に戸惑って言えば、若宮は険しい顔になった。

「それを確かめるためにも、あの男には、話を聞かねばなるまいよ」

「でも、ちょっと待って下さい」

若宮は言っていたはずだ。真の金烏は、門を通らずに行き来する事が可能であると。それが本当なら、山内の結界云々を抜きにしても、普通に出入り出来るはずではなかったのか。

それを言うと若宮は「その通りだ」と肯定を返して来た。

「実は、あの男に『帰りにくい道』の話を聞いて、おそらく、山内の結界が作用しているのだろうと、半ば見当はついていた」

それならば、真の金烏である自分が惑《まど》わされる事もないだろうと思ったのだ。半ば「しめた」という気持ちで、何の準備もせずに雪哉を追ったわけである。

が、しかし。

まいったな、と若宮は真顔で呟いた。

「全然分からん」

「ちょっと、殿下」

「慢心したのが祟《たた》ったかな……。私まで外敵として認定されるとは、少々予想外だった」

一見すると涼しい顔をしているようだが、雪哉も、伊達に一年間若宮に仕えていたわけではない。落ち着いているようでいて、結構、本気で焦っているらしいのが手に取るように分かった。

「どうするのですか。このままだと僕ら、完全に閉じ込められてしまいますよ！」

かと言って、引き返したところで待っているのは、怒り狂う猿の群れである。若宮ならば、もしかしたら斬り抜ける事が出来るかもしれなかったが、そうなった場合、雪哉は絶体絶命だ。

悲痛な顔になった雪哉に「そう慌てるな」と若宮は手を振った。

「あの御仁《ごじん》が、私だけでなくお前まで入れたというのが気になる。そして私が入れないという事は、この結界は、山の端《はた》にあるものとは種類が違うのだろう」

「種類？」

「特殊な力云々ではなく、多分、出る方法を知っているか否かが問われているのだ」

どんな素性の者も通さない代わりに、道を探す方法を知っている者ならば、誰でも通してくれる結界。それならば、必要とされているのは金烏としての力ではなく、難解な問題を解くための頭の柔らかさだ。

「でも、ゆっくり考えている暇はありません」

「分かっている。だからお前も考えろ。あの男が、かつて行って帰って来られた経験がある以上、絶対に突破出来ない難問ではないはずだ」

文句を言いたくなるのをぐっと堪えて、雪哉は口を噤《つぐ》んだ。

若宮の主張が本当なら、確かに、今一番必要なのは、何よりも考える事である。

しばしの間、主従は黙考した。

かつてあの老爺も、今の自分達と同じように、あの骨の山まで行き、この場所まで帰って来たのだ。そして足止めを食らい、なんとかしてもとの所に戻ろうとした。

若かりし頃の彼は、一体どうやって出口を見つけたのか。

さっぱり分からず、雪哉はぐしゃぐしゃと頭を掻きむしった。

それにしても、大岩で出口を塞いだのは、老爺が戻った後だったはずだ。自分の時には時間の制限など無かっただろうに、この短時間でそれを見つけろとは、あの老爺も随分と無謀を言う。洞穴の奥に猿がいた事を考えれば、大岩を無制限に開き続けるわけにはいかなかったのだろうが、それにしたってあんまりである。

思えば、雪哉が机に糸を結んでいる時の余裕からして、それが何の意味もなさないと分かっていたのだろう。

――いや、待て。

そうだ。あの老爺は一度、この難題を潜り抜けている。

やはり、手掛かりになるのはあの老爺だ。

老爺の言動、一挙手一投足を思い出す。

自分達に与えられたのは、まずは時間、二刻のみ。

行って帰って来るだけで、ほとんどが精いっぱい。時間だけなら、かつての老爺の方があったのは間違いない。

高級な鬼火灯籠。

これは多分、数十年前の老爺は持っておらず、雪哉達が持っているものだ。

そして、雪哉が道しるべに使った、白糸。

これは全く意味をなさなかったが、あの時、糸には手を出さないと誓った老爺は、何を思っていたのだろうか。

無駄な事をする雪哉に対する憐れみ？　もしくは、ささやかな抵抗を愉快に思ったか。

いずれにしろ、明確な助言は何一つなかった。むしろ時間の制限まで設けて、あえて、条件を難しくするような――。

そこまで考えて、ハッとした。

二刻という制限を与えられて、雪哉はこれを、条件を厳しくされたと感じた。その代わりに、鬼火灯籠という有利な条件を与えられた、と。

しかしこれは、こっちがそう解釈しただけであって、あの老爺が言ったというわけではない。それが全て、自分の思い込みでしかなかったとしたらどうだ。

そのまま、少しの間考えて、雪哉はようやくそれに思い当った。

「殿下、明かりを消して下さい」

唐突な雪哉の言葉に、若宮は目を瞬いた。

「何だと？」

それでは時刻が分からなくなってしまうのではないか、と懸念する若宮に、雪哉は鬼火灯籠を仕舞いながら言った。

「ここまで来れば、もう時間が分かろうが分かるまいが同じですよ。それよりも大事なのは、匂いです」

「あの男は、二刻を測るために香時計を使っていました。あの線香が燃え尽きるまで待ってくれると言ったんです。それを僕は、僕達にとって不利な条件と思っていましたが、逆でした。多分あれは、僕達への手助けだったんですよ」

そこまで聞いて、若宮も雪哉の言わんとする事を悟った。

「なるほど。だから、香時計か」

若宮も鬼火灯籠の明かりを隠して、暗闇の中、匂いを嗅いだ。

無数の隧道は、鬼火灯籠の明かりによってもたらされた、視覚からの情報である。それに惑わされてしまっている以上、鬼火灯籠は雪哉達を不利にするものでこそあれ、有利に働くものではない。視覚からの情報が信用ならない以上、頼りになるのはその他の感覚に限られる。

即ち、聴覚、触覚、味覚、そして嗅覚。

おそらく、老爺の提示した二刻という時間に意味はなかったのだ。重要なのは、香時計の香りが道しるべとして機能するうちに、若宮と雪哉がそれに気付いて、帰って来られるか否か。

穴に落ちないよう、手探りで慎重に動いていて、気が付いた。

目で見て、あれ程空いていた穴が、こうしていると、ひとつも見つからない。

やはり視覚が狂わされたせいで、他の感覚もおかしくなっていたのだ。

自分の考えに確信を持ち、雪哉は必死で匂いを辿る。しかし、雪哉の鼻よりも耳の方が先に異常を捉えた。

雪哉の右斜め後方から聞こえる、微《かす》かな話し声。

「猿……！」

きゅっと、胸の奥が摑まれたような心地がする。わずかな焦りを感じていると、若宮が「見つけた！」と声を上げた。

「ここから、かすかに香りがする」

「本当ですか！」

「白檀《びゃくだん》に桂皮《けいひ》。間違いない、あの香時計だ」

声のする方に向かって手を伸ばすと、気配で分かったのか、若宮の方から雪哉の腕を摑んでくれた。

「急ぐぞ。もう、猶予はない」

言いながら、ひょいと担《かつ》ぎ上げられてしまう。

雪哉の記憶が確かなら、大岩から最初の空間までは、なだらかな坂道だったはずである。普段なら「自分で歩けます！」と抵抗するところだったが、今は任せた方が良いと判断して、雪哉は黙って若宮の背に負ぶさった。

惑わされないためにも明かりを点けなかったのだが、雪哉を背負った若宮は、まるで見えているかのように隧道を駆け抜けた。

暗闇の中、時々身近に迫る岩肌を感じたが、それもひょいひょいと、足を止めずに避けて走るのである。足元だって確かでないだろうに、にわかには信じられないくらいの安定した足取りだった。

　若宮の背中で揺られていくらもしないうちに、前方に、今度こそ出口の明かりが見えて来た。光を浴びて、ゆらりとくゆる紫煙が、こちらに流れているのが分かる。しかし、途中でそれも消え、明かりの中に見える人影が楔《くさび》を取ろうとしている事に気が付いた。

　雪哉は悲鳴を上げた。

「待って、待って下さい！　今帰りましたから」

　最後の最後、ほとんど全速力になって若宮は駆けて、とうとう、大岩の横をすり抜けて外に出た。

　最初に来た時に薄暗く感じた松明の炎が、今はこんなにも明るく感じられる。

　出た瞬間、雪哉は背中からずり落ちたが、流石《さすが》の若宮も疲れたらしい。雪哉に構う事なく膝に手をつき、ぜいぜいと荒い息を吐いている。

「遅かったな」

　老爺は香時計を置いた机の横で、どこから持って来させたものやら、床几《しょうぎ》に腰かけて、のんびりと茶をすすっていた。横目でちらりと、灰の積もった盆を見る。肝心のものは取って来られたのかと問われ、雪哉は袂《たもと》に入れて来た骨の欠片を、両手に載せて差し出した。

「どうぞ、お検《あらた》め下さい」

　翁《おきな》は小さな白い塊を取り上げると、皺だらけの掌の上で転がした。

「ほう、喉仏か。悪くない」

それまで下を向き、ひたすら息を整えていた若宮が、額の汗を拭いながら顔を上げた。

「……どういう事だ、朔王」

名を呼ばれて、白い着流しの老爺はふと、その笑みを侮《あなど》れないものへと変えた。

「その様子だと、お前にもこれが何か分かっているようだな、日嗣《ひつぎ》の御子《みこ》」

「これには、外界の匂いが染みついている。一度外に出た経験のある者に、分からないはずがない」

向かい合う二人を、雪哉は怪訝な顔で見比べた。

「この骨は、人形《じんけい》になった八咫烏の骨でも、山内に存在する、他のいかなる動物の骨でもない」

これは、と一度唇を噛んだ若宮は、苦々しそうに言葉を続けたのだった。

「人間の骨だ」

＊　＊　＊

「猿が、この山の中にいただと！」

若宮が雪哉を伴って招陽宮へ戻ると、自室には既に、先に帰った長束《なつか》や路近《ろこん》が、浜木綿《はまゆう》と澄尾《すみお》とともに待ち構えていた。兄宮は色々と言いたい事がある顔をしていたが、口を開く前に新しく得た情報を告げれば、それも頭から吹き飛んだようだった。

長束の叫びを、若宮は表情を変えずに肯定した。

「ああ。ただし、穴を掘れば猿のいる場所に繋がる、というわけではなさそうだ」

あの洞穴の中で、雪哉と若宮は一度、山内を守る結界を越えた。猿がいたのは紛れもなく、山内の外であった。

では、と黙って話を聞いていた浜木綿が確認の声を上げた。

「お前達が通ったという洞穴は、やはり『第三の門』で、猿どもはそこから侵入して来ていたというわけか？」

「いいや。あれはおそらく『第三の門』ではないだろうし、今回の侵入経路でもないだろう」

若宮は猿がいた場所について、ここに帰って来るまでの間、ずっと考えていたのである。

「朔王《さくおう》の言葉も含めて考えるに、猿どもがいるのは、山内と外界の『境界』にあたる部分なのではないかと思う」

「境界？」

「山内でも、外界でもない。境界、狭間、隙間。とにかく、二つの世界を繋ぐ中間部分が、奴らのねぐらなのではないだろうか」

若宮は遊学に際し、朱雀門《すざくもん》を使って外界へと出た経験がある。その時、山内から外界に出る際に、同じような洞穴を通ったのだ。

「朱雀門の洞穴は一本道で綺麗なものだったが、今回通った洞穴は、そのように整備される前の状態に見えた。私達は道の中程で猿と出くわしたが、あの先は間違いなく、外界へと繋がっている」

その証拠こそ、洞穴で拾った骨であった。

目で合図すると、雪哉が持ち帰って来た骨を、一同の前に置いた。

かつて、誰かの体の一部を構成していた骨が、今は畳の上であぐらを掻き、ほの白い影を落としている。

「これは、人形《じんけい》のまま死んだ、八咫烏の骨ではないのですか？」

垂氷で葬儀の際に目にした遺骨は、ちょうど、地下道の奥にあったものと同じ形をしていた。だからこそ、あの骨の山こそ、今まで犠牲になった八咫烏の遺体だと思ったのだと、雪哉は問うて来た。

「お前がそう思うのも無理はない。山内の中でのみ暮らしていたら、一生、縁のないものだから」

何せ、山内には存在しないはずの生物の骨なのだ。

「これはまず間違いなく、人間の骨だよ」

「……ニンゲンって、八咫烏と何か違うのですか」

雪哉は、若宮の言葉の意味が、本気で分からないという顔をしていた。

山内では、人形《じんけい》を取った八咫烏も、時に「ニンゲン」という呼ばれ方をする。

交易相手である天狗も人形を取るものだから、「ニンゲン」とは、人形を取る生き物の総称とされているのである。だが、それは大きな間違いだった。

「そもそも、私達のこの姿をどうして『人形《じんけい》』と言い表すのか、考えた事はあるか。『人《ひと》』という字は、何を示すと思っていた？」

問われた雪哉は、聡明な彼にしては珍しく、答えに窮した様子だった。

「それは……馬と八咫烏《やたがらす》を、区別するための言葉では？」

「いいや、違う」

外の世界を支配しているのは人間だ。天狗は外の世界において、決して数の多い存在というわけではない。むしろ、人間達の世界で、出来る限りばれないよう、息を殺して生活しているのだと若宮は説明した。

「私達の本質が『鳥』であるとするならば、人間の本質は『人間』だ。転身は出来ず、生まれてから死ぬまでを、人形《じんけい》で過ごす」

人形《じんけい》という言い方自体、人間から来たものなんだが――と、若宮は口にしかけて、説明に困った。

八咫烏は、卵で生まれ、物心がつくにつれて人形《じんけい》になる事を覚える生き物だ。当然、その本性は『人』ではなく、『鳥』である。

若宮は外界に出た当初、心底驚いたのだ。

言語、宗教、風俗、文化、学問。

山内に伝わる伝説では、八咫烏は山神に率いられて、この地にやって来たとされている。それにしても過剰ではないかと思える程に、山内にあるものは、外界にあるものを自分達の都合に合わせて、作り変えたようなものばかりだったのだ。外界を知る度に、若宮は漠然とだが、自分達の先祖は、山内に外の世界を再現しようとしていたのではないだろうか、と思うようになっていた。

だとすれば、山内は外界を模して作られた箱庭であり、人形《じんけい》の八咫烏は、外界における人間の代わりである。八咫烏が、本性に反した『人形《じんけい》』という姿を持っているのは、もしかしたらそれと関係しているのではないかと、若宮は疑っていた。

——だがそれは、ここで披露するには、あまりに他愛のない推測である。

「とにかく、人間の骨があったという時点で、猿どものいた洞穴が、外界と繋がっているのは確実だ」

そして外界の頂点に君臨しているのは、人間達なのである。人間を喰らう猿の存在など聞いた事がなく、従って「あの猿は外界から来たのではないか」という疑問にも、若宮はずっと違和感を覚えていた。

「猿のねぐらはおそらく、今まで八咫烏《われわれ》が、存在を知覚していなかった空間だ。いつからかは知らないが、猿どもはそこに住んでいて、外界の人間を引っ張りこんでは喰っていたのだろう」

猿は山内と外界の狭間で、人間を主食として生きていた。だが、何らかのはずみで、猿は山内へと通じる『抜け道』を見つけてしまった。それを使い、猿は人間に代わる食料として、人形の八咫烏を食べるようになったのではないか。

若宮の推測を聞いた澄尾が、呻くように呟いた。

「そう言えば、佐座木《さざき》の被害の中でも、猿は馬を喰おうとはしていなかったな。あいつらが食い物として認識しているのは、あくまで人形《じんけい》の生き物だという事か」

どこかに、朔王が封鎖したあの道と同じように、山内と外界の狭間に通じる『抜け道』が存在しているのだ。

部屋の出入り口に背中を預け、黙って聞いていた路近が、不意に気だるげに口を開いた。

「今までの話を聞いていると、どうやら『抜け道』とやらは、中央にあるようだな」

「何だと」

勢い良く己を振り返った長束に、路近は他人事のような顔を返した。

「だって、そうでしょう。我々が把握している『門』と、猿どもがいた場所はいずれも、中央山に接する洞穴だ」

外界と通じる道が、山の中心に向かって伸びているとするならば、地下街の連中が『第三の門』を所有している説明もつく。

「今のところ『門』を所有していると分かっているのは、朝廷と地下街の二つ。上か下かの差はあれど、どちらも、この山の中に拠点を置くものだ」

かつて、山頂付近に宮殿を造ろうとした宮烏は、山の中を掘削《くっさく》する過程で、二つの門を見つけた。それこそが『禁門』であり、『朱雀門』である。宮烏の屋敷は、山の側面に懸け造りで建てる事が慣習となったため、以後、朝廷の宮烏は、外界へと繋がる道を見つける事はなかった。

一方で、宮烏が手を付けなかった山の下部は、谷間の連中によって開拓され続けて来た。彼らの城としての地下街が形成されていく中で、新しく『第三の門』や、あの骨山のある洞穴を発見した可能性は、十分にあった。

そして、無事に洞穴から帰還した若宮と雪哉に対し、朔王はいくつかの助言を寄越していた。そのうちの一つが図らずも、路近の推理を裏付けていたのだった。

「朔王は、猿の件に地下街は――『第三の門』は無関係だと言っていました。同時に、猿が侵入して来たのだとすれば、それは中央以外にあり得ない、とも」

故郷に『抜け道』がなかった事に安堵しつつも、どこか複雑そうに言った雪哉へ、長束は戸惑いの視線を向けた。

「北領に猿の侵入経路がないのだとすれば、奴らはどうして栖合や佐座木に現れたのだ？」

朔王の助言を信じるとして、地下街も把握していない『抜け道』が中央にあるのだとするならば、猿どもは中央から辺境まで、自力で移動したという事になる。

「どうして、わざわざ地方まで向かったのかは想像がつきます」

端然と座した雪哉が、長束の疑問に答えた。

「奴らにとって、僕達はただの餌なんです。今の山内は、単なる猟場に過ぎません」

狩りと同じだ。

せっかく、こちらに気付いていない獲物がいるのに、わざわざこちらの存在を知らせるような真似はしない。奴らは、八咫烏に気付かれぬよう、出来るだけ静かに、多くの獲物を仕留めようと思ったのだろう。

「中央には八咫烏が多いですが、行方不明になれば、すぐに気付かれてしまいます。その点、狙われた栖合や佐座木は辺境です。いっぺんに大量の八咫烏を殺しても露見しにくいですし、実際、佐座木が襲われた事は、一月近くも判明しませんでした。ですから問題なのは、どうしてではなく、どうやって、です」

猿には翼が無いし、御内詞《みうちことば》も話せない。

中央から北領の辺境まで、飛んでしまえばあっと言う間でも、歩いて行けばかなりの距離である。何より、辺境までの道を、迷わず行けるはずがない。あの長距離を、迷わず、しかも八咫烏に怪しまれずに進めた理由を考えれば、答えは限られて来る。

言われているうちに、長束自身も気付いたのだろう。

「御内詞を話せる誰かが、猿を地方まで連れて行った……？」

栖合といい、佐座木といい、猿にとって都合の良い条件が揃い過ぎているのだ。事前に入念な下調べをし、他と交流のない場所を探し、狙いを定めていたとしか思えなかった。

「長い時間をかけて八咫烏に成りすました猿か、我々を裏切った八咫烏か。いずれにしろ、山内の中に猿を手引きした協力者がいるものと思われます」

どちらにしろ、陸路を行くしかない以上、奴らは関所を通った可能性がある。

「すぐに、関所の記録を調べさせよう」

佐座木はともかく、栖合の被害を考えれば、日も絞りやすい。

立ち上がりかけた長束を、若宮は片手を上げて制した。

「待て。関所の記録について、もう一つ調べてもらいたい事がある」

足を止めた長束のみならず、雪哉以外の、その場にいた全員がこちらを見た。

「朔王から頂いた手掛かりは、実は、他にもあるんです。そしておそらく、山内の内部にいる猿の協力者は、これを得るために我々を裏切った八咫烏と思われます」

言い添えるような雪哉の言葉を受けて、若宮は面前に置かれた、喉仏の骨を手に取った。

朔王は、人間の骨は八咫烏にとって、ただの骨というわけではないと語った。誰が、骨のそんな用途を見つけたのかは知らない。だが、粉にして服用すれば、一種の薬として作用するのだと。

山内の一部の八咫烏の間で、これは別の名前で呼ばれている。

「これの別名は、仙人蓋だ」

それが何を示すのか分かった瞬間、一同は息を呑み、目を見開いた。

若宮は、去り際に朔王に囁かれた言葉を思い出した。

――上からこぼれた連中は、谷間が引き受ける。だが最低限、自分の翼で囲った者くらい、自分の力で守って見せろや――

ああ、朔王。

言われなくとも、そのつもりだ。

＊　＊　＊

雪哉が桜花宮を訪れた時、小梅は女房達に混じって、裁縫をしているところであった。

いや、正確に言えば、新しい衣を作る女房達の横で、いらない布を貰って裁縫の手ほどきを受けていた。一心に針を使う様子は無邪気であり、時々、女房達の助言を受けて手を止める姿は、真剣そのものである。

取次ぎを頼んだ女房に声を掛けられ、戸口で佇《たたず》むこちらに気が付くと、小梅の表情は一気に明るくなった。

「雪哉！　なんだか、すごく久しぶりな感じがするわ」

中央でやるべき用事は終ったの、と輝くような笑みを浮かべ、小梅はこちらに駆け寄って来た。

「ちょっとお話ししたい事があります。お時間、よろしいですか」

「ええ。それは別に、構わないけど」

きょとんとする小梅を連れ、雪哉は、あらかじめ真《ま》赭《すほ》の薄《すすき》から借り受けていた小部屋に入った。後ろ手に枢戸《くるるど》を閉め、どことなく緊張した顔の小梅に向き直る。

数が増えた女房のために増築されたこの部屋は、外に面した一面が、障子張りになっている。

初夏の鋭い光は、やわらかな白い影となって室内を照らし、殺風景な部屋の中央に佇む、鮮やかな装束の娘を浮かび上がらせていた。

「なかなか、素敵な恰好をなさっていますね」

褒めた途端、小梅の顔がぱっと華やいだ。

「ね、すごいでしょう。見てよこれ。全部、真赭の薄さまが用意してくださったのよ」

まるでお姫さまみたい、とはしゃぐ小梅は、簡単な女房装束をまとっていた。

短めの袴《はかま》に絹の小袖、光沢のある単《ひとえ》の上に、刺繡で小花の紋様が入った桃色の袿《うちぎ》を羽織っている。明るい色の髪は丁寧に梳《くしけず》られ、小さな唇には、どうやら紅も差しているようだった。

確かに、最初に会った時に比べれば、見違えるような大変身である。服装は勿論だが、何より、その表情が別人のようだ。

「そろそろ、北領へ帰るの？　でも、もうちょっと待ってくれないかしら。桜花宮のおねえさま達がね、宮中で流行りの遊びを教えてくれるって」

以前よりも潑剌《はつらつ》としていて、元気そうな様子が、雪哉には不審に思えてならなかった。

「……君は、最初からそうでしたね。お父上の安否を、あまり気にしていなかった」

「だって、分からないものは仕方がないもの」

「本当にそうですか？」

雪哉の問いかけに、ふと、小梅は笑みを引っ込めた。

「……何？　そんな、急に」

「君には、お父上が生きているという確信があったんじゃありませんか？　猿を垂氷にまで運んで来たのが、自分の父親だと知っていたから」

小梅が、言葉を失くした。

ごまかしようもなく目が泳ぎ、次いで、引きつった笑みを浮かべる。

「随分と、おかしな事を言うのね」

「おかしな事ですかね」

「おかしいわよ。だってそんな、何を根拠に」

「根拠ならあります」

びくりと震えた小梅をじっと見つめながら、雪哉は落ち着いた口調で言った。

「君と、お父上が運んだ荷車は、二台あったそうですね」

雪哉も覚えている。栖合に放置されていた、ついさっきまで使われていたような荷車。

朝廷に垂氷郷から上げられて来た報告の中に、旧街道から二台分、真新しい轍《わだち》の跡が続いていたという記述があった。

小梅と父親の二人だけで、酒甕《さかがめ》をいっぱいに載せた荷車を二台も運ぶのは不可能だ。

「関所の役人も、状況が状況なので、すぐに証言してくれました」

書面上、小梅と父親が北領に持ち込んだのは一台という事になっていたが、袖《そで》の下を受け取って、実際はもう一台通してしまった。それに伴って、もう一台の荷車を牽《ひ》いていた二人の使用人も、身分を確認しないまま北領に入れた、と。

思えば被害にあったのは、いずれも荷車の使用が辛うじて可能な、旧街道のさいはてだった。

「誤魔化さないで教えて下さい。二台の荷車を運んだ、書類上、存在しない二人の使用人は、何者ですか」

一言一言、きっちり区切るように質問する。

大きな目をいっぱいに開き、小梅は口をへの字に結んで話を聞いていた。だが、言い逃れ出来ないと観念したのか、ついには大きなため息をついた。

「……悪かったわよ。確かに、あたし達は四人で北領に入ったわ」

「どうして、それを言わなかったのですか」

「聞かれなかったからよ。それに、正規の手段で入ったわけじゃなかったから、宮烏の前だと、ちょっと言い難くて」

でも、そんなの皆やっている事よ、と悪びれずに小梅は顔をしかめた。

「あたし達の不正を責めるなら、その前に、袖の下を貰って職務を放棄した、身内の役人を恥ずかしく思うのね」

話題を逸らそうとする小梅の手には乗らず、雪哉は淡々と質問を続けた。

「栖合にいた者が惨殺されたと聞いて、使用人の安否は気にならなかったのですか」

「あいつらは使用人じゃなくて、父が連れて来たただの助っ人。ろくに知らない人だし、別にどうでも良かったのよ」

名前も、どこから来たかも知らないわ、と小梅はとぼける。

「僕は、その助っ人とやらが猿じゃないかと思っているのですが」

――君はどう思います？

無表情に尋ねると、小梅はいよいよ唇を震わせた。

「分かんないわ、そんなの」

たとえそうだったとしても、あたしは気付かなかった、と小梅は早口で弁明する。

「君達が栖合まで運んだのは、お酒だと言っていましたね」

小梅の言葉には取りあわず、雪哉は、あくまで自分の口調を乱さずに続けた。

書類上でも、持ち運んだものは酒であるとされていた。だが、惨劇の後の栖合に、酒の入った酒甕は、どこにも残っていなかったのだ。

「当然でしょ！　あの夜に、みんな飲んじゃったんだから」

「荷車二台分の酒を？」

「そうよ。中央で仕入れた珍しい酒だったから、宴会で飲んだの。みんな、すごく喜んでくれたわ」

「そしてそれを飲んで、君は酷い眠気に襲われた」

君、最初に会った時に言っていましたよね。

「宴会で酒を飲んだって。それは、君達が持ち込んだお酒だったんですね」

以前に自分の言った事を思い出したのか、小梅は「あっ」と小さな声を上げ、両手で口を覆った。

「君は、酒を飲んでから丸一日以上、こんこんと眠り続けた。医《くすし》は、何か薬を盛られた可能性があると言っていました」

もし、酒の中に眠り薬が入っていたのだとしたら、同じ酒を飲んだ小梅以外の者も、深い眠りに落ちたのだろう。飲まなかったのは子どもだけで、酒好きな北領の大人達は、薬によって何も出来なくなっていた。

そこを猿に襲撃されたら、きっと、ひとたまりもなかったに違いない。

「さっき、酒の入った酒甕はなかったと僕は言いました。でも、酒以外のものが入った酒甕はあったんです」

それは何だったと思いますかと訊かれても、小梅は目を見開いたまま、何も答えようとはしなかった。

「細切れになって、塩漬けにされた、可哀想な栖合の住人達です！」

淡々と話を進めていた雪哉が、ここで初めて、感情を顕《あらわ》にした。雪哉に怒鳴られた小梅は、怯えたように一歩下がる。

「なるほど、考えてみれば、とても効率的な方法だ。強い催眠剤を仕込んだ酒を村へ運び、それを飲んだ村人を猿が塩を振って調理し、酒が無くなって空いた酒甕に入れれば良いんですからね」

「……止《や》めて」

か細い制止を無視して、雪哉は容赦なく小梅を責め立てた。

「あとは、もとのように蓋をして、中央に持ち帰るだけです。道行く人は、酒甕に入っているのがまさか八咫烏だなんて思いもしない。堂々と荷車は公道を行くのでしょう」

「もう止めて」

「愚かな宮烏には、ちょっとばかし袖の下を渡せば良いんですものね。それで、中身も確認せずに、塩漬けにされた遺体は中央へ運ばれるはずだった。でも、仕方ありません。こうなったのは、酒甕に入っているものが同胞だとは思いもよらず、職務を放棄した宮烏が悪いのですから！」

「止めてって言っているでしょう！」

悲鳴を上げて、小梅は自分の両耳を押さえてしゃがみこんだ。

「何を嫌がるのです。他の皆と同じ事をしただけの君は、何も悪くないんでしょう。だったら顔を上げて、堂々としていれば良いじゃないですか」

「ごめんなさい。本当に、何も知らなかったのよ。確かに、お父さんの様子も、あの男達の様子もおかしいなって思ったわ。でも、それだけ。だって、ずっと寝ていたんだもの。あたしは何も見ていないわ」

泣きながら言い訳する小梅に、雪哉は苛烈に詰問した。

「様子がおかしかったと言うのは？」

「お父さんはずっと不安そうにしていたし、何か、あたしに隠している感じだった。男達の方は無口だったわ。何を話しかけても黙っていて、ニヤニヤしながらあたしを見るの。すごく気味が悪かった」

しゃくりあげながらも、小梅は精一杯に答える。

「でもあいつら、すごい力持ちなの。一人で、荷車を一台、栖合まで運べるくらい。まるで八咫烏《にんげん》じゃないみたいって、あたしもちょっとは思ったのよ」

郷長屋敷で栖合の話を聞いた時も、もしやと最初に思ったと言うのだ。

「だったら、どうしてそう言わなかったのですか！」

「だって、実際のところは何も分からないし、お父さんの安否もはっきりしないんだもの」

要するに小梅は、栖合襲撃に関与している事を察していながら、父親を庇《かば》おうとしていたのだ。

「あの男達が関わっているなら、多分、父は生きているだろうなって、なんとなく思ってはいたけれど……」

袖で顔を拭った小梅は、赤い目で、雪哉を真っ直ぐに見つめた。

「今の話を聞いて、分からなくなったわ。父は確かにろくでなしだったけれど、そんな大それた事が出来るような人じゃないもの」

単に、猿に利用されただけかもしれないと、今さらになって小梅は言いだした。

「そんな酷い事に協力しろと言われても、怖気《おじけ》づいて、絶対何も出来やしないわ。騙されて、利用されるだけ利用されて、栖合の人と一緒に殺されちゃったかもしれない」

涙ぐむ小梅に「それはありません」と、雪哉はそっけなく答えた。

「猿は、八咫烏に気付かれないよう、中央に塩漬けを持って帰る事を目的としていました」

関所を越え、長い旅程をこなす必要がある以上、協力者を殺すわけがないのだ。おそらく小梅の父は、栖合で若宮と雪哉が気付かなかっただけで、あの時、近くにいたのだろう。

しかし「そんなの分からないじゃない！」と言って、小梅は甲高い声を上げて再び泣きじゃくり始めた。

雪哉は小梅を、無表情に見下ろした。

「それに、君の父親には、猿に協力する事で得られる報酬があった」

「報酬？」

「仙人蓋《せんにんがい》です」

思えば、全ての始まりは仙人蓋だった。若宮は仙人蓋を追って垂氷に来て、そして、栖合の惨劇の現場を見つけたのだ。また、地下街の連中が小梅の父親を狙っていたのも、仙人蓋の売人を彼と睨んでの事だった。

小梅の父親は、金に困っていた。ろくに働かないのに賭博好きで、借金をこさえては、あちこちで問題を起こしていたのだ。金を稼げと、口を酸っぱくして彼の尻を叩いていたのは、他でもない、一人娘の小梅だった。

仙人蓋は中央で、目玉の飛び出るような価格で取引されている。仙人蓋によって一度大金を得て、味をしめてしまえば、こんな凶行に走ってもおかしくはない。

「仙人蓋なんて、知らないわ」

聞いた事もないと、硬い声で小梅は首を横に振った。

「残念だけど、君の父親と特徴の一致する男が、仙人蓋の取引が行われた場所で目撃されているんです」

それも、中央の薬問屋と、垂氷郷の宿場、両方でだ。

地下街の会談から帰った後、猿の襲撃を受けて忘れられていた、仙人蓋についての調査内容について問い合わせてみた。その結果、垂氷郷の宿場の方で、仙人蓋の取引の直前に、小梅の父と見られる男が、賭場で大金をすっていた事が確認されたのだ。

本当だったら、垂氷で仙人蓋を売る予定はなかったのだろう。だが彼は、急いで金を作らなければならない理由があった。翌日の宿の支払いにも困るくらい、手持ちの金をなくしてしまったから。

――小梅の父親が、人間の骨を得るのと引き換えに、山内の八咫烏を猿へと差し出していたのは、間違いなかった。

聞いているうちに、どんどん顔色を失くしていった小梅は、最後は呆然と呟いた。

「まさか、そんな。お父さんが？」

「……ねえ、君、本当に何も知らないの？」

このまま白《しら》を切っても状況は悪くなるだけだよ、と雪哉は一転して、小梅の身を案じるような口調となって問いかけた。

「多分だけれど、君の父親は生きている。知っている事は、今の内に言った方が良いですよ。父親が見つからない以上、このままだと君の身柄は、地下街に引き渡す事になるかもしれません」

「地下街ですって」

小梅は悲鳴を上げて、雪哉に詰め寄った。

「ちょっと待ってよ。なんであたしが？」

「仙人蓋についての情報をくれたのは、地下街の王だからです」

情報提供の代わりに、君の身柄を引き渡す約束になっているのだと告げれば、ただでさえ蒼白だった小梅の顔から、完全に表情が消えた。

「……嘘でしょ。お願い、止《や》めて。あいつらに拷問なんかを受けたら、きっと、死ぬよりも酷い目に遭わされる」

「僕や若宮殿下も、それだけは避けたいと思っています。だから、出来る限り協力して頂けないでしょうか」

ね、と手を取って言えば、小梅は洟《はな》をすすって、「分かったわ」と小さく頷いたのだった。


「お前、悪い男になるなよ……」

取り調べのため、小梅を担当官に引き渡し、招陽宮に戻って来た雪哉を出迎えたのは、呆れた顔をした澄尾だった。小梅が雪哉の説得に応じなかった場合を想定し、小梅には隠れて、彼と若宮も隣室で話を聞いていたのだ。

雪哉としてはまっとうに交渉したつもりだったので、澄尾の発言は甚《はなは》だ不本意であった。

「失敬な。何も、好き好んであんな風に言ったわけじゃありませんよ。それに、一番重要なのは目的を達成する事でしょう」

必要とあらば悪い男でも何でもなりますと言えば、嬉々として上がった声があった。

「おい、聞いたか姫御前《ひめごぜ》。あれで元服前だぞ」

「全く、将来が楽しみ過ぎるな」

ここぞと囁き合っているのは、何故だか気が合うらしい、路近と浜木綿の二人である。自分の妻が他の男と楽しそうにしているにも拘わらず、夫である方の若宮といえば、我関せずとばかりに長束と話し合っていた。

「これで小梅は、知っている事は出来る限り話そうとするはずだ」

父親が見つからなければ小梅を地下街に引き渡すという話は、実は、全てつくり話であった。そう言うよう、雪哉に直接指示を出した長束は、目の下に出来た隈《くま》をごしごしと擦った。

「結局、裏切りの動機は金だったか」

馬鹿な奴だと吐き捨てた声には、しかし、覇気も嫌悪も感じられなかった。

「一時大金なんぞを手にしても、結局は己のためにならないと、分かっているだろうに」

八咫烏を裏切り、猿を手引きするまでに至った動機に納得がいかないのか、どこか疲れたような表情で、困惑している。雪哉は内心で長束に同意していたが、それを聞いて顔を上げた浜木綿は、そうではないようだった。

「そりゃあ、一度も生活に困った経験のないあんたには分からないだろうさ。一度、その日の飯《めし》にも困る生活をしてごらん」

　大金なんぞとは二度と言えなくなるよと、浜木綿は人の悪い笑みを浮かべた。

　浜木綿は、かつて宮烏の身分を剝奪され、山烏《やまがらす》として貧しい暮らしをした経験があるのだ。

それを思い出してなんとなく居心地が悪くなったのは、雪哉だけではなかったようだ。釈然としない顔の長束の横で澄尾と目を見交わし、雪哉は不用意に口を開くべきではないなと思った。

「しかし、これからどうするつもりだ？」

　あっけらかんと口を開いたのは、浜木綿の言葉にも全く怯《ひる》まなかった路近である。

「小梅とやらの証言をもとにしても、父親が釣れるとは限らんだろう」

　だからと言って、黙って手をこまねいている暇はない。山内の状況は、思いの外切羽詰まったものであった。

「中央に猿の入って来た『抜け道』がある以上、一歩間違えれば、山内の中枢が猿の襲撃を真っ先に受ける事になりかねん」

　朝廷に直接猿が踏み込み、宮烏達を喰い荒らす姿を想像して、雪哉は鳥肌が立った。

　猿には、知能がある。

　もし計画的に指揮系統を破壊され、中央を乗っ取られてしまえば、どうなるか。

　澄尾が、押し殺したような声で続けた。

「羽《はね》の林《はやし》は基本的に、地方の反乱に対し、いかに中央を防衛するかを考えて構成された軍だ。

当然、おおもとの兵站《へいたん》基地も朝廷に置いている。食い物は地方にも備蓄はあるが、中央に保管している武器を取られれば、すぐには奪還が出来なくなる」

澄尾の考えている事を先読みしてか、長束が感情を窺わせない声で続けた。

「朝廷は、天然の要塞だ。本来、守るはずだった朝廷を真っ先に占拠され、籠城でもされてしまえば、こちらは打つ手がない」

戦えば戦う程、猿にとっての食糧は供給され続ける。奴らにとっては、餌場が向こうからやって来るようなものなのだ。飛び道具を有効に使えない室内で、大柄な猿に白兵戦を仕掛けても、余程の手練《てだれ》でもない限り八咫烏には不利なばかりだ。

朝廷を占拠されれば、圧倒的に八咫烏が不利となる。

――山内は、長きにわたって太平の世を謳歌して来た。

朝廷の中では血みどろの権力争いが勃発していたとしても、基本的にそれは、宗家《そうけ》を頂点に置いた、四家の分治体制を前提としたものだ。軽い地方の一揆はあっても、武力を背景とした革命といったものは思案の外であり、外敵の存在など、今まで想定した事すら無かったのだ。

「朝廷の、致命的な欠陥だな」

そもそも金烏が直接兵権を持っていないというのがお笑い種だがと、路近は全く深刻さを感じさせない口調で言ってのけた。

「これが計画的な行動だったら、私は猿どもに、称賛の拍手を送ってやりたいくらいだ」

地方に派兵したせいで、今現在、中央の警備は手薄となっている。ここで、八咫烏達が知り得ていない『抜け道』から大量の猿が入って来れば、朝廷は簡単に乗っ取られてしまうだろう。

想像して蒼白になった面々を見て、路近は堪え切れなくなったように笑いだした。

「だからそうならないよう、今、お前達が踏ん張るのだろう？　それにさっきはああ言ったが、猿どもはまだ、そこまで考えてはいないはずだ」

地方への派兵を促すつもりだったのなら、もっと分かりやすくやるだろうと路近は言う。

「ともかく、あちらの数も分からない今、鍵となるのは対応の早さだ。猿が、我々を『餌』ではなく『敵』として認定するよりも先に、『抜け道』を探しだして、塞いでしまう他ないだろうな」

そのためには、小梅の父親を一刻も早く捕まえる必要があった。

何か策はあるのかと路近に目線で尋ねられ、腹を括《くく》った様子の長束が首肯した。

「娘を厳しく詮議《せんぎ》して、それでも父親の行方が分からないようなら、彼女を囮《おとり》にしようと思っている」

「と、言いますと？」

「実際に、娘を地下街に引き渡すという情報を流すのだ」

朝廷が地下街と取引をしたと、山内中に噂を広める。裏切り者の居所を吐かせるため、非合法に朝廷から地下街へと娘の身柄を移すと聞けば、父親も黙ってはいないだろうと長束は言う。

「ですが話を聞く限り、小梅の父親は、相当なろくでなしだったそうですよ」

娘のために、自分から出頭などするだろうか？

疑わしそうに雪哉が尋ねれば「もし、出頭しないようなら」と、長束は声を低めた。

「『裏切り者の娘』として、小梅を晒《さら》し者にするしかない。野次馬として見るだけだったら、流石《さすが》のろくでなしも穴ぐらから出て来るだろう。そこを待ち伏せして、捕まえる」

とても、宗家の宮烏が言う事とは思えない言葉である。

荒《すさ》んだ長束の様子に、雪哉は少しく怯んだ。

目を瞬いた浜木綿は、路近へとにじり寄った。

「おい路近。親愛なる義兄上《あにうえ》サマは、一体何があったのだ？」

「地下街で朔王《さくおう》に叱られてから、完全にへこんでいたのだがな。今になって、どうやら開き直ったらしい」

「開き直ったのではない。考え方を改めたのだ」

むっつりと言い返した長束の眉間には、まるで生まれた時から存在しているかのような、深い皺が刻まれていた。

「確かに、私のやり方は良くなかった。しかし、それは私の地下街に対する認識と心構えがなっていなかったせいであって、利用出来るものは利用するという、その方針に間違いはなかったはずだ」

こうなったら私は、奈月彦《なづきひこ》の出来ない事を徹底的にやると決めたのだと、厳《おごそ》かでありながら、どこかやけっぱちに長束は宣言した。

「その結果、汚いと言われるのなら構うものか。私の出来ない役目は奈月彦が、奈月彦が出来ない役目は私が引き受ければ良いだけの話だ。何も問題はない」

そう思うに至るには、自分がその弟を軟禁した上にまんまと逃げられるという事実があるはずなのだが、ばつが悪そうにしているのは澄尾だけで、長束は全く悪びれていなかった。

これは、完全に開き直っていると言うのではないだろうか。

路近は、反省したとはあまり思えない己の主を指差して、若宮の方を振り返った。

「な？　失敗から学んだにしてはふざけた教訓だが、良い経験になったようで、私としては大変満足だ」

「そうか。ならば良い」

路近の言葉を適当に流して「実際、このままでは手段も選んでいられないしな」と、若宮は面持ちを暗くした。

「父親を何としても確保して、猿の侵入経路を突きとめねばならない。こうなったら、兄上の言う方法も已むを得まい」

事の次第は、地下街からの情報であるという点を伏せて、すでに朝廷の方にも知れ渡っていた。

公的にも、水売り治平の人相書きと手配書は山内中に出回っているのだ。これで成果があれば良いのだが、今のところ、有力な証言は上がって来ていない。同時に、小梅の家の周辺や、治平の行きそうな場所などを捜索してもいたが、『抜け道』と思しきものは一向に発見されていなかった。

「……小梅は、本当はどこまで、父親のした事を関知していたのでしょうか」

反応を見る限り、雪哉には小梅が、嘘を吐《つ》いているようには見えなかった。だが、自分の見る目を信用していない心の一部分は、しきりと警戒を訴えている。

雪哉の質問に、その場にいた大人達は、揃って黙り込んだ。

「犠牲者達に混じって、薬入りの酒を飲んだ、というのが気になる」

考えながら、浜木綿は文机の上に置いてあった猪口《ちょこ》を手に取り、指先で弄《もてあそ》んだ。

「佐座木の襲撃の際には、小梅の父親は娘を現地に連れて行かなかったと聞く。それなのに栖合の方に同行させたのは、何か理由があったのだろう。そろそろ、地下街の連中の手が自宅に及びそうだと感じていたのではないか？」

留守番をさせているうちに、娘を人質に取られる事を恐れたのかもしれない。仕方なく連れて来たのだとすれば、当然、小梅に惨劇は見せたくない。眠っているうちに全てを済ませてしまおうと考えて、眠り薬を仕込んだ酒を飲ませた――。

「では、浜木綿さまは、小梅は何も知らなかったとお思いなのですね」

「何も気付かなかったとまでは言わない。おそらく、ある程度の違和感は覚えていたはずだ」

だが、具体的には何も把握していなかったのではないか、と浜木綿は言う。

これに異を唱えたのは、難しい顔で義妹の意見を聞いていた長束だった。

「私は、小梅とやらには直接会っていない。だから、状況だけ聞いて思った事を言わせてもらえば、その娘は相当怪しいと思うぞ」

酒を飲んだのは、栖合の住人の警戒を解くためではないかと長束は主張した。

「それに、これはまだ確かな情報ではないが、仙人蓋の取引があった薬問屋には、妙齢の女が出入りしていたという噂もある」

「妙齢の女？」

「それも、仙人蓋が出回り始めた時期に前後しての事だ」

しかし、衣を被《かず》いて顔を隠していたらしく、個人を特定出来るような特徴は何も見当たらなかったのだという。風が吹いて、辛うじて横顔が見えたという者の話によると、若くて、気が強そうな美人であったとか。

「それも一瞬だったので、それ以上の事は覚えていないようだったが」

「若くて、気が強そうな美人、ですか……」

小梅は、若くて気が強そうではあるが、おしゃべりな分、美人という程の印象は受けなかった。

「その女を目撃した者に、小梅を見せてはどうですか」

「言われずとも、とっくにやったさ」

主に代わって答えた路近が言うには、小梅を見た目撃者は「違う」とも「そうだ」とも、はっきりとは言い切れなかったらしい。

「あの娘がどこまで関与しているかは知らんが、いずれにしろ、時間との勝負だ。担当官が有益な情報を絞り取れないようなら、娘を地下街に引き渡すという噂を流す」

止めても無駄だぞと長束に釘を刺され、若宮は息を吐いた。

「止めないよ」

汚れ仕事ばかりさせてすまないと、呟くように言う弟に首を振り、長束は路近を従えて招陽宮から出て行った。

長束の手腕をもってすれば、すぐに、小梅の地下街行きは、山内中に知れ渡るだろう。

出来れば、小梅を晒し者にする前に決着が付けば良いのだが。

雪哉がそう思い、長束と路近の背中を見送った、そのわずか二日後。

――中央門に繫がる大きな橋の橋桁《はしげた》に、一人の男の死体が吊るされたのだった。

第五章　涸れ井戸

――やってしまった。

荒く息を吐き、ふらつきながら、男は家へと続く階段を上っていた。

俵担《たわらかつ》ぎにした、名前も知らない少女の額から、ぱたぱたと血が零《こぼ》れ落ちている。

この娘を井戸に放り込んだら、戻って来て、石段についた血の跡を消さなければならない。

冷静に考えながら、ひたすらに目的地の井戸を目指して歩く。石で殴打する瞬間、振り返った女に、こちらの顔を見られてしまった。

もう、後戻りは出来ない。

いや、違う。後戻りが出来なくなってしまったのは、もっとずっと前だったのだ。一体いつから、と思い返せば、それは最初からとしか言いようがなかった。

全ては、井戸の水が涸《か》れた、その時から始まったのである。

あれは、七年前の夏だった。自分と同じように、水売りを営んで来た仲間達の間で、山の下の方から、井戸の水が少なくなったり、濁ったりして来ているという噂を聞いたのだ。

その時はさして、大変な事だとは思わなかった。中央の水は、上に行けば行く程、滋養があって高く売れる。当然、良い井戸を所有している水売りは山の上の方に住居を構えていたし、逆に言えば、山の裾野《すその》なんかに井戸を所有している水売りなど、歴史の浅い三流だと思ったのだ。にわかな水売りと違い、こっちは、何代も続く老舗《しにせ》の水売りだという自負もあった。

だが、その後時間をかけて、井戸水の異変は、山の上の方にまで上って来たのだった。

とうとう男の所有している井戸にまで影響があったのは、昨年の冬の事だった。

男は狼狽した。

男は何代も続く老舗の水売りの跡取りであって、つまるところ、井戸水を売って収入を得る事の他に、生きる術を知らなかったのだ。

井戸の異変を受けて、次々に廃業する同業者達の中、男は未練たらしく、駄目になった同業者の井戸を訪ねて回った。場合によっては金を借りたり、逆に金を出して、まともそうな井戸を買い取る事もあった。だが、廃業するだけあり、結局は、どこの井戸も使い物にはならなかった。

最後に、男は神に頼った。

涸れてしまった井戸の前に神棚を作り、神饌《しんせん》とお神酒《みき》を供えた。

酒を井戸の中にたっぷり注ぎ、どうか水よ、戻って来てくれ、俺を助けてくれと頼みこんだのだ。

自分に出来る事だったら、何でもするから、と。

異変があったのは、そうやって神に捧《ささ》げものを続け、三日経った頃だった。井戸を囲う建物の戸を開けると、神棚に供えたはずのものが消えている事に気が付いたのだ。

一瞬、誰かが盗《と》って行ったのかとも思ったのだが、すぐにあり得ないと思い直した。ここはもともと、水を財産としていた水売りの家だ。入るためには当然、いくつもの鍵が必要だし、普段過ごしている部屋からでも、近付く者がいれば分かるようになっている。

では、神饌はどこに消えたのだろう。

不審に思って、井戸の周りを見て回っていた時、不意に、声を掛けられたのだった。

「お前、この井戸の持ち主か」

思いがけず近い声に驚き、声の主を探して、男は小屋の外を見た。しかし誰もおらず首を傾《かし》げた時、「ここだ、ここだ」と、再び低くぼやけた声が背後で響いた。

そして、男は気が付いた。

声は、井戸の中から聞こえている。

「お前は、八咫烏《やたがらす》だな。うまいもの、どうもありがとう。とても美味しかったよ」

「あんた、誰だ！」

驚いて井戸の中を覗き込むも、そこには暗闇が広がるばかりで、何も見えはしなかった。

「そんなの、誰でも良いだろう」

うわん、と空洞に広がる声は、老人の嗄《しゃが》れた声だった。

「だがもし、気になるのであれば、お前の頼った神さまだとでも思えば良い」

助けて欲しいのだろう？　と問われて、男は反論しようとした言葉を飲み込んだ。

「水を、戻してくれるのか？」

「いや。残念だが、それは出来ない」

落胆しかけた男は、その後に続けられた言葉に、興味を持った。

「しかし、お前の望むものを、与えてやる事は出来る」

「俺の、望むものだと？」

「お前の嘆きは、聞かせてもらった。金子《きんす》が欲しいのではなかったのか？」

どことなく面白がるような声に、ごくりと男は唾を呑む。

「――欲しい」

「金、金、金」

しゃがれた耳障りな笑い声が、井戸の中で反響した。

「いいだろう。これをお前にやる」

言ったそばから、井戸の奥から何かが飛んで来た。井戸端に落ちたそれを拾い上げて、男は眉根を寄せた。

それは、小さな包みだった。

「何だ、これは」

「八咫烏にとって、とても良い薬だ」

ねっとりと絡みつくような、恍惚《こうこつ》としたような声に、男は手の中の包みを開く。そこには、何かの骨のような、石のような、白い塊が入っていた。

「これが、薬?」

「今、渡したのは試用《しよう》だ」

まっとうでない医か薬問屋《くすし》に、一度持って行けば良いと、井戸の中の声が笑う。

「もっと欲しくなったら、井戸の中に酒を入れてくれ。匂いがしたら、また来よう」

それから、ずるずると衣を引きずるような音がして、その日は何も聞こえなくなった。男は、まるで白昼夢を見たような気持ちになりながらも、取りあえずは言われた通りにした。つまりは、谷間《たにあい》に住まいながら、城下でも商売をしている、あまりまっとうでない医にその包みを預けたのである。

最初、首を傾げ「暇があったら、調べてやるよ」と悠長に言っていた医は、包みを預けたその翌朝、両眼を血走らせて、男の家に駆け込んで来た。

「貴様、あれを、一体どこで手に入れた!」

あれはとんでもないものだ。すぐにでも、目いっぱい持って来い!

そう吠えたてる、医の様子は尋常ではなかった。

だが男にとっては、医の様子よりも「金は、いくらでも払うから」という言葉の方が、ずっとずっと重要だった。

早速男は、涸れ井戸に以前よりもずっと多い餅を供え、酒を井戸の中にぶちまけた。翌日、再び建屋の戸を開けた男は、以前よりも大きな包みを得たのだった。

「うまいもの、どうもありがとう。だが、もっと欲しいな。今度は肉が良い」

「肉だな、分かった」

「楽しみにしている。また、薬を持ってこよう」

そうして得た薬は、飛ぶように売れた。

最初に相談したのが、医《くすし》だったのが幸いだった。

医は、自分が使用する分の他にも、自分の診ていた患者にも薬を渡した。薬は一度もおおっぴらにされる事なく、医を通して、陰で取引されていったのだった。

「あれは、一体何なんだ？」

何度目かの接触で、男は井戸の声に尋ねた。

「以前あれを使った者は、センニンガイと呼んでいたな」

「せんにんがい……」

「仙人の、頭蓋骨」

笑いを含んだ声が、その薬の名前を教えてくれた。

自分で仙人蓋を試した医は、あの薬を少し服用するだけで、素晴らしい気持ちになれるのだと言っていた。自分が誰よりも強くなったように感じ、この世のすべてが幸福に満ち溢《あふ》れているように感じられるのだと。

正直、そんなに素晴らしい気分になれる薬とやらに興味がないわけではなかったが、男はそれよりも、金子が欲しかった。独り身だった医と違い、男には扶養すべき家族がいたからである。

声の主の要求はどんどん大きくなっていた。

餅の数が増え、鶏肉が望まれるようになり、捧げられる酒が瓶子《へいじ》から甕《かめ》になり、樽《たる》へと変わった。

だが、それを補《おぎな》ってなお十分に、仙人蓋は高く売れたのだった。

しかしある時、声の主の要求が大きく変わった。

「うまいもの、どうもありがとう。だが、もっとうまいものが欲しくなった」

「そうか。今度は何だ」

「女が良い」

「女？」

一瞬、遊女《あそびめ》でも連れて来いという意味かと思いかけて、次に続けられた言葉に、初めて男は、声の主に対して怖気《おぞけ》を覚えた。

「最近、女の肉を食っていない。それなのにお前から、若い女の肉の、とてもうまそうな匂いがする」

ついさっき、新しい着物が買えたと、無邪気に喜んでいた顔を思い出し、男はさっと青ざめた。

「あいつは、駄目だ……」

「何故だ。お前の妻か、娘か」

「とにかく、駄目だ！」

初めて拒絶した男に、井戸の声が若干、不機嫌になった。

「何だ……。女の肉をくれるのなら、もっとたくさん、仙人蓋をやろうと思ったのに」

「そうだとしても、女の肉なんて駄目だ。無理に決まっているだろう」

「あら。いいじゃないの」

鈴の転がるような声がした。

ぎょっとして振り向けば、決してここには入るなという言いつけを守っていたはずの、男にとって唯一の家族が、笑みを浮かべてそこに立っていた。

「最近、どうにも羽ぶりが良いと思ったら、こういう事だったのね」

まあ、あんたがまともに働いているとも思わなかったけど、と彼女はくすりと笑った。

「別に、隠さなくても良かったのに。もっと早く教えてくれれば、協力してあげたわよ」

「お前、何を馬鹿な事を――」

「だって、女の肉が欲しいのでしょう？　別に、女の肉だったら、あたしじゃなくても良いのよね」

一応、井戸から距離をとって投げかけられた確認に、井戸の中の声が、機嫌を直して答えた。

「おお、構わんぞ」

「だったら」

にっこりと、彼女が笑う。

男が、どうしても逆らえない女の笑みは、ひどく可愛らしいものだった。

「いくらでも、やりようはあるわ」


男は、ようやく辿りついた井戸の中に、攫《さら》って来た娘を放り込んだ。気を失っていたらしい娘が、井戸の底にいる誰かに受け止められた衝撃で、うう、と意識を取り戻した気配がした。

「え……何……？」

「ほほう。これは、これは」

か細い少女の声に続き、とても嬉しそうな声が上がった。

「確かに、受け取った。うまいもの、どうもありがとう」

井戸の中から投げて寄越した包みは、今までになく大きいものだった。

それを抱えて建屋から出ようとした時、背後で、ごきりという、何かが折れるような音にかぶさって、娘の尋常でない悲鳴が響き渡った。

若い女でも、本当に命の危機に際した時の悲鳴は野太く、大変聞き苦しいものなのだという事を、男は初めて知ったのだった。

家の中で待っていた男の家族は、差し出した包みを見て、嬉しそうに破顔した。

「ああ、素敵！　これで、新しい紅が買えるわ」

　二言目には「金を稼げ」とうるさくはあったが、自分にとっては、この世で一番大切な女だった。だから、彼女に見捨てられないならば、後戻り出来なかったとしても、それで良いか、と思ったのだった。

　だが、何度か女を攫い、井戸に投げ込んでいくうちに、そろそろまずいかもしれない、と思い始めた。

「なあ、これ以上は無理だ。地下街の連中が、俺達の事を探し始めた」

　いつの間にかいなくなってしまった医《くすし》に代わり、今では女が見つけて来た、信頼出来る薬問屋を介して仙人蓋を卸していた。以前と違い、流通する量もずっと大きくなっていたため、地下街の連中が動き始めたのだ。

「それに、若い女を誘拐するのも限界だ。ここいらを見回る兵も増えて来たし、そう簡単には動けねえよ」

　井戸の中に向かって泣き言を漏らせば、あっけらかんとした返事が返って来た。

「では、こちらが勝手にやる」

「は？」

「使いの者を遣《や》るから、良さそうな狩り場を整えてくれないか？　なるべく、他の八咫烏《やたがらす》に気付かれないような場所が良い。使いの者はお前達の言葉を話せないが、よくよく言って聞かせるから、狩り場まで連れて行ってくれ」

男は困った。

声の主の言う通りにしたら、一度や二度なら、なんとかなるかもしれない。だが、そんな事を続けていたら、きっといつかはばれてしまうだろう。

それに、もうかなりの額を男は稼いでいた。女の着物はたくさん増えたし、暮らしも随分、豪華になった。まだ手にしていないのは社会的な地位や身分だけで、正直、金子の魅力よりも、いつまで続くか分からず、いつ露見するかも分からない声の主との関係の方が、鬱陶《うつとう》しくなって来ていた。

それを相談すると、誰よりも頼りになる彼女は、またもや嗤って言ったのだった。

「あたしに、良い考えがあるわ」

＊　＊　＊

招陽宮《しょうようぐう》にその報せがもたらされたのは、夜明けを迎えて、まだ、いくらもしないうちの事だった。雪哉はその時、若宮の部屋の隣、一月前までは自室として使っていた小部屋で、身支度を整えているところだった。

不意に若宮の部屋の方が騒がしくなり、澄尾が駆け込んで来た。

「小梅の父親が見つかったぞ！」

「出頭したのですか」

「違う。死体が、中央門の橋桁に吊るされたんだ」

雪哉はわずかに喘《あえ》いだ。

「――死んでいた？」

「ああ。だが、殺されてからまだ時間は経っていないらしい」

では、やはり猿に襲われていなかったのか。しかし、どうしてそんな所に。

一瞬の間に色々な事が脳裏を駆け廻ったが、そのいずれかを口に出す前に、澄尾の背後から若宮が姿を現した。

「このまま現場に向かう」

「僕も行きます」

取りあえず、羽衣《うえ》に懸帯《かけおび》だけを巻いて、若宮の後へと続く。

すでに招陽宮の表門には、若宮の愛馬が用意されている。その背中に同乗させてもらい、違う馬に乗る澄尾とともに、中央門へと飛んだのだった。

雪哉達が現場に到着した時、中央門前の橋の上はすでに封鎖されていた。

中央街側の崖の上には野次馬がずらりと並び、異様な死に方をした男を見ようと、黒山の人だかりが出来ていた。肝心の橋桁の周りには兵士と見られる、鳥形《ちょうけい》の八咫烏達が飛び交っている。

若宮の背中越しに、雪哉は、橋桁に吊るされた男の死体を見た。

それは、とても八咫烏《にんげん》の体とは思えなかった。

――男の首から下の皮が、全身に渡って剝《は》がされていたのだ。

余程苦しかったのだろう。

赤黒く爛《ただ》れ、膨れ上がった体との対比で、異様なくらいに白く見える顔には、泣き腫《は》らした痕《あと》が残っていた。白目を剝き、だらしなく舌の垂れたその顔は、どこか叫び疲れたようにも見える。

遺体の異様さに吐き気を覚えるよりも先に、どうしても憐れを催《もよお》す表情であった。

橋の上に乗り付けた若宮に、現場の指揮を執っていた兵が、配下を引き連れて近寄って来た。

「若宮殿下。路近殿から、あなたさまにも一応、ご報告をと」

「御苦労。最初に見つけたのは誰だ」

「門の見張りに当たっていた兵士です。死体はおそらく、夜間に吊るされたものと思われます」

暗いうちには見えなかったものが、朝になって、ようやく見えるようになったというわけだ。

「とはいえ、生臭さを感じたのは夜明けより少し前からという事ですので、吊るされてから、まださほど時間は経っていないかと」

「そうか……」

痛ましそうに顔を歪めた若宮に、配下の兵が、布の包みを差し出した。手早くそれを広げると、中には、書簡と見られる、分厚い紙の束があった。

「この文《ふみ》が、油紙に包まれて、布によって首に巻き付けられていたそうです。中身を読んで、この男が手配書で出回っている水売りの治平だと分かりました」

苦労しながら兵達が死体を橋の上に引き上げる横で、若宮は黙々と手渡された文を読んだ。

若宮にしては時間をかけて読み終り、深く、重いため息を吐く。

「……私が言うまでもない事だが、彼が本当に治平かどうか、改めて確認を頼む」

「畏《かしこ》まりました」

「それと、これはしかるべき者に渡して、きちんと保管するようにと伝えてくれ」

手紙を兵に返して、若宮はそのまま、馬のもとへと戻った。

「何が書いてあった？」

若宮の重い雰囲気に、なんとなく尋ねにくかったのだが、澄尾が我慢出来なくなったように声をかけた。

馬に乗ろうとして動きを止めた若宮は、こちらを見ないまま、沈鬱に答えた。

「あの男の懺悔《ざんげ》だ。『全て自分が悪かった。娘には何の罪もない』と」

それだけ言うと、後は招陽宮へと飛んで帰った。

今後の相談をしに長束達がやって来るまで、若宮は、ずっと黙ったままであった。


父親の死を小梅へ告げる役目は、彼女と最も親しいからという理由で、雪哉が引き受ける事になった。小梅が軟禁されている部屋へは、雪哉について来る形になった若宮と、その護衛である澄尾が同行した。

見張りをしている兵に頷き、解錠してもらうと、雪哉だけ中へと入る。

小梅は薄暗い室内で、膝を抱えてうずくまっていた。入室して来たのが雪哉だと気付くなり、弾かれたように立ち上がった。

「雪哉！　何か分かったの」

近寄って来る小梅の目の前に、雪哉は三つの紙片を突き付ける。

「確認です。これらの中で、見覚えのある筆跡はありますか？」

それは、中央官庁の名が記された、表書きだった。小梅は顔色を変えて、同じ事が書かれた三枚の中から、迷わずに一枚を指差した。

「間違いないわ。父の字よ」

これがここにあるという事は、父から何らかの接触があったんでしょと、小梅は急《せ》き込んで尋ねた。

「やっぱり生きていたのね！　あの馬鹿、もっと早く来てくれていたら、あたしだってこんな思いをしないで済んだのに」

毒づきながらも、安堵のためか、その表情は明るい。じっくりと小梅の反応を見ていた雪哉は、その次の言葉を発するのに、最大限の気力を要した。

「小梅さん」

「でも、良かったわ。これで何があったか、ちゃんと分かるでしょう。あたし、考えたのだけどね。やっぱり、何か誤解があったと思うのよ。だって小心者の父が、あんなに酷い事、出来るわけが」

「小梅さん」

やや語調を強めて名前を呼べば、はたと口が止まる。

雪哉の表情を見て、小梅の顔から、みるみる笑みが抜けていった。

「雪哉……？」

さっきとは打って変わり、不安で揺らいだ声を小梅は上げる。

「なんで、そんな怖い顔しているの」

「その手紙を持っていたのは、君のお父上と見られる、ご遺体でした」

小梅の大きな目が、一つ、二つと瞬かれる。

「ご遺体って」

ぼんやりと呟いてから、ひゅっと、鋭く息を呑む。

「嘘」

「まだ、確認は取れていませんが、後で、君にも見て貰う事になります」

「嘘よ」

現実を受け入れられないのか、小さく震えている小梅に、父親は自ら出頭しようとしていたらしい事、そのために中央に来れば殺される可能性があるため、その手紙を書いたらしい事を告げた。

手紙の詳細な内容を聞いて、小梅は愕然《がくぜん》とした。

「まさか。あいつが、あのろくでなしが、あたしを庇《かば》って死んだって言うの？」

雪哉が、御愁傷様《ごしゅうしょうさま》です、と静かに頭を下げた後でも、小梅は泣き崩れたりしなかった。ただただ「信じられない」と、現実を受け入れられない様子だった。

それが変わったのは、警戒する兵に囲まれて、体を布で覆われた男の遺体と対面した時であった。その顔を見るや否や、盛大に顔を歪め、「お父さん！」と小梅は叫んだ。

絶叫し、男の体に縋《すが》ろうとする小梅と、それを引き留めようと苦心する兵を、雪哉達はただ、見つめる事しか出来なかったのだった。


その後の調査で、小梅以外の証言からも、橋桁に吊るされていたのは水売りの治平で間違いないという確認が取れた。路近によれば、治平を拷問の末に殺したのは、谷間《たにあい》の連中だろうという事だった。

「中央門の橋桁は、昔から奴らが、見せしめのために使っていた舞台だ」

地下街が定めた規律に、何らかの形で背いた者に対する制裁。それは、今後、同じ過ちを繰り返す恐れのある者への警告として、誰の目にも見える形で行われる。

あの文の宛名は、山内中に配った手配書に記した、朝廷の関係部署となっていた。

治平は娘を助けるために、朝廷に出頭するつもりだったのだ。しかし中央に近付けば、朝廷に出頭する前に、仙人蓋の件で地下街の連中に捕まる可能性が高い。

それを恐れて書かれたのが、あの告白文であった。

告白文には、以下のような内容が書かれていた。

全ての発端は、治平が金に困って、もともと世話になった水売り仲間の家を訪ねた事にあった。しかし、頼った水売りは枯れた井戸に見切りをつけて廃業しており、その家は空き家になっていた。その井戸には、すっかり涸れてしまった自分の家の井戸と違い、まだ若干の水があるようだった。そこで、昔家でやっていた祭祀を思い出し、きまぐれに井戸へ供え物をしてみたのだ。

すると、どうした事か。

中から応える声がして、供え物の礼として、仙人蓋を貰えたではないか。

最初、声の主を井戸の神かと思った治平は、仙人蓋を売る事に、何の躊躇《ためら》いもなかった。仙人蓋欲しさに、どんどん豪華な供え物をするようになったが、ある時、井戸の声が、女の肉を要求したのである。それでようやく、声の主が神などではなく、人喰い猿という化け物であると気が付いたのだ。

しかし今さらどうしようもなく、猿に言われるがまま、中央の若い娘を襲って、井戸の中へ落とすようになってしまった。挙句の果てに、地方の「狩り」にまで連れ出さなければならなくなり、いいかげん、こんな事はもう止めたいと思うようになっていた。

そんな中、地下街の連中に、自分が目を付けられている事を知った。

これも良い機会だと思い、栖合《すごう》における「狩り」を最後にして、猿に関わるのはもう止めようと考えた。

そこで困ったのが娘の存在だった。八咫烏《ひと》として最低な事をしておきながら、治平は嫌われるのが嫌で、どうやって金を得ているかを娘に知らせてはいなかった。かと言ってこのまま家に置いていけば、地下街の連中にどうにかされてしまうかもしれない。仕方なく一緒に栖合へ連れて行ったは良いが、なんとか誤魔化せないものかと、猿が「狩り」をしている間、眠って貰う事にした。「狩り」に使う酒を娘に飲ませたため、本来ならば「狩り」を終えるまで、娘は眠っているはずであり、何も知らないまま帰途につけるはずであったのだ。

ところが、予想外の事が起きた。里に、二人連れの旅人が現れたのだ。

その時治平は、眠る小梅の傍《かたわ》らで、窓から旅人の様子を窺っていた。てっきり、そのまま猿に喰われるかと思ったのに、旅人のうちの一人が、思いの外強かった。あっと言う間に猿を二匹とも倒してしまうと、家の様子を一軒一軒、確認して回り始めたのだ。このままでは自分が怪しまれると思い、治平は彼らに見つかる前に、咄嗟《とっさ》に納戸《なんど》へと身を隠した。娘は、いつでも運び出せるように長櫃《ながびつ》に入れていたので、そのまま蓋を被せたのだが、旅人に見つかってしまった。娘を連れて行かれて呆然としたものの、このまま山狩りされて見つかるのはまずいと思い、街へ出て、それ以来ずっと隠れていたのだった。

だが、今回事が全て露見し、自分の手配書が出回っているのも確認した。挙句、何も知らない娘が地下街に引き渡されると聞けば、いても立ってもいられず、こうして出頭する次第である。もしかしたら、出頭する前に地下街の連中に見つかる可能性もあるので、ここに文をしためる。これを読むのが鵄《とび》であれ金烏《きんう》であれ、娘は無実なのでどうか守ってほしい――。

自分の身に何があっても、娘の潔白を証明しないわけにはいかない。だから、たとえ自分が死んでも何とかなるよう、この文に全てを綴ってから中央へと向かう事にする。

そういった悲壮な決意が、文面には滲み出ていた。

予想に違《たが》わず、彼は地下街の連中に殺されてしまったが、遺書となった文は、不可侵の協約に従って、握りつぶされずに済んだのである。

「我々は今回、地下街の連中に利用されたのだろうな」

地下街の連中。もっと正確に言えば、鵄か朔王《さくおう》に、と路近は言った。

「地下街が自由に力を行使できるのは、せいぜい中央が限界だ。地方の辺境に隠れ潜む治平を捕まえるために、あいつらは、朝廷の権力をいいように使ったんだろう」

おそらくは、どこかに隠れ潜んでいた治平が、いずれかの官庁に出頭しようとしたところを狙ったのだろう。待ち伏せし、中央の官吏よりも先に捕まえ、見せしめのために無残に殺す。顔だけは朝廷側が照会できるように、傷つけず。

本当に他の八咫烏を犠牲にしていたというならば、治平は弁解のしようがない大悪党である。どんなに娘を愛していようが、地下街の連中に惨殺されたのは、自業自得としか言いようがなかった。

文には、自分が猿と取引をした時の心情から、猿が利用している『抜け道』がどこにあるのか、果ては、この文を書くに至るまでの経過が、事細かに記されていた。震える筆跡と、何度も書き直したあとで読みにくかったが、その内容のもたらした情報は絶大だった。

遺《のこ》された文面は感傷的であり、自分のした行為への言い訳で溢れかえっていたものの、紛《まぎ》れもなく、事実と分かる記述が一つあったのだ。

それは、若宮と雪哉が、栖合に降り立った時の描写である。

後になって雪哉も読ませて貰ったが、そこには、様子を見た者でなければ分からないはずの事が、大量に記されていた。あの時、治平は確かに、あの場に居合わせていたのだ。

その一点を根拠にしても、治平の告白文は大きな信憑性《しんぴょうせい》を持っていた。

すぐさま告白文にあった水売りの家に向かえば、果たして、『抜け道』があると思われる涸れた井戸を見つけたのである。

周囲への聞き込みから、もともとその家には若い夫婦が住んでいた事が分かった。しかも、彼らは既《すで》に引っ越しており、今は空き家となっているはずだと言う。

確認のため、武装した兵が井戸の中へと入ると、井戸の側面には横穴があり、ずっと奥まで続いていると判明した。一応、行ける場所まで歩いたのだが、途中で行き止まりになっていたらしい。

報告を鑑《かんが》みるに、おそらく井戸の横穴のどこかに、先に続く道があるのだろうという結論に至った。岩か何かで閉ざされているため、こちら側からは分からなくなっているのだ。

このまま井戸ごと横穴を塞いではどうかという提案も出されたが、それでは、猿の侵入経路が本当にここであるか確かめられない。

何より、告白文の中で問題とされたのは、井戸の中にいるという、御内詞を話す何かの存在だった。

治平の遺書の内容を知った者は、一人の例外もなくこれに震撼《しんかん》した。

声の主の正体をめぐって、朝廷中が大混乱に陥ったのである。

「手紙の内容に嘘がないとすれば、井戸の声と水売りが取引して、猿が侵入して来たのは間違いない」

「馬鹿な！　御内詞《みうちことば》を知る猿がいるというのか」

「だとしたら、奴らは、どこで御内詞を学んだ？」

「そもそもそいつは、本当に猿なのか分からんぞ」

「あの井戸の奥には、一体、何がいると言うのだ！」

これまで、猿を見分ける特徴として「御内詞に不自由である事」が挙げられていたが、それが完全に否定されてしまったのだ。もし、御内詞に堪能な猿がいるのだとすれば、気付かれないうちに人形《じんけい》の八咫烏の中に紛れる事も出来てしまう。手紙の真偽を明らかにすると同時に、もしその内容が本当だったとするならば、猿がどうして御内詞を話せるのかを、何としても調べる必要があった。

朝議《ちょうぎ》は、揉めに揉めた。

最終的に、一昼夜に渡る協議の結果、危険を承知で、声の主をおびき出す事が決定したのである。

治平は、酒を井戸に注いで猿を招いたと書いていた。その記述をもとにして、武装した兵で厳重に囲み、大量の酒を流し込んで、猿が出て来るのを待つという計画が立てられた。そして、肝心の猿と対話する役目には、若宮が名乗りを上げた。

朝廷の連中はいつもの調子で黙らせるにしても、雪哉は、長束がそれを許さないだろうと思っていた。しかし意外にも、弟に対し時に過保護な顔を見せる兄宮は、今回は反対しなかった。

「相手は猿だからな。むしろ、こういう時にこそ真の金烏が必要だと、兄上は考えているのだろう」

普段が過保護なのはそのせいだと、若宮はあくまで平静である。

「肝心な時に私がいないのでは話にならん。つまらん小競り合いで命を落とさぬよう、いつもは神経を張っているのだろうよ」

「はあ。殿下程の腕があるのでしたら、普段から何も心配ないような気がしますけどねえ」

そういうもんですかと言いながら、雪哉は若宮の武装を手伝った。

若宮が身に着けるのは、威儀を正した武官の礼装などではなく、実戦を想定した動きやすいものであった。

動作を阻まないよう編んだ羽衣に、籠手《こて》と手甲《てっこう》、脛当《すねあて》を着けていく。山内衆《やまうちしゅう》などはこの上に、もうちょっと色々着けるのだが、若宮はひどく簡素な腹巻《はらまき》で代用してしまった。

これらを装着する際は、いざという時に転身を妨げぬよう、すぐにほどける特殊な結び方をしなければならない。武家に生まれた者が最初に学ぶ事であるが、ただの宮烏《みやがらす》の坊ちゃんでは務まらない手伝いである。それが出来る雪哉を頼もしく思ったのか、若宮は猿をおびき出す時に、雪哉も同行するようにと言って来た。

雪哉はもとより、そのつもりである。

ただ、小柄な自分にぴったり合う装備はなかったので、羽衣に小刀を携帯するだけに留めた。誰よりも身軽な恰好なのは、いざとなった時、戦闘は若宮や澄尾に任せ、自分は戦わずに逃げる算段だからである。

招陽宮から問題の家に向かえば、すでに武官の指揮のもと、多くの兵が準備を整えて若宮を待ち構えていた。事態を見届け、記録するために派遣された文官も数名おり、緊張した面持ちをしている。長束と、その傍らに控える路近は帯刀しているものの、普段と変わらぬ服装だった。家の前には、天幕が設けられており、どうやらここで、彼らは若宮を見守る心算《しんざん》のようだった。

路近は、強張った顔の若宮主従を見て、小さく笑った。

「猿がいつ来るか分からんのだ。あまり気を張っていると、長丁場《ながちょうば》に耐えきれなくなるぞ」

懐手《ふところで》のまま言われたが、それくらいの覚悟は出来ている。

若宮は雪哉を伴って、数名の武官と文官を引き連れ、井戸を隠すように建てられた小屋の中に入ったのだった。

早速、兵に運ばせた酒を、井戸の中へと注ぎ込む。

不審に思われぬ程度の明かりを持ち、小屋の外では松明《たいまつ》を用意させた。

濃厚な香りが小屋の中に充満したが、警戒されては困るため、扉は開けなかった。

小屋の中は薄暗く、人いきれと酒の匂いで、気持ちが悪くなりそうだった。

しばらくの間は、路近の言った通り、何も起こらなかった。

何か変化があったら報せてもらえるようにして、外で休んだらどうかと声をかけても、若宮は井戸の前を動かない。綻《ほころ》びを繕《つくろ》った時の弓矢を手にし、仁王立ちのまま井戸を睨んでいる。

当然、それに付き従う雪哉も若宮の背後で端坐《たんざ》していたし、澄尾を始めとする山内衆や上級武官は、いつでも飛び出せるような体勢で変化を待っていた。

――酒を注いでから、一刻程経った頃だった。

井戸の奥底で、岩石の擦れる音が、遠くだが、かすかに聞こえた気がした。

にわかに一同は緊張する。事態が動きそうだと長束達に報せるため、兵が一人だけ外へと駆け出て行った。

そのまま音を立てないように待って、しばし。

ずるり、ずるりと、何かを引きずるような音が近付いて来た。

酒の香りの中に、野生の獣の匂いが混じる。

ごくりと唾を呑み、雪哉は膝立ちになって、静かに小刀の柄《つか》に手をやった。

引きずるような音が止む。

代わって、生物の深い呼気が、暗闇の底で感じられた。

「はて」

唐突に響いた声は、しわがれた老人のそれであった。

「そこにいるのは、誰だ?」

いつもの者ではないな、と、気が抜けたように言う言葉は、聞き慣れないなまりこそあるものの、紛れもなく御内詞であった。

井戸の縁《ふち》に手を当てて、若宮は井戸の奥を覗き込んだ。

「そう言うお前こそ、何者だ」

山内衆の持つ松明のゆらぐ明かりが、井戸を覗き込む若宮の白い横顔を照らしている。

あまりに近付き過ぎではないかと、澄尾が若宮を留めようと手を伸ばしたが、若宮は一顧だにしなかった。

井戸の声の返答を待って、少しの間、沈黙が落ちる。

「ああ、やはり」

唸るようなため息の後、諦念を帯びた声がした。

「見つかったのだな。そろそろ、来る頃だとは思っていた」

あいつらは死んだのかと、さほど嘆きも感じられない声が問うてきた。若宮は一瞬、返答を考えたようだったが、すぐに、本当の事を述べた。

「八咫烏を襲った者なら、死んだ」

「殺したか」

「こちらが殺されてはかなわん」

それもそうかと、無感動な答えが返る。存外、普通に会話が通じている今の状況が、雪哉には何とも薄気味悪い。

次いで「では」と、井戸の奥から続けられた問いかけは、やはり淡々としていた。

「——塵《ごみ》捨て場で、子どもを殺したのもお前達か」

雪哉は、思わず息を詰めた。

白い横顔を見上げるが、若宮は動揺を見せなかった。

「何の話だ？」

今度はとぼけた若宮に、一時、無言が続く。

「……知らないか？　我々の子どもが、殺された。可哀想に。あの子は何も悪くないのに」

「お前達が襲った集落でも、八咫烏の子どもが殺された。あの子達は、何も悪くないのに」

あくまで感情を込めずに返した若宮は、目を細めて井戸の闇を睨んだ。

「私には、私の民を守る義務がある。そちらが先に手を出して来た以上、抵抗するのに、手段は選んでいられない」

それを言った途端、「お前」と不意に声の感じが変わった。

「もしや、八咫烏《やたがらす》どもの長《おさ》か」

どことなく上擦った調子で、確認をして来る。わずかに眉根を寄せつつも、若宮はその問いに肯定を返した。

「ああ。私が、真の金烏《きんう》だ。そういうお前は、何者だ？」

若宮が問い返してからしばらくの間、不気味な沈黙が続いた。

「……いや。そうか、真の金烏か……」

やっと聞こえてきた声は、先程とは打って変わり、どこか笑いを含んで、楽しげですらあった。

「どうも、会えてうれしいよ。はじめまして、と言うべきか？」

からかうような言葉に、若宮は鋭く両眼を眇《すが》めた。

「答えろ。貴様は何者だ。何故、我々の言葉を知っている」

「そう怖い声を出すな。わしは、とても長く生きているから、八咫烏の事も、人間の事も、本人達よりずっと良く知っておるのよ」

笑いながらの返答は、いっそ見事なくらいに朗らかで、聞き手の気持ちを一方的に不愉快にさせた。

「――どうして、我々の仲間を喰った」

平静を装いつつも、押し殺すような調子になった若宮の問いに、あっさりとした応えが返る。

「どうしても何も、腹が減ったからに決まっている。昔と違って、最近は人間も滅多に喰えなくなってしまったからな。仕方なく烏に口を付けたが、いやはや、喰わず嫌いは良くない。お前の仲間も、なかなか美味かったよ」

ごちそうさま、という言葉に、若宮の気配が殺気立った。

「貴様、ふざけるなよ」

「ふざけてなどいるものか。まあ、確かに、お前とこんなふざけた問答をする日が来ようとは、わしも全く思わなかったが」

しみじみとした述懐と共に、ずるり、と衣ずれの音がする。

「長生きはしてみるものだなぁ」

声が遠ざかっていく。

「待て」

井戸に向かって怒鳴ると、若宮は弓を捨て、傍に立っていた兵から松明をひったくった。

「駄目だ！」

止めようと伸ばされた澄尾の手をすり抜けて、若宮は、迷いなく井戸の中へと飛び込んで行った。


「駄目だ！」

雪哉か、澄尾か。はたまた、他の誰かか。

自分を引き留める声を背中に聞きながら、それでも若宮は井戸へと身を躍らせていた。

瞬間、松明の明かりに照らし出された井戸の中。

落下しながらも側面の一か所に、ぽっかりと開いた横穴を見つけた。

すぐさま反対側の壁を蹴り、横穴の中へと転がり込む。受け身を取った勢いのまま起き上がり、取り落とした松明をかざせば、奥に向かって走って逃げて行く、巨大な茶色い影を視界に捉えた。

「止まれ」

怒声を上げて追いかけるが、相手は巨体の割に素早く、身軽だった。

若宮が追い付くよりも早く、前方の大岩の隙間へと滑り込んでしまう。

重い音を立てて、向こう側から大岩が閉まって行くのに気付き、若宮は焦った。

「待て、猿！」

苦し紛れに叫べば、閉じかけた大岩と壁面の隙間から、鬱金《うこん》色の大きな目玉が覗いた。

暗闇の中、松明の明かりを受けて禍々《まがまが》しく光るそれが、ニィッと、綺麗な三日月形を描いた。

「いずれ、また会おう」

――ごうん、と。

低くて重い音を響かせて、若宮のすぐ目の前で、大岩は通路を塞いでしまった。

無事か、と言いながら駆けつけて来たのは、澄尾だった。

「奈月彦！」

怪我はない。だが、大岩に手をついたまま、若宮は動く事が出来ない。

いくら睨み付けても、道を隔《へだ》てる大岩は、もうびくともしなかった。

翌日。井戸での一件を踏まえた朝議の結果、井戸は、厳重に塞がれる事が正式に決まった。井戸を完全に塞ぐまでの間は、武装した兵がずっと警戒し続け、塞いだ後も、何らかの方法で見張り続けるつもりらしい。また、今回の件を受けて、中央山に存在する井戸や洞穴に対し、詳細な調査の決行が決定したのだった。

現時点では猿の正体も、どうして御内詞を知っているのかも不明なままである。だが、侵入口の封鎖によって、当面の脅威は取り除かれたものと判断された。

同時に、父親の死によって自らの潔白が証明された形となった小梅は、いくらも経たずに釈放される事になった。父の死を知って以来、今度こそ塞ぎ込んでいた小梅も、その頃には立ち直りつつあるようだった。

朝廷の方が落ち着き始めた昼下がり。浜木綿と真赭《ますほ》の薄《すすき》は小梅の今後の身の振り方について相談するため、連れ立って招陽宮を訪れたのだった。

「小梅は、可哀想だとは思いますわ。でも、それとこれとはまた別です。桜の君の安全を守る立場の者として、小梅を、桜花宮《おうかぐう》に置いてはおけません」

『桜の君』と、珍しく正式な尊称で真赭の薄に呼ばれた浜木綿は、苦い顔になった。

「そんなものはどうでも良いと、今回ばかりは言えないね。アタシだけならまだしも、若宮の身にも関わる問題だ」

普段、勝手気ままに振舞っている浜木綿も、守るべき一線はきちんと弁《わきま》えている。

解放されてから小梅の身柄は、招陽宮《しょうようぐう》とは少し距離のある、縫殿寮《ぬいどのりょう》の一角へと移されていた。

真緒の薄が信用する女房もそちらに行かせて、ずっと見張っている状況なのである。

ただでさえ小梅には、父親のしていた行為をどこまで察していたのか、分からないところがあるのだ。罪人の娘だからという理由で糾弾《きゅうだん》したくはないが、疑惑は常に付いて回っている。

万が一にでも若宮に危害を及ぼす可能性のある娘を、宮廷内に留め置く事は出来ない。

その点に関して、二人は決して譲らなかったのである。

「そこで、だ。小梅の身柄についてなんだが、これがまた考えものでね。一応、彼女を引き取っても良いと、申し出てくれた者がいるにはいるんだが……」

その「申し出た者」の思いがけない名前に、主の横で話を聞いていた雪哉は、素っ頓狂な声を上げたのだった。

「僕の母が、そう言ったのですか？　小梅を、垂氷《たるひ》の郷長屋敷で預かると？」

そんな馬鹿なと、思わず立ち上がった雪哉に、浜木綿は「まあ落ち着け」と言ってなだめた。

「こちらとて、すぐに承知したわけではない」

「当たり前です！」

吠えるように言って、雪哉は唇を噛んだ。

「母上は何をお考えなのか。ふざけているにも程がある」

何と言っても、垂氷という場所が最悪である。小梅の父親のせいで集落が一つ壊滅したのは、他でもない垂氷郷なのだ。当然、裏切り者に対する怨《うら》みも深い。

たとえ、小梅を受け入れたとしても、その素性が裏切り者の娘と知れれば、ただで済むとは思えなかった。

「大体、それを知っている小梅が、申し出を受け入れるはずがありません。もし、喜んで垂氷に転がり込んで来るようだったら、小梅は真性の愚か者か、感動するくらいの恥知らずだ！」

「雪哉。言葉が過ぎる」

見かねた若宮が座ったまま止めようとしたが、雪哉は止まらなかった。

「これが黙っていられますか！　あなた方と違って、事は僕の家の問題です。他人事ではないのですよ」

自分が信用できない者を、家に入れるだなんてとんでもない。

何より、しばらく垂氷にいなかったとはいえ、家族に関わる問題を自分に相談せずに決められてしまったという事実に、雪哉は酷く傷付いていた。

「こうしてはいられません。一旦、垂氷に帰らせて頂きます」

一刻も早く母と話し合い、小梅に対する認識を正さねばならない。

苛烈に言い切った雪哉を前にして、「ああー」と間の抜けた声を上げ、浜木綿は目を泳がせた。

「その事なんだがな、雪哉。別に、垂氷まで帰る必要は、ないかもしれんぞ」

「は？」

眉根を思いっきり寄せれば、浜木綿はあからさまに視線を逸らして、ぽりぽりと頬を掻いた。

真赭の薄も気まずそうにしているのを見て、雪哉は一瞬で事のあらましを悟ったのだった。

「母が、中央に来ているのですか」

「ええとだな。まあ、端的に言ってしまえば、そうだ」

話の流れからするに、おそらくは、小梅を迎えに来たのだろう。だから今、その相談をしに二人がここにやって来たのだと雪哉は思い至った。

そこまで分かれば、十分だ。

「おい、どこに行く」

「決まっています。母に直接話を付けに行くんですよ」

「待て待て待て。母親が今どこにいるか、お前、知らないだろうが」

「桜花宮の方から連絡が来たという事は、朝宅《ちょうたく》から女房を通じて話が行ったのでしょう？ 浜木綿さま達がこちらにいらしている点を踏まえれば、答えを返すまで、そこに留め置かれている現状は容易に想像出来ます」

ただでさえ、郷長の妻が中央で滞在できる場所は限られているのだ。梓がいるのは北家の朝宅――つまりは、朝廷における北家の別邸と考えて、まず間違いなかった。

慌てて引き留めようとする澄尾や浜木綿をかわし、雪哉は外に出ようとした。

「待ちなさい」

その言葉に雪哉が足を止めたのは、声の主が、一応は自分の仕えている相手だったからだ。

「……何ですか、若宮殿下。家の事情に、口出しは無用ですよ」

「口出しするつもりはない。だが今のお前では、何を言っても喧嘩腰にしかならないだろう。

行くにしても、もう少し落ち着いてからにしなさい」

「僕は落ち着いていますよ」

「お前がそう言って、本当に冷静であったためしがあるか」

「殿下！」

「ともかく、今はやめておけ。これは命令だ」

自分がそう言えば、皆言う事を聞くと思っているのだろう。そうなって当然と言わんばかりの若宮に、とうとう雪哉も我慢ならなくなった。

「俺は、あんたに忠誠を誓った覚えなんかない！」


聞く耳を持たずに飛び出して行った雪哉を、なんとも言えない気持ちで真赭の薄は見送った。

しかしすぐに、「あっ」と、あまり聞きたくない感じの声が、その隣で上がったのだった。

「どうなさいました？」

自分のすぐ横を見れば、浜木綿が、しまったという顔をしていた。

「今、あいつが北家の朝宅に行くのはまずい。小梅が、垂氷の内儀に会いに行っているんだった」

「何ですって」

ここに来る直前、真赭の薄は支度をするため、少しの間浜木綿と離れた。その時に、女房から確認を取られたのを、すっかり忘れていたのだと言う。

「小梅は、お前直属の女房が面倒を見ているだろう？　さっき、北家の朝宅に垂氷の内儀が来ているると小耳に挟んだらしくてな。会わせても良いかと訊かれたんだ」

一瞬、若宮と顔を見合わせると、澄尾は機敏に立ち上がった。

「行って、止めて来る」

「ああ、頼む」

「すまんな、澄尾。うっかりしていた」

素直に浜木綿は謝ったが、さっき思い出していたからといって、あの剣幕の雪哉を止められたかどうかは疑問である。

出て行きざまに、澄尾が頭を掻いて、毒づいた。

「ああ、面倒くせえ。あいつに、家族の話題は厳禁だな」

真赭の薄は、招陽宮の窓から外を見た。

見晴らし良く刈られた木々の向こうには、鮮やかな緑の山野が広がっている。

だが、懸帯《かけおび》一つで転身して行ったらしい雪哉の姿は、そのどこにも見えなかった。


その姿を発見した時、血が上っていた雪哉は、一瞬にして全身が冷たくなる心地がした。

陽が、中天よりやや西に傾きかけた時刻である。

午前にあった村雨《むらさめ》のせいで空気は澄んでおり、強く黄色みを帯びた日の光を浴びて、木々の緑が濃い影を落としていた。黒く濡れている石畳の両側には、湧き立つ夏雲の形をした紫陽花《あじさい》が、うねるような青い波をつくっている。そこを歩く二人の姿は、上空からでもすぐに分かった。

翼で重たい空気をつかまえて二人の前まで滑空すると、転身してすとんと着地する。驚いて身をすくませる小梅の前で、雪哉は立ち上がった。

「雪哉」

それが見知った少年であると気付いて、小梅の顔が安堵に緩む。しかし、それを見つめ返した雪哉の表情は、固いままであった。

「どうしてここに？」

「あたし、こっちにお方《かた》さまがいらしていると聞いて、いても立ってもいられなくって。あなたも、お母さまに会いに来たの？」

若干憔悴《しょうすい》したような小梅の顔は、それでも十分、可愛らしいものだった。気落ちしたせいか、普段に比べて大人しい分、いつもより大人っぽく見えるくらいだ。

若くて、気が強そうな美人。

その特徴に小梅は十分に当てはまるのだと、雪哉は今になって気付いたのだった。

「今日は、朝宅まで行かずに、このまま戻って下さい」

小梅ではなく、その付き添いの女房へと話しかければ、小梅が不思議そうに目を瞬いた。

「どうして？　何かあったの」

「あなたよりも先に母と話し合うべき事案がありまして」

棘《とげ》のある物言いに感じるところがあったのか、小梅は体を強張らせた。

「……ちょっと待って。あたし、別にあなたのお母上に、特別なお願いをしようと思ったわけではないわ。ただ、これからの事を相談したかっただけで」

「相談？　垂氷の郷長屋敷で、どうやったら素性を隠していけるかのご相談ですか」

雪哉、とほとんど悲鳴のような調子で、小梅は非難の声を上げた。

「そんな事、考えていないわ。今でも信じられないけれど、あたしはこれでも、父のしでかした事を分かっているつもりよ。許してもらえるなんて、思ってない」

それでも、と、小梅は悲痛に訴えた。

「あたしは、何も知らなかったの。全然、父が何をしていたか、気付けなかった。父を止められなかった責任があるとは思うけれど、これだけは本当なのよ。ねえ、雪哉。お願いだから、あたしを信じて」

しおらしく言う小梅にも、雪哉は全く心を動かされなかった。

「悪いけど、君の言う事は信用出来ない」

「……どうして？」

可愛らしく首を傾げる瞳の中に、どことなく、苛立たしげな色が混じる。

「ねえ、どうして、あたしを信じてくれないの」

あなたもあの手紙を読んだのよね、と小梅は早口になる。

「父が、命をかけてあたしの潔白を証明してくれたのよ。あたしは、何も知らなかった。知ろうとしなかった事を責められるのは仕方なくても、それ以外のところで、疑われるのは心外だわ」

父の死を無駄にするつもりなの、とぬけぬけと言う小梅を、雪哉は鼻で笑った。

「前に言いましたよね。あなたのお父上が、仙人蓋の取引をしていた薬問屋に出入りしていたと」

急な話題の転換に、小梅は怪訝そうな顔になった。

「それが何？」

「君と、特徴の合致する女性が、そこで目撃されているんですよ」

お父上と違って、用心深く顔を隠そうとしていたようですが。

――それを聞いた瞬間の、小梅の反応は顕著なものだった。

ぴたりと口を閉ざすと、完全に表情を消して、じっと雪哉を見つめ返したのだ。

おおげさに目を見開いたり、息を呑んだりもしない。今まで、一度も見せなかった完全な無表情に、雪哉は初めて、小梅の本性を見たと思った。

「それは、あたしじゃない」

沈黙の後、小梅が出したゆっくりとした声は、雪哉以上に感情を消し去っていた。

「でも、そう。あんたは、それをあたしだと思っているのね」

他の宮烏も？　と冷静な口調で問われ、雪哉は目を眇《すが》めたまま、何も答えなかった。

しばらくの間、静かな、視線だけの攻防が続く。

それを無理矢理に終らせたのは、小梅の小さなため息であった。

「……残念よ、雪哉。とても残念。あんたとは、仲良くなれそうだと思っていたのに」

あたしの勘違いだったみたいねと、小梅は薄く笑う。

「今日は帰るわ」

妙に明るい口調になった小梅の様子は、もう、いつもと何ら変わりなかった。

お方さまによろしくねと言って踵を返し、戸惑った風の女房を従えて、小梅はもと来た道を帰って行く。その後姿をしばらく睨み据えてから、雪哉は北家の朝宅へと向かった。

朝宅の使用人は、雪哉が何者かをきちんと心得ていた。取次ぎを頼めば、その場で中へと通され、母親とすぐに面会する事が出来た。

「母上」

客間に案内され、文机に向かって座る母親に呼びかける。振り返った梓は母親だけあって、すぐに息子の機嫌が悪い事を察したようだった。

「何かあったのですか、そんなに怖い顔をして。それに、どうしてお前がここに？」

ここには、もうすぐ小梅が来るはずなのですがと言われ、雪哉は半眼になった。

「その事で、母上にお話があって参りました。小梅を、垂氷に迎え入れるわけにはいきません」

雪哉はつっけんどんに言い切った。だが、これに母は、全く動じずに頷いて見せた。

「分かっています。この状況では、垂氷に彼女を連れ帰るには、かなりの危険が伴うでしょう。だからと言って、お父上の犯した罪が罪なのですから、どこに行っても状況は大して変わりませんよ」

中央では顔が知られている分、新しい職を見つけるのも困難である。だから、宮烏の伝手《つて》を使って、どうにか地方で働ける場所を都合してやろうと考えていたらしい。

「あの娘は、どこにも逃げる事が出来ません。だったら、身を隠す場所を探すのではなく、事情を知って受け入れてくれる所を探すしかないでしょう」

それを、自分一人で探せというのは酷であるし、無理だろうと梓は考えていた。ここで突き放せば、本当に彼女は谷間で身を売るくらいしかなくなるだろうし、それが分かっていながら、見捨てる事は出来ないと言う。

雪哉は、それも一つの報いではないかと思ったが、梓は違った考えを持っているようだった。

「あの子は、確かに正しい事をしなかったかもしれません。けれども、自ら進んで八咫烏を害そうとしたわけでもないでしょう。ここで見捨てなければ、まだ、まっとうに生きる道はあります。罰とは、しかるべき方法で罪を償《つぐな》う事であって、ここであの子を突き放すのは、単に私怨《しえん》を晴らす事にしかなりませんよ」

梓の言葉は理路整然としていて、確かに正論に聞こえる。だが、小梅の罪については、母と自分の間で、大きな見解の相違があるのは見逃せなかった。

「小梅は自分の父親の行為について、ちゃんと認識していたと僕は思っています」

だとすれば小梅の罪は、山内《やまうち》の民を裏切った行為に他ならない。父親と同罪なのだから、簡単に許されて良いはずがなかった。

「まあ。どうしてそう思うの」

大して驚いた様子のない母に、雪哉はきつい眼差しを向けた。

「彼女と特徴の合致した女性が、仙人蓋の取引場所で目撃されているんです」

「その言い方だと、それが彼女であるという確証があるわけではないようね。そんな不確かな情報で決めつけるのは、お前らしからぬ早計のように思えるけれど？」

「……小梅の挙動は、最初から不審でした。父親の生死が不明な頃から、不謹慎な発言ばかりして」

「父親が生きていると確信していたのだから、自然とそうもなるでしょう」

彼女の罪は、父親が猿と共謀していたという疑いを持ちながら、それを黙っていた点だ。どこにも矛盾はないと返されて、雪哉は今更になって、どうして自分が小梅を怪しいと思っているのか、上手く説明出来ない事に気が付いた。

「しかし、彼女は桜花宮に来て、すごく嬉しそうにしていました。父親に全ての罪を着せておきながら、自分だけは以前よりも良い暮らしを手に入れようとしていたんです。こんなの、最初から計算でもしない限り無理ですよ」

「つまり、全てお前の印象の問題というわけだね」

渾身の説明をたしなめるように否定され、雪哉は怯《ひる》んだ。

確かに、お調子者で誤解を受けやすいところはあるけれど、小梅はそんな悪い子じゃありませんよと梓は断言する。

「それだって、母上の印象じゃないですか……」

「人生経験が違います。人を見る目だったら、お前よりもずっと確かな自信がありますよ」

余裕たっぷりに返されて、雪哉はぐうの音も出なくなった。

――母の目には、一体、小梅がどんな風に見えていたのだろう？

「でも、でも小梅は、垂氷で僕らに気に入られようと、必死だったじゃないですか。いつだって、こちらの顔色を見ていましたし、おべっかを使ってばかりいました。挙句の果てには母上に取り入って、父親が見つからない限り、ずっと郷長屋敷にいたいとまで言ったんですよ！」

「ええ。あくまで、お父上が見つかるまではね」

意味深げな口調で言って、梓はため息を吐いた。

「私は言いましたよ。中央で苦労していると聞いて、だったら、お父上の生死には関係なくここで働いてみますか、と」

もし父親が生きていたとしても、行儀見習いとしてここで働けば良いと提案したのだ。最初「本当ですか！」と乗り気だった彼女は、しかし、すぐに思い直したのだと言う。どうしようもない父親だが、それでも自分の唯一の家族だ。生きて帰って来たのであれば、一人には決して出来ないと。

『帰ったら帰ったで、きっと、大変だと思うんです』

そう言った小梅は、父親が生きていると確信していた。死体は見つからないと分かっていた。そして生きて見つかったとしても、おそらくは厄介な事になると、予想は出来ていたはずである。

『でも、生きているのなら、父は絶対にあたしのところに帰って来ます。それを、放っておいたり出来ないわ』

小梅は梓に向かって、自分の父親について詳しく語ったのだ。

彼は、とても小心者だった。

賭博で金を失くし、借金ばかり作って、ろくに働きもしなかったが、それでも小梅に対して、手を上げた事は、一度だってなかったのだ。

『普段は、喧嘩なんて絶対にしないんだけど、一回だけ、あたしの勤め先で他人を殴った事があったんです』

そいつは中年の男で、店先で給仕をする小梅を嫌な意味で気に入っていた。来る度にいやらしい言葉を投げかけて、小梅の反応を楽しんでいたのだ。

ある時、男は小梅に対し「幾らだ」と訊いて来た。それが、自分の値段だと気が付いた時には、男は椅子から吹っ飛んでいた。偶然、その場に居合わせた父親が、真っ赤に怒って殴り飛ばしたのだ。「俺の娘に触るな」と言って。

『それが騒ぎになって、あたしはお店を馘首《くび》にされてしまったんです。その時は恥ずかしくて、もっと穏便に済ませなさいよって怒ってしまったのですけれど……本当は、あたしのために怒ってくれて、ほんのちょっとだけ嬉しかった』

ろくでなしの父親だ。それは間違いない。だが、それでも自分の父親なのだから、見捨てたりは出来ないのだと、小梅は、はにかんで笑ったのだ。

——そんな小梅は知らない。

雪哉は呆然とした。

「それに、あの子が気に入られようと必死だったのは、お前に対してだけですよ」

「はい？」

「だってあの子、お前を好ましく思っていたようじゃないの」

全く思いもしていなかった事を言われて、雪哉の頭は真っ白になった。

「思わせぶりな視線を送ったら、まさか、そんな風に思われていたなんてねえ」

我が息子ながら、鈍いのはどうしたものかしらと梓は呆れる。

「ちょ、ちょっと待って下さい」

そういった前提で振り返れば、確かに、色々と思い当る節はあった。やっている事は同じなのに、がらっと意味合いが変わってしまう事柄が多過ぎる。

自分はもしかしたら、とんでもない大馬鹿野郎なんじゃなかろうかと、嫌な動悸までして来た。

「あの、色々と、誤解とすれ違いがあったようなので……もう一回、彼女に会って、ちゃんと話を聞いてみます……」

「そうなさい。なるべく早くね」

這々《ほうほう》の体《てい》で退室して出た廊下には、いつの間にか澄尾がやって来ていた。澄尾も気まずいだろうが、全て聞かれていたと知った雪哉は、とりあえずその場で消えてしまいたくなった。

「お前の理屈っぽいところは、かあちゃん似だったんだな」

しみじみと言われて、そう言えば、雪哉の出生を知らない者には、三兄弟で母に一番よく似ているのは自分だと言われたのを思い出した。自分の性格はあまり父とは似ていないから、もしかしたら知らないうちに、梓に似たのかもしれなかった。


小梅を探しながら二人は招陽宮へと飛んだが、その帰途で、彼女の姿は見つけられなかった。

若宮達は、出て行った時とは別人のように小さくなっている雪哉に驚いたようだったが、澄
尾から話を聞くと、三人ともなんとも微妙な顔になった。

「女心を解さないのは、若宮殿下の悪い影響ですわね」

真赭の薄から予想外の攻撃を受けて、若宮は「私のせいか」と小さく呟く。

「だがまあ、小梅と無用の仲違いをしたのは失策だったな」

浜木綿に言われて、雪哉は天を仰いだ。

「自分でもそう思います……」

「仕方ありませんわね。ついて行ってあげるから、一刻も早く仲直りなさいな」

呆れた様子の真赭の薄によって、雪哉は小梅が預けられている縫殿寮まで連れて行かれた。

浜木綿も一緒にやって来たのだが、まだ、小梅は戻って来ていないようだった。

一室で小梅を待たせて貰う事になり、雪哉は針のむしろに座らされているような気分で正座した。しかもあろう事か、部屋の中で広げられている縫いかけの衣は、どこかで見覚えのあるものである。

「あれはもしや」

「あなたが駄目にしてくれた、弟の正装ですわ」

無事だった分の装束は地下街から持ち帰って来たのだが、それもどこか汚れていたり破けたりしていたので、作り直す事にしたのだそうだ。

真赭の薄の言葉に棘を感じ、雪哉はいよいよいたたまれなくなった。

「重ね重ね、申し開きのしようもございません……」

「謝るべきはわたくしではなく、小梅にでしょう」

正装の件は覚悟していたので、別に謝らなくても良いと言う。

「もともとあの衣装を持ち出したのは、若宮を外に連れ出すための口実でしたから。それが達成出来ただけで、もう十分ですわ」

「若宮を？」

そう言えば、どうやって澄尾の監視を若宮がかわしたのか、雪哉は聞いていなかった。改めて尋ねてみれば、浜木綿がにやりと笑って語りだした。

「なんて事はない。隙を見て、若宮が偽者と入れ替わったのだ」

澄尾の奴も、まさか、若宮が女房装束を着て招陽宮を出るとは思わなかったらしいと、おかしそうに若宮の妻は言う。

「でも、普段は入れ替わりに協力してくれる澄尾さんが、あの時は若宮の監視に当たっていたわけでしょう?」

よくばれなかったな、と思って言えば、浜木綿は「よくぞ聞いてくれた」と言わんばかりの顔になった。

「そこがこの計画のみそだ。若宮殿下と入れ替わったのは、アタシじゃない」

菊野《きくの》だよ、と言われても、雪哉はすぐに誰だか思い出せなかった。

「菊野さんというと……あの、真赭の薄さまの、女房だった方ですか?」

浜木綿達が若宮の后《きさき》候補として桜花宮にいた頃、真赭の薄の身の周りの世話を、一手に引き受けていた女房である。こちらに戻って来てからは、あまり姿を見ていないような気がするが、確かに浜木綿程ではないにせよ、背が高めで、立ち姿の美しい女であった。

「菊野は、今もわたくしの右腕として、桜花宮で働いてくれていますわ」

「澄尾の奴、若宮とアタシが入れ替わる事には注意していたが、それ以外の可能性は頭から抜け落ちているようだったんでね。ちょいと、搦《から》め手を使ってみたのさ」

雪哉が連れ出されてすぐに、浜木綿は警戒する澄尾によって桜花宮へ帰された。しかし翌朝には、雪哉の正装を確認し、若宮の太刀を加えるという理由を付けて、衣装を持たせた女房達と共に、再び招陽宮を訪れたのだ。

真赭の薄だけに限らず、西家出身の女達は子どもに甘いところがある。だからこそ雪哉の人質にも反対をして若宮に協力してくれたわけであるが、逆を言えば、澄尾に対しては風当たりが強かったのだ。やいのやいのと文句を言って、澄尾の注意を逸らしているうちに、こっそり菊野と若宮は着物を交換したのだ。

「若宮は、澄尾が自分の指示に従わなかった事に臍《へそ》を曲げて、前日からずっと口を利こうとしなかった。まあ、実際はそういうふりをしていただけなんだが」

真赭の薄達が出て行った後、若宮がろくに言葉も発せずにそっぽを向いていても、不審には思わなかったらしい。ただでさえ、自分が信頼に背いたという負い目があったためか、澄尾はいちいち若宮の顔を確認しなかった。

何より、背中しか見せない若宮の隣には、本物の浜木綿がいたのである。さんざん若宮の身代わりとして意識させられた浜木綿がそこにいるのに、他の誰かと若宮が入れ替わっているなどと、思いもしなかったのだろう。

「まあ、澄尾には何度も、若宮のふりをするアタシの護衛をさせていたからね。先入観があってもおかしくはないが」

澄尾は、若宮と幼馴染《おさななじみ》という関係のせいか、私情を挟んで行動するところがある。護衛としては詰めが甘く、克服すべき弱点でもあったが、今回はそれが幸いした。

しかし、あの朝、真赭の薄が自らやって来たのにはそのような背景があったのかと、雪哉は今になって納得したのだった。

「それにしても、遅いですわね」

小梅が、まだ戻って来ない。

こちらに来て早々に、手透《てす》きの女房に小梅と付き添いの者を探すよう命じた真緒の薄は、もどかしそうに呟いた。それを聞いた浜木綿は、頬杖をつくように雪哉の頭に肘を載せた。

「傷心の小梅を、女房が甘味処にでも連れ出しているんじゃないのか？」

ごりごりと、肘でつむじの中心を抉《えぐ》られて、雪哉は涙目になった。

「もう勘弁して下さい」

こうなると、ひたすら謝るしかない雪哉が、ますます小さくなった時だった。

不意に、部屋の外が騒がしくなった。

「真緒の薄さま！」

悲鳴じみた声を上げて駆け込んで来たのは、小梅を連れて外に出ていた女房である。

「どうした」

異変を感じて体を起こした浜木綿が、真緒の薄に代わって応える。それに気付いた女房は慌てて姿勢を正し、浜木綿に向かって一礼した。

「桜の君、申し訳ございません。小梅を見失いました」

表情を険しくした浜木綿は「状況を詳しく話せ」と命令した。

雪哉と別れた時、妙に明るい様子だったあれは、やはり小梅の空元気だったらしい。雪哉から絶対に姿が見えない位置にくると、小梅はすぐに元気をなくし、何も言わなくなってしまったのだと言う。

「そのうち、お腹が痛いと言いだしたので、近くの商家で厠《かわや》を借りたのです。多分、誰にも見られない所で泣きたいのだと思って、しばらく出てこなくても、そっとしておいたのですが……」

あまりに長い間出てこないので、声を掛けたのだ。

「ですが応じる声がなく、心配になって扉を開けたら」

——そこには、誰もいなかった。

「しかも、厠を借りた家に置いてあった衣が一枚、無くなっていたそうです」

「浜木綿」

緊張を帯びた声で、真赭の薄が呼びかけた。

「一度宮廷を出たのなら、あの子、門籍《もんせき》を持っていたはずですわ」

宮廷に出入りするための門籍は、時に、身分証明の手形の代わりになる場合がある。それを持っているのだとするならば、関所を出る事も十分に可能なはずだった。

中央城下には、依頼があると鳥形になり、駕籠に入れた客を飛んで運ぶ『駕籠《かご》舁《か》き』が存在している。もし小梅が駕籠を使ったのなら、既に中央を出てしまった可能性もあった。

「雪哉、奈月彦に報せて来い！」

急げと言われて、ろくな返事もしないまま外へと飛び出る。転がるように転身し、雪哉は一直線に招陽宮へと向かった。

雪哉から事情を聞いた若宮は、すぐに小梅の行方を捜させるため、山内衆を動かすように命令を出した。朝廷は、すでに小梅は無関係であるとして、早々に釈放を許している。動かせるのは若宮の私兵だけだった。

指示を飛ばす若宮の背中を見ながら、雪哉は両手で頭を抱え込んだ。

これは、どう解釈すれば良いのだろう。小梅は何を考えている？

自分の心ない発言に、小梅は傷付いたのだろうか。

――こうなったのって、もしかして俺のせい？

ついさっき、思ってもみない事を言われたせいで、頭がごちゃごちゃになっていた。

落ち着け、と言い聞かせる。

いつも通り、落ち着いて考えろ。

小梅が、感情に任せて出て行ったのなら、取りあえず問題はない。最悪なのは、彼女が仙人蓋や猿について何らかの関わりがあったのに、それを追及される事を恐れて、中央から逃亡した場合だった。

雪哉の言葉に傷付いたかは分からないが、確かに、別れ際の小梅の態度はおかしかった。

そのきっかけとなったのは、自分の言葉だ。

小梅を信用出来ないと言い、仙人蓋の取引をしていた薬問屋で、小梅と特徴の合致する女性が目撃されたと告げたのだ。それを聞いた小梅は表情を失くして、「他の者もそう思っているのか」と聞いて来た。だが、自分はその質問に対して、明確な否定を返さなかった。

もし、目撃された女が小梅本人だったのなら、己が疑われていると聞いて、このままでは誤魔化せないと思ったのだろうか。それで逃亡を図ったのだとしたら、あまりにお粗末過ぎる。小梅は、今の状況で逃亡すれば、追われる事が分かっていたはずだ。

目撃された女が小梅ではなかった場合、潔白を疑われていると知った小梅が、逃亡した理由は何だろう。

母の言葉を信じるのならば、小梅は、何も嘘を言っていなかった事になる。口では文句を言いながら、彼女は父親を愛していた。猿との関係を薄々知りながら、何も証言しなかったのは、父親を庇うためだった。

しかし、その父親は、小梅を守るために殺された。

そして、罪状を聞いた小梅は、ずっと「小心者の父がやったとは信じられない」と言っていた――。

ぼんやりと顔を上げると、若宮の指示を受け、飛び立って行く澄尾の姿が目に入った。先程聞いた、澄尾が女達に出し抜かれた時の話が思い出される。

澄尾は、若宮と浜木綿が入れ替わる事を警戒していた。だが結局は、全く想定していなかった女房の介入によって、まんまと騙されてしまったのだ。

「……そうか」

小梅でないとするならば、薬問屋に出入りしていた女が――雪哉達が存在すら把握していない、第三者がいたはずだ。

初めて会った時、小梅の恰好は小綺麗だったが、贅沢という程のものではなかった。小梅の家にも、大金があったという話は聞いていない。てっきり、借金の返済に充《あ》てたものとばかり思っていたが、仙人蓋を売って手に入れた大金が、そもそも、全く違う者の懐に入っていたのだとしたらどうだ？

雪哉は片手で口を覆った。

仙人蓋に関係する第三者の存在を小梅にほのめかしたのは、自分が最初であったはず。小梅はあの時まで、そいつの存在を知らなかった。だが、雪哉のもたらした情報を得て、心当たりがあったとすればどうだ。

真の下手人として、思い当る者がいる。でも、自分が疑われたまま事態は収束しつつあり、話を信じてくれそうな者もいない。

この状況下で、無理にでもそいつに疑いの目を向けさせようと思ったのならば、今の小梅の行動は、とても理にかなっていた。現に逃亡した小梅を追って、若宮の私兵が駆り出されている。追い付いたその先に、薬問屋に出入りしていた女がいれば、取り調べを行わざるを得なくなるだろう。

小梅はおそらく、自分達に罪を着せた女のもとに向かったのだ。

だが、それは誰だ？

『君と、特徴の合致する女性が、そこで目撃されているんですよ』

たったそれだけの雪哉の情報で、小梅は、どうして個人を特定する事が出来たのだろう？

猿の出入りしていた井戸。

それがある家に以前住んでいたのは、水売りの若い夫婦だった。

考え、その答えに気付き、雪哉は全身の血が引く思いがした。

「殿下」

思わず、上擦った声が出る。

山内衆を送り出して、若宮はこちらを振り返った。

「何か、気付いたのか」

僕は、と消え入りそうな声になって、雪哉は主を見上げた。

「僕は――とんでもない間違いを犯したかもしれません」

＊　＊　＊

北領が北家直轄地、三本に分かれる街道の分岐点に、霜原《しもばら》という宿場町がある。

そこは、北領において最も大きな町であり、陸路で中央から垂氷、風巻《しまき》、時雨《しぐれ》の三つの郷へ向かうためには、一度通る必要のある場所でもあった。中央に比べれば華やかさに欠けたが、活気はそれなりにある町である。

比較的質の良い店などが立ち並ぶ一画に、その宿はあった。

夕飯の支度で、忙しい頃合いである。

厨房は大勢の八咫烏が働いていて、一人一人を確認して回るのは骨が折れたが、ついに、厨《くりや》で笑って働く女達の中に、小梅はその姿を捉えたのだった。

つやつやとした栗色の髪。

自分によく似た顔には、上等の頬紅が差されている。

身に着けているものは華やかで、布地が良いのは一目で分かった。ほとんど手の汚れない、子どもの遊びのような手伝いをしているようだったが、それも、すぐに終ったようだった。

「初音《はつね》ちゃん。これが終ったら、上がっていいよ」

「あら、本当？」

「旦那ももうすぐ帰って来るんだろう？　一緒に、美味しいものでも食べておいでな」

やだあ、ところころ笑う女の姿に、小梅は血の気が引くのを感じた。

彼女は美しくなっていた。

まるで、幼虫の間に毒の葉を食らって羽化した、蝶のように。

「――見つけたわよ」

厨の入り口に立ち、その場にいた全員に聞こえるように言ってやる。

振り向き、小梅の存在に気付いた女は、ぎょっと目を見開いた。周囲の者が二人の関係を問いただす前に、慌てた様子でこちらに近づいてくる。

「ちょっと、こっち」

初音と呼ばれた女は小梅を引っ張って、誰もいない部屋へと連れ込んだ。

部屋の中に入ると、きつい白粉《おしろい》の香りが漂った。

おそらくは、彼女が自室として使っている所なのだろう。

窓が西を向いているのか、太陽の光が窓から射し込み、雑然とした部屋の中を、真っ赤に照らし出していた。

呆れるくらい大量の、着物と装飾品。

西日によって、刺繍された衣の金糸銀糸、投げ出されたかんざしに付けられた宝玉の数々が、眩《まぶ》しいくらいに燦然《さんぜん》と輝いていた。

鏡台の前にずらりと並べられた化粧道具はいずれも高級品で、それひとつで自分と父親の半年分の飯は賄《まかな》えるだろうとしびれたように小梅は思考をめぐらせた。

小梅を先に部屋の中へと突き飛ばした初音は、後ろ手に扉を閉めた。

「どうして、あんたがここにいるの」

「すぐに分かったわ。こんな良い宿、お金の無駄だからやめろと言ったのに、お父さんたら、どうしても泊まりたいと言って聞かなかったんだもの」

栖合へ向かう道すがら、小梅達はいくつかの宿に泊まった。

その道中で父は、しきりとこの宿に泊まりたがったのだ。理由は言わなかったが、どうにも忙《せわ》しない様子だったのが、ずっと印象に残っていた。

「……そう、すぐに分かったわよ。あの小心者が、あんな残酷な事、自分から出来るわけがない。誰かがやらせていて、しかも、あんな手紙を残してまで庇う相手なんて、あんたくらいしかいないもの」

父は、本当に馬鹿だ。

「驚いたわ。あんた、まだあの男と続いていたのね。あそこの井戸も涸れたと聞いて、てっきり、あの男も捨てられたものだと思っていたわ。あんた、お金のある相手にしか、興味ないものね」

「お前、自分の母親に向かって、なんて口を利くの！」

「生まれてこの方、あんたを母親だと思った事なんて、ただの一度も無いわよ！」

ねえ、いつからなのと、小梅は甲高い声で母親を問い詰めた。

「いつからまた、父にちょっかいを出していたの」

近所では、父が甲斐性なしだから出て行かれたものだと噂されている。

だが、本当はそうではないのだ。

初音がいた頃、父にはまだ家を立て直そうという気力があった。多くの金貸しに掛けあい、新しい商売をはじめようと奔走していたのだ。しかし、そんな父を見捨てて、初音は同じ水売りを営んでいた男のもとへと出て行ってしまった。当時はその男の方が羽ぶりが良く、小梅の家の井戸の水はどんどん少なくなっていたためだった。

父親が駄目になった直接の原因は、井戸の水が涸れた事ではない。初音が、自分と娘を捨てて行ったせいだったのだ。

「あの手紙に書かれていた取引は、全部、あんたがやった事でしょう。それを全部お父さんがやった事にして、あんたはのうのうと逃げたんだ」

あれでもあいつ、まだあんたが好きだったのよと、小梅は悲痛に訴えた。

「それなのに、あんたはあいつを利用した挙句、また捨てたんだわ！」

「あんたが何を言っているか、あたしにはさっぱり分からないわ」

酷薄な母親の顔を、小梅は視線で射殺さんばかりに睨みつけた。

「ろくでなしでぐうたらで、何の役にも立たない馬鹿な奴だったけど、それでも、あたしのお父さんだった。あたしの、たった一人の家族だったのに」

この人殺し、と小梅は絶叫した。

「いいから黙りなさい！」

叫び返した初音の声は、皮肉にも自分の声と、とてもよく似ていた。

「母親に迷惑をかけて、あんたは一体何をしたいの」

憐れっぽく言った初音にも、小梅は冷然と言い切るだけである。

「あたしが望むのは、あんたが捕まって、真実が明らかになる事。ただそれだけよ」

そんな娘を前にして、つと、初音は顔をしかめた。

「――ああ、もう。まだるっこしいわね。そんな風に言って、あんた、どうせあたしをゆするつもりなんでしょう？」

小梅は、母親の言っている意味が分からず、目を瞬いた。

「何を言っているの……？」

「お金はあげるわ。綺麗な着物だって、いっぱい買ったげる。贅沢な暮らしが出来るんだよ、騒ぎ立てる方が馬鹿ってものでしょ」

「可哀想な女の子をいっぱい殺して、何も知らない人達を猿に喰わせて得たお金なんて、こっちから願い下げよ！」

今になってぬけぬけと言う母親に、信じられない気持ちになりながら「あんたと一緒にしないで」と小梅は目いっぱいに蔑《さげす》んだ。

「あたしは、死んでもあんたみたいにはならないわ」

——一瞬だけ、確かに傷付いたような顔をして、それでも初音は取り繕うように笑った。

「……なんとでも言いなさい。あんたは、気持ち悪いくらい、あたしにそっくりだもの」

計算高くて、とてもずるい。

詠《うた》うように言って、初音はにっこりと微笑む。

「あの手紙は、間違いなく治平が書いたものよ。今さらあんたが何を言ったところで、信じてくれる奴がいるかしら」

得にならない事はするもんじゃないわと初音は言う。

「今ならまだ許してあげる。あたし達ってこうして並ぶと、親子というか、姉妹みたいだしね。厨にいた人達にもそう言うのよ。そうしたら、今の夫を紹介するわ。久しぶりに、一緒に美味しいものでも食べに行きましょう」

化け物め。

もう、会話すらろくに成立しない母親に、小梅は見切りを付けた。

母親がいる事を確認出来ただけで十分だ。すぐに、ここから最も近い役所に向かう事に決めて、小梅は初音を押しのけて、外に出ようとした。

横を通り抜けざま、袖と袖が触れあった瞬間に、張り付いたような笑顔のまま、ふわりと初音の手が伸ばされた。

母が何をしようとしているのか理解するよりも先に、白い指先が小梅の首に食い込む。

次の瞬間、小梅は床に押し倒され、初音によって全力で首を絞められていた。

「あんたにはろくでなしでも、愛してくれる父親がいたじゃない」

鼻と鼻が触れあうくらいに顔を寄せて、笑顔のまま、初音が囁いた。

「あたしには誰もいなかった。実の父親に売り飛ばされたあたしの苦しみなんて、あんたには一生理解出来ないでしょうよ」

暴れまわった爪先が、床を引っ掻く。だが、両手両足を使った抵抗でも、初音の手は外れない。

首の骨と筋が触れあって、ごきゅり、と音が鳴るのが分かった。痛い、苦しいと感じるよりも先に、じわじわと視界の端が黒く染まっていく。

「他人事だと思わない事ね。あんただって、あたしと同じ境遇だったら、あたしと同じになっていたわよ！」

目の前が暗くなったその時、不意に、喉を圧迫していたものが消えた。

「そこまでだ」

若い男の声と共に、初音が悲鳴を上げたのが、ひどく遠くで聞こえた気がした。しばらくは耳鳴りのせいで、何が起こっているのかまるで分からなかった。だが、誰かが駆け寄って来て自分をうつ伏せにし、背中を強く押されたのを感じる。ふっと胸のつかえが取れたようになり、一気に呼吸が楽になった。新鮮な空気を胸いっぱいに吸い、げほげほと、ひたすらに咳き込んだ。

傍らの人物の手を借りて、体を起こす。

次第に視界が明るくなり、耳鳴りもおさまって来た。

ようやく小梅の視界に飛び込んで来たのは、見慣れた少年の姿であった。

「ごめん、小梅さん！」

「……雪哉？」

最後に見た時の表情とは違い、今の彼は、まるで自分を心配しているような顔で、きちんとこちらを見ていた。それどころか、小梅が瞬いたのを見て安堵の息をもらし、勢いよく頭を下げたのだった。

「なんかもう、色々とごめん。僕が悪かった。もっと早く、君を信じていれば良かった」

「我々は、君の後を追って来たのだ」

北領のどこかに向かっていると見当を付けてな、と、初音を押さえつけた青年が言った。

「事情は、もうすでに分かっている。君の母親には、朝廷が必ず責任を取らせよう。後はこちらに任せなさい。今まで、一人で辛かっただろう」

すまなかったと言われ、全身から力が抜け落ちた。

男に腕を捻り上げられた初音は、抵抗する気も起きないのか、ぼんやりと床を見つめている。

再び、雪哉を見て、小梅は不意に堪らなくなった。

「今さら、何よ！　だってあんた、あたしの言う事なんか信じられないなんて言うんだもの」

考える前に、小梅の口からは次々に言葉が飛び出した。

「うん」

それを聞く雪哉は、神妙な顔で頷くばかりである。

「今謝るくらいなら、どうしてさっきは信じてくれなかったの。あたし、誰も味方なんていないんだと思ったわ。あんたが、ずっとあたしを疑ってたんだって思ったら、全然、何にも、信じられなくなって」

「うん。本当にごめん」

謝られて気が抜けた瞬間、初音の前では、どうしても出なかった涙が出た。

「……ねえ、どうしよう。あたしのお父さん、死んじゃった」

堪え切れなくなり、小梅はその場にうずくまったのだった。

雪哉はちょっと迷ってから、恐る恐る小梅の背中を撫でた。こちらに縋る事こそしなかったが、雪哉の手を振り払うでもなく、小梅はひたすら号泣した。

若宮は小梅に気の毒そうな視線を送ると、気を入れ直したように表情を変えて、へたり込む小梅の母親を無理やり立たせた。

「さあ。あなたはこっちへ」

ここから一番近い役所は、霜原の治安維持を任された詰所である。だが、そこに行くまでもなく、すでに澄尾が兵を率いて、こちらに向かっているはずだ。

若宮が、開きっぱなしの襖の向こうを見た。長い廊下の先にある戸口には、騒ぎを聞きつけて来た野次馬が群がっている。

「誰か、縛るものを貸してくれ。それから、この女の旦那を知っている者がいたら、協力してほしい」

小梅の母を連れて廊下を歩きながらも、若宮はてきぱきと指示を出す。

そして――若宮が離れるのを待ち構えていたように、雪哉と小梅の背後で、勢いよく襖が開かれたのだった。

振り返る前に、背中に衝撃が走った。わけが分からぬまま、雪哉は板の間に転がる。自分が蹴られたのだと理解したのは、床に這いつくばった状態で、顔を上げ――凄まじい形相の男が、小梅の首に、包丁を突き付けている光景を見てからだった。

「全員、そこから動くな！」

廊下から、外に出ようとしていた若宮が足を止めた。状況を見て取り、顔色が変わる。

「あんた！」

若宮に腕を取られていた小梅の母が、目を輝かせて男を見た。

そうか。この男が、あの井戸の持ち主か！

雪哉は油断した自分に臍《ほぞ》を噛んだが、状況は何も変わらない。

小梅の足はほとんど床から浮きそうで、首にはがっちりと男の腕が巻かれている。恐怖にひきつった顔は、涙が乾いておらず、抵抗もままならない様子だった。

「無駄な事はよせ」

若宮が足を止めたまま、男に向かって慎重に呼びかけた。

「こんな真似をしても、お前も、この女も逃げられはしないぞ」

「うるせえ！」

怒鳴って、男は一瞬だけ、包丁を若宮の方へと向けた。

「初音を放して、その場に伏せろ。ちょっとでも変な真似をしてみろ、この娘の命はないぞ」

口角泡を飛ばして叫ぶ様子は、あきらかに尋常ではなかった。人質を殺して窮するのは自分なのに、この興奮状態では、本当にやりかねない。

怯えきった様子の小梅と、男。

自分を挟んで三間は離れている所に立ちつくす、若宮。

それらの位置関係を見て、雪哉はハッとした。これとよく似た事が、つい最近あったではないか。

ぐっと唇を噛みしめる若宮の腰には、愛用の太刀が吊るされている。

これなら、大丈夫。

そう思った雪哉は、若宮に目配せをした。若宮は、雪哉の考えを察したらしい。目の中に、ぎょっとしたような色が閃いた。

「待て――」

狼狽したように若宮が上げた声を、男は自分に向けられたものだと思ったのだろう。

黙れ、と叫んで、再び刃物の先が若宮へと向かったのを見て取った瞬間、雪哉は男に飛びかかった。包丁を持った方の腕に、全体重をかけてぶら下がる。

「てめえ」

「殿下、やって下さい！」

男の腕にぶら下がったまま、雪哉は若宮を振り返った。

刹那、諦めとも、覚悟ともつかない表情をした若宮は、真っ直ぐに雪哉の目を見据えたまま、流れるような動作で己の太刀を抜き、振りかぶった。

まるで、今まで何千回、何万回と繰り返して来た動作を行うかのように、滑らかな動きだった。躊躇《ためら》いはなく、したがって、太刀を振りかぶってから投擲《とうてき》するまでの所要時間は、瞬きひとつ分しか必要とされなかった。

ただし、手から刀が離れるその瞬間、手の中でくるりと、太刀の柄《つか》が回転した。

鞭《むち》のように全身をしならせて放たれた太刀は、一直線に小梅の顔面へ向かって飛んで来た。

そして、小梅の顔面すれすれ、彼女のこめかみの髪の毛を数本犠牲にした所に突き当たったのだった。

づがん、という鈍い音が聞こえた。

呻き声が上がり、小梅を押さえ込んでいた腕が緩む。

男の腕を払いのけ、小梅を庇いながら逃げようとした雪哉はしかし、背後から襟首を摑まれて、ひやりとした。

こいつは、死んでいない。ただ、刀の柄頭《つかがしら》で眉間を打たれただけだ！

まずいと思ったのも束の間、刀を放って駆け寄って来た若宮が、雪哉の襟首を摑んだ男の手を捻り上げた。男の持っていた包丁が落ち、床の上を滑っていく。腕を捻り上げた体勢から、若宮は男の体を投げ飛ばした。

若宮に突き飛ばされる恰好になった雪哉は、受け身を取り損ねて顔を打った。

目の前にちかちかと星が舞う。

呻きながらも眩暈《めまい》をこらえ、背後を振り返る。

だが、そこで雪哉が見たものは、男を押さえ込もうとする若宮でも、若宮に反撃しようとする男の姿でもなかった。

棒立ちになっている後姿は、いつの間にやって来ていたのか、小梅の母親である。

その手には、若宮によって叩き落とされたはずの、男の包丁が握られていた。

鋭く光る刃からは、真っ赤な血が滴り落ちている。

「初音、逃げるぞ」

床からもがいて立ち上がった男が、呆けたようになっている小梅の母親の手を取り、走り出した。野次馬に体当たりをし、逃げて行く二人を、しかし雪哉は止める事が出来なかった。

初音と男が去った床の上に、若宮が倒れていた。

わき腹を抱えるようにしている体の下から、音もなく、血の海が広がっていく。

「殿下……？」

答える声はない。

眉間には弱々しく皺が寄り、血の気の引いた額には、冷汗の玉が浮かんでいる。

「――殿下！」

雪哉は悲鳴を上げた。

外から、駆けつけた兵士達の足音が聞こえてきた。

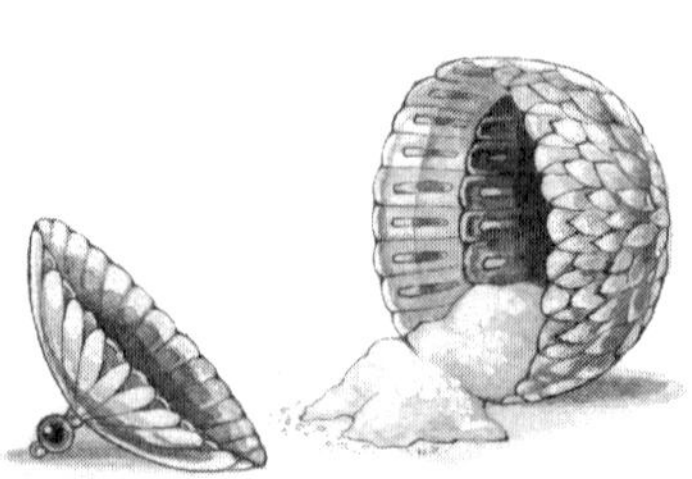

第六章 不知火

篠突《しのつ》く雨の音は重い。

暗闇の中には雷鳴が轟《とどろ》き、光が閃《ひらめ》く度に、庭先で濡れそぼつ兵たちの姿を照らし出していた。

意識を失った若宮は、応急処置をされた後、霜原に程近い北家本邸へと運び込まれていた。

若宮の身分を知って仰天した北家の者は、お抱えの医《くすし》を呼び、ただちに治療に当たらせた。

若宮の眠る離れの一角には、今も人が出たり入ったりと慌ただしい。

その様子を、雪哉はただ眺めていた。

部屋の中央に寝かされた若宮の顔は真っ白で、本物の雛人形のようである。

腹に当てがわれた布に滲む鮮血の色だけが、若宮が生き物である事を訴えている。

飛び交う怒号に、走り回って治療に当たる医達。

かろうじて、彼らの邪魔にならぬようにするだけの配慮は残っていたが、自分が何をしたら良いのか、雪哉はまるで分からなかった。

医達の出入りに支障のない濡れ縁に出て、簀子《すのこ》の端で膝を抱える。

肌寒いくらいの気温なのに、不思議と、寒さは全く感じなかった。

日暮れとともに降り出した雨は、にわか雨ではなかったらしい。夜が更けるに従って、雨足は激しくなっていった。そんな中、離れに面した庭に、何羽かの馬が乗りつけて来た。

激しい雨に紛れ、最初、それが何者か見えなかった雪哉も、馬から飛び下りるなり、こちらに駆け寄って来る者の姿を見て、小さく喘《あえ》いだ。

「浜木綿さま……」

そして、浜木綿の背後に続いているのは、長束だ。

二人は雪哉には目もくれず、若宮のもとへと駆けて行った。

しばし、切迫した声の応酬が室内で行われる。

やがて一人、蹌踉《そうろう》とした足取りで出て来た長束は、力なく階《きざはし》に腰かけ、顔を俯《うつむ》けた。それを見た澄尾は、堪らなくなったように庭から走り寄ると、地面に膝を突き、長束に向けて深く頭を下げたのだった。

「全て俺の責任です！　本当に、弁解のしようもございません」

あれ程あなたから言われていたのに――と、悲痛な懺悔《ざんげ》がその場に響く。しかし、それを受けた長束の顔は、この世の終りを見たかのように生気がなかった。

「……謝られても、仕方がない。あれが死んだら、何もかも終りだ……」

長束は堪え切れなくなったように、両手で顔を覆った。

――逃亡した小梅の母と男は、あの後、駆けつけて来た澄尾達によって、すぐに捕えられていた。澄尾が到着するまで、時間にしてみれば、あとほんの少しだったのだ。

雨の中で途方に暮れる男達に気付いたのか、浜木綿も外へと出て来た。

何と声をかけたら良いか分からない雪哉の前で、浜木綿は裸足のまま庭に下りた。そして、地に伏す澄尾の胸倉《むなぐら》を無造作に掴み上げると、その横っ面を殴り飛ばしたのだった。

泥水を撥《は》ね飛ばし、澄尾が無様に倒れ込む。

そんな澄尾を見下ろす浜木綿の目は、しかし、怒っても嘆いてもいなかった。

「お前には、あいつの傍を離れ、護衛の任を疎《おろそ》かにした責任がある。今のはその罰だ」

そう言った、浜木綿の態度はあくまで冷静だった。

「――だからこれ以上、馬鹿な事は考えるんじゃないよ」

「桜の君」

地に倒れ伏したまま、何も言わない澄尾と義妹を見比べて、長束は狼狽した声を上げた。そんな長束の態度を馬鹿にするように、浜木綿は大きく鼻を鳴らす。

「長束。あんたが、今にも死にそうな顔をしていてどうする。こんな時こそ、やるべき事は山のようにあるだろうが。そんな顔をしていても、あの男の容体は良くなりゃしないんだよ」

そう言うと浜木綿は、長束の頬をぺちぺちと叩いたのだった。

「どうせ、なるようにしかならないんだ。絶望している暇があるのなら、その分しっかり働くんだね」

浜木綿のあまりに割り切った態度に、少しの間、長束は押し黙った。

「……ああ、そうだな。確かに、あなたの言う通りだ」

きっと、奈月彦《なづきひこ》も同じ事を言うのだろうなと呟いて、長束は溜息を吐く。

次に顔を上げた時、長束の表情には、毅然とした色が戻っていた。そのまま、何か変化があった時には報せを寄越すようにと言って、初音の取り調べの行われている牢屋敷の方に向かったのだった。

澄尾もよろよろと立ち上がると、周辺の警護へと戻って行った。

その後姿を見送りながら、だが、本当に悪いのは澄尾ではないと雪哉は思う。

確かに、澄尾が駆けつけて来るのは、わずかばかり遅かった。澄尾が駆けつけて来るまでのわずかな時間。ほんの少しだけ我慢出来ていれば、このような事態にはならなかったはずなのだ。

その、ほんの少しの我慢が出来なかったのは、他でもない雪哉だった。

「……殿下が刺されたのは僕のせいです」

浜木綿に向かい、雪哉はぼそりと告白した。

「僕が、状況を見誤りました。若宮ならば、一撃であの男を殺せると思ったんです」

だが、若宮は男を殺さなかった。その結果、隙が出来たところを、小梅の母に刺されてしまったのだ。

「澄尾殿にも責任はあるかもしれませんが、直接の原因を作ったのは、僕です」

しかし、雪哉をちらりと横目で見た浜木綿は「気にするな」と静かに答えただけであった。

「事情は聞いている。お前の言う通り、若宮があの男を殺していれば、このような事態にはならなかっただろう」

　お前の判断に間違いはなかったと、ひそやかな口調で浜木綿は告げた。

「こうなってしまったのは、私達が真の金烏《きんう》について、お前に隠している事があったからだ」

「隠している事……？」

　どきりとして顔を上げれば、浜木綿はまっすぐに、こちらを見ていた。

「あの男はな、雪哉。八咫烏を殺す事が出来ないのだ」

　意味が分からず、雪哉はぽかんと浜木綿を見返す。

　真の金烏の妻となった女は、根気強く繰り返した。

「あいつは、真の金烏は、八咫烏を殺せない。たとえ、何らかの必要性があって殺さなければならない状況にあっても、奈月彦にはどうしてもそれが出来ない」

　そういう生き物なのだと言い切った口調には、どこか諦観が混じっていた。

「よく、分かりません」

　正直に言えば「それ以上は、あいつ自身の口から聞かせてもらうんだね」と苦笑される。

「まあ、心配するな。そう簡単に死ぬ奴じゃないから。すぐに、けろっとした顔で戻って来るさ」

　そう言って、若宮のいる離れを見やった浜木綿の目の中には、同時に、最悪の事態への覚悟も見て取れたのだった。

＊　＊　＊

捕まった初音は、北家本邸に付設された、領司《りょうじ》の牢屋敷に身柄を拘束されていた。

領司は、本来ならば領内の政治を司る役所である。初音の本格的な取り調べは朝廷に戻ってからとされていたが、護送の手立てが整うまでの間も、駆けつけて来た中央の担当官が、初音から話を聞き始めていた。

長束がそれに加わった時、初音は大人しく取り調べを受けていた。

取り乱すでも、言い訳をするわけでもない。ただ淡々として質問に答える様子はどこか不自然で、初音の心境が一切窺い知れなかった。

初音の話によると、やはり、小梅の父が猿の件に関ったのは、佐座木《さざき》が初めてだったのだそうだ。

娘に苦労をかけている事を心苦しく思っていた治平は、自分を捨てた妻からの儲け話にも飛びついた。ただし、娘が妻を許していないのは知っていたから、仕事の詳細は、娘には伏せたままだったのだ。

最初は、中央から遠く離れた家に、届け物をするだけの仕事と聞かされていたらしい。佐座木での猿の凶行に「話が違う」と泣きついたが、「娘の事を思え」と言って、金を握らせて黙らせた。

それまで行っていた井戸の管理を治平に任せ、初音達が霜原に引っ越して来たのもその頃だ。仙人蓋の売買を不用意に行わせたのも、それまでの自分達の罪を、全て被って貰うためだったと言う。

治平は根性なしで、しかも、頭の出来も悪かった。初音の言いなりに動いたし、強要せずとも勝手にこちらを庇おうとするのは分かっていたから、別に、そのまま捕まってしまって構わなかったのだ。

だが、朝廷よりも先に、地下街が動いた。

治平は、栖合《すごう》を最後にこの一件からは手を引き、中央から出るつもりで、小梅を北領へと連れ出していた。あとはほぼ、手紙にあった通りであった。

猿に手を出されないよう、栖合の襲撃の間、治平はずっと眠らせた小梅の横にいた。しかしそこに若宮と雪哉が現れたので身を隠し、小梅が連れ去られた直後に、助けを求めて初音達のもとへ駆け込んだ。だから、しばらく治平を霜原で匿《かくま》い、官庁へ突き出す時機を見計らっていたのだ。

そんな中、小梅が地下街に引き渡されるという噂が広まった。

「別に、あの手紙はあたしが無理矢理書かせたものじゃないわ。本当に、治平が自分から書いたものなのよ」

本当に馬鹿な男、とほつれた髪をそのままに、初音は切なく笑った。

「でも、そうね。小梅はひとつ勘違いしているわ」

小梅は、治平が元妻を庇おうとした理由を「まだ初音が好きだったから」と言った。だが、実際は違うのだと初音は言う。

「あの男がああまでしてあたしのことを隠そうとした本当の理由はね、娘に、血を分けた実の母親がこんな酷い奴だと、知られたくなかったからなのよ」

あの時点で、治平が猿を引き込んだのは、周知の事実とされてしまっていた。この上、父親だけでなく母親までが八咫烏を裏切ったのだと知れば、小梅は何と思うだろう、と。

「……治平の奴が愛していたのは、あくまで小梅であって、あたしではないもの」

初音は、嘲笑するように吐き捨てた。

「父親として、あいつが小梅を愛していたのは、間違いなかったと思うわ」

あたしはそれが羨ましかった、と初音は絞り出すような声で言った。

「あたしはね、父親の借金を清算するために、ごろつきどもに犯されたの。まだ十三歳の時よ」

だが、自分を売り飛ばした父親を泣きながら詰《なじ》った時、こう言われたのだ。

「『抵抗出来ないお前が悪い』って」

笑っちゃうでしょ、と初音は痛々しく笑った。

父親は、親になってはいけない類の八咫烏《にんげん》だったのだと初音は思っている。

母親は初音が物心つく前に死んでいたから、今から思えば、本当に自分と血が繋がった父親だったのかもあやしかった。だが、あの男は父親として娘を売り、そしてそれを、悪びれる事さえしなかったのだ。

「何度も、あいつの飲み代のために体を売らされたわ。逃げた事もあったけど、あいつはどこまでもあたしを追って来た。どれだけ頑張っても、どれだけまっとうに生きようと頑張っても、あいつがいる限り、あたしはまともにはなれなかった」

だから、父親が死んだ時は、心底ほっとしたのだ。

冬空の下、酒に酔っ払ったまま眠った父親を、放っておいたのは自分だった。翌朝、目を覚まさなかった父親に、ようやく自分は自由になったのだと思った。

その後、真面目に働き、きちんとした水売りの家の男に見初められ、妻になった。

小梅は、自分を金にしか興味のない女だと言っていたが、それは違うと初音は訴えた。ようやく手に入れた、水売りの妻という立場。それだけに固執《こしつ》していたわけではなく、最初は苦労の末に手に入れた家族を、初音は初音なりに大切にしようと思っていたのだ。

だが、娘が生まれてみると、夫は初音よりも、小梅を愛するようになってしまった。

親としては当然かもしれなかったが、初音にはそれが許せなかった。

初音が憧れていたのは、お金持ちの妻という身分よりも、自分を一番に愛してくれる男の存在だった。だがそれを、娘はいとも簡単に奪って行ったのだ。

「あの子は、あたしを母親と思った事がないと言っていたけれど、あたしだって、あの子を娘と思えた事なんか一度もないわ。あの子はまるで、あたしの分身だった。幸せになれたかもしれない、幸運な、あたし自身の姿よ」

それなのに文句ばかり訴える、甘ったれた、幸せな子ども。

羨ましくて可愛くて、いつだって、くびり殺してやりたいくらい憎かったのだ。

――だから、そうなる前に小梅を捨てたのが、自分なりの愛情だったと初音は言う。

「あたしには、誰にも愛してもらった記憶がない。だから、普通に愛してやりたいと思っても、その方法が分からなかったのよ」

そして、自分から娘へと心変わりした夫は、初音にとっては裏切り者に他ならなかった。

「もし、お前と新しい夫の間に子が出来て、夫が子の方を愛するようになったら、どうするつもりだったのだ？」

「……そうなったら、仕方ないわ。別れるだけよ。あたしを一番に思ってくれる人じゃなきゃ、一緒にいる意味がないもの」

担当官の言葉に答えた初音の表情には、寂しい諦めが見て取れた。

「あんた達が言いたい事は分かっているわ。きっとあたしも、親になってはいけない類の八咫烏《にんげん》になっちゃったのよね」

もし、たった一言でも、父親が自分を気遣うような言葉を掛けてくれたら、自分は娘を愛してやれたのだろうか。もし、夫が娘よりも自分を愛してくれていたら、自分は母親として、娘に接してやれたのだろうか。

いくら考えても分からない。

だが、初音の言い分を聞けば、きっと他人はそれを甘えだと弾劾《だんがい》するだろう。可哀想なのは捨てられた夫や娘である。そして、初音自身がどんなに悲惨な境遇で育ったからと言って、それは、八咫烏を猿に売る言い訳には到底なり得ないのだ、と。

そんな事は分かっていた。

「でも、こうするしかなかった。あたしは、あたしを愛してくれる今の夫との生活を、どうしても守りたかったんだもの。そのために、必要だと思う事をしただけよ。他に方法がなかったんだから、仕方ないわ」

全く悪びれない初音を前にして、黙って話を聞いていた長束は、初めて低い声で問いかけた。

「……貴様は、自分のした行為を、何も反省していないのか」

長束は、官吏に勧められても絶対に座ろうとせず、壁際に立ったままであった。怖い顔をして問いかけて来た偉丈夫《いじょうぶ》を見上げると、初音は声を上げて笑った。

「馬鹿ね！　今ここで後悔するくらいだったら、最初からこんな事していないわよ」

あたしは自分が何をしたか、きちんと分かっているわ、鈴を転がすような声で、初音は長束を翻弄する。娘とそっくりな、ちょっとだけ目じりの吊り上がった目を猫のように細めて、初音は長束に微笑みかけた。

「逆に聞くけれど、どうして、あたしが申し訳ないと思わなければいけないの？　結局、誰もあたしを助けても、憐れんでもくれなかった。裏切り者だと、あたしを罵《ののし》る権利なんて、あんた達にはないわよ。仲間だと思う義理なんて、これっぽっちもあたしにはないんだから」

どこであたしが野垂れ死にしたって、可哀想にと言いながら、内心では自業自得と嘲《あざけ》るに違いない。まっとうに生きられなかった、彼女自身に罪があるのだと言って。

「きっとあんた達は、仲間を売った裏切り者だと言って、あたしを殺すのよね」

それでも良いわ、許してあげると、静かに笑みを浮かべた初音の頰を、音もなく、ひとつぶの涙が伝い落ちた。

「……あたしもあんた達みたいな境遇だったら、きっと、同じように言えたと思うから」


後の事は担当官に任せ、長束は初音のいる部屋を出た。

雨で冷やされた空気が、息苦しい胸の奥にすっと入り込んで来る。

暗闇の中、外に面した廊下には、扉を守る兵とともに、路近の姿があった。

「どうも、お疲れさんです」

おそらくは、扉越しに初音の声を聞いていたのだろう。むっつりとした長束を見て、護衛は軽い調子で声をかけて来た。長束は、路近の軽薄な態度に嫌気が差しながら、一瞬だけ扉の向こうに視線を向けた。

「駄目だ。私には、これっぽっちも理解出来ん」

話を全て聞き終えても、何一つ、長束には初音の気持ちが分からなかった。

「あの女と同じような境遇でも、まっとうに生きている八咫烏は大勢いる。それなのに、どうして自分の不幸が、免罪の理由になると思えるのか。同じ境遇の者が、全員あのような怨みを抱いているのなら、私は恵まれない山烏《やまがらす》を、一人残らず処分しなければならなくなる」

大勢の八咫烏を猿に売っただけでも許されないのに、彼女はあろう事か、真の金烏さえ殺そうとしたのだ。本当に可哀想なのは猿の犠牲になった者達であり、彼女に刺された奈月彦だった。

それを言うと路近は、物々しく首肯した。

「ええ、そうですとも長束さま。あなたのおっしゃっている事は、何一つ間違ってなどおりません」

「当然だ。お前に賛同を得るまでもなく、それは明らかなのだ」

思い違いなどしていない、と自分の言った言葉を何度も反芻《はんすう》しながら、長束はぎろりと路近を睨みつけた。

「だから――そのしたり顔を、今すぐ止めろ！」

不愉快だと吐き捨てても、路近は表情を変えなかったし、長束の気持ちは一向に晴れなかった。

初音にかけてやる憐憫《れんびん》の情は、一片たりともない。それは本当である。そもそも、加害者と成り果てた彼女を憐れんではいけないのだと、長束は半ば本能的に理解している。

初音はおそらく、むごたらしい形で処刑される事になるだろう。それも当然であり、正しい帰着のあり方だ。

――全て、彼女の自業自得だ。

ふと脳裏に浮かんだ言葉に、思わず己らしからぬ舌打ちが漏れた。

長束は路近を引き連れ、初音達を朝廷に護送する準備のため、牢屋敷に背を向けたのだった。

＊　＊　＊

その夜は雪哉にとって、今まで生きて来た中で、最も長い夜となった。

夜半になってから、医《くすし》は、黙って部屋の隅に控えていた浜木綿に向かって頭を下げた。自分に出来る事はもう何もない。最大限の手は尽くした。後は、若宮が目覚めるか否かだけである、と。

それを聞いた浜木綿は頷いて、ただ一言、「ご苦労だった」とだけ言って、医を労《ねぎら》った。

戸口の隙間から中を見れば、若宮は清潔な敷布の上で、力無く横たわっていた。

枕元には、浜木綿が静かに寄り添い、夫の顔を見下ろしている。

雪哉はそれ以上見ていられなくなり、戸口から体を離した。だが、目を背けたからといって、他に逃げ場所があるわけでもない。やはり、先程と同じように部屋の外壁に背を預けて、若宮の目覚めを待つしかなかったのだった。

おそらくは、雪哉と同じような心持ちだろう澄尾も、今となっては遅いとも思える護衛に徹して、周囲を警戒して回っていた。

そうしているうちに雨足が弱まり、やがて夜が明けた。

雲の向こうで朝日が昇ったのか、空が、白く鈍い光を孕《はら》むような色になっている。

ぼんやりと外を眺めていると、急に、部屋の中が騒がしくなった。

もしや、と飛び跳ねるように体を起こすのと同時に、閉じられていた引き戸が、勢い良く開かれた。

「若宮殿下がお目覚めになったぞ！」

医の助手の大声を聞いて、隣室で息を凝らしていた面々は、わっと歓声を上げた。血を失い過ぎたせいか、本人はまだぼんやりとしているが、ここまでくれば、もう心配はないという。報せを受けた女房達はすぐさま動き始め、北家に仕える男達が、あちこちに吉報をもたらすために転身し、雨上がりの空に飛び立って行った。

助手の声を耳にしてすぐ、澄尾は全速力で離れへと駆け込んで行ったが、雪哉はどっと力が抜けてしまい、その場でずるずると壁にもたれかかった。

——神様。

初めて雪哉は、存在をろくに信じてもいない山神に、心の底から感謝を捧げたのだった。


若宮が目覚めた後も、浜木綿は面倒な朝廷関係の一切合財《いっさいがっさい》を、長束と真赭《ますほ》の薄《すすき》に丸投げした。とはいえ、自分も床上《とこあ》げ前の若宮を煩《わずら》わせないよう、陰で指示を出しながら、普段の姿からは考えられないくらい甲斐甲斐《かいがい》しく、若宮の看護に励んだのである。

話があると雪哉が呼び出されたのは、若宮が目覚めてから二日後の、夜の事であった。

若宮に付きっきりだった浜木綿とは逆に、雪哉はこの時まで、ずっと若宮の顔を見ずに過ごしていた。かと言って、全然違う場所にいるわけでもなく、いつも若宮のいる部屋の周囲で、何をするでもなくぼうっとしていたのだ。長束に檄を飛ばした時と違い、浜木綿はそんな雪哉を見ても、叱りつけたりはしなかった。

四六時中、当然の顔をして若宮に付いていた浜木綿であるが、雪哉が来たのを見ると、心得た顔で若宮の部屋から出て行った。

総力を挙げて治療に当たっていた時は離れを使っていたが、今現在若宮は、賓客用の客間へと移っていた。人払いをしたのか、浜木綿がいなくなってしまうと、室内には若宮と雪哉の二人だけとなった。

微妙に視線を逸らし、雪哉は床框《とこがまち》に活《い》けられた、ほたるぶくろを眺めながら正座した。

「心配をかけたな」

約三日ぶりに相対した若宮は、けろりとした顔をしている。

とは言え、その顔色は未だに白く、布団から体を起こした状態での会話である。

「どうぞ、横になって下さい」

促《うなが》せば「では、そうさせてもらおう」と言って、あっさりと横になる。当然だが、やはりまだ本調子ではないのだろう。

「浜木綿に聞いたか」

真の金烏の正体の件だと察して、雪哉は無言で頷いた。

「あなたは、八咫烏を殺せないと」

「そうだ。黙っていたせいで、お前には、無用の心労をかけてしまった」

だが、忠誠を誓っていない者に、それを言うわけにはいかなかったのだと若宮は真顔で告げた。

「話というのは、その事だ。お前には、真の金烏というものが何なのか、承知してもらった方が良いと思ってな」

黙って顔を上げた雪哉に、若宮は静かに口を開いた。

「長束は私を、『山内の救い』だと言っている」

唐突な言葉に目を瞬いた雪哉に、長束がと言うよりも、宗家ではそう伝えられている、と言った方が正しいかもしれないと若宮は続けた。

「真の金烏が生まれた時代には、必ず山内に災厄が訪れている。旱魃《かんばつ》、大水、流行り病。今の朝廷では『真の金烏が生まれたから、そういった災厄が起こる』とされているのは、お前もよく知っているだろう」

だが実際は、その逆なのだ。

「逆……？」

「うん。真の金烏が生まれたから、災厄が起こるのではない。災厄が起こる時、それに対処するために生まれるのが、真の金烏なのだ」

日照りや大雨などは、ただの八咫烏では対処出来ない禍《わざわい》である。

天災、あるいは病の蔓延《まんえん》などによって、八咫烏という種が存続の危機に立たされた事が、山内の歴史では何度かあった。そんな時に決まって現れるのが、その時々の危機を打開するための力を持った能力者――すなわち、真の金烏なのである。

日照りの時には、雨乞いの力を持った金烏。大水の時には、治水の力を持った金烏。流行り病の時には、癒しの力を持った金烏が宗家に生まれている。

「宗家の血には、多分、そういった力の因子が流れているのだろう。山内における、種としての八咫烏を残そうとする意思、とでも言うべきか。それが顕著に現れた形が、真の金烏なのだ」

だから、力が表出した者は真の金烏として実権を握り、それ以外の者は、真の金烏を守るために全力を尽くす体制が整えられた。そもそも、宗家の役目は『真の金烏を守る事』であり、山内を統治する事ではなかったのだ。

宗家の直系長子としての教育を受けた長束が、権力に執着しなかったのはそのためだった。仮に、真の金烏を無視して権力を握ったとしても、いずれ、力を持たないただの八咫烏である長束では、どうしようもない災禍《さいか》がやって来ると分かっていた。

この時代に『奈月彦』という真の金烏が生まれたからには、何事もなく太平の世が続くわけがないと、長束は承知していたのだ。

「正直、私自身にも、真の金烏がどういった仕組みで生まれるのかは分からない。だが真の金烏が、『大山大綱』の規定通りの存在である事だけは確かだ」

　――金烏とは、八咫烏全ての父であり、母でもある。如何なる時も、慈愛をもって我が子たる民の前に立たねばならぬ。如何なる困難を前にしても、民を守護し、民を教え導く者であらねばならぬ。金烏とは、八咫烏全ての長である――


「じゃあ、あなたは」

　雪哉は、からからになった喉から、かろうじて声を絞り出した。

「あんたは金烏になろうとしていたわけじゃなくて、本当に、生まれた時から金烏だったのか……」

　そうとは知らず、真の金烏は宗家の方便だと思っていたから、雪哉は若宮が本当に望んでいるのは、権力だと信じ込んでいた。思えば自分は、随分と酷い事を若宮に言っていたものだ。

　唇を震わせる雪哉に対し、若宮は困った顔をした。

「気にするな。お前がそう考えるのも致し方ない」

「しかし！」

「本当に、気に病む必要はないのだ。私にはそもそも、心が無いのだから」

　何でもない事のように告げられて、雪哉はしばしの間、何も言えずに若宮を見つめ返した。

「……それは、どういう意味です」

　かすれた声で発した問いに、若宮は小さく首を傾げる。

「特別な力を得たがゆえの、代償とでも言うのかな」

たとえどんなに強く、特異な力を持っていたとしても、力を使う者の心が私利私欲にまみれていたら、それは本当の君主とは言えない。

金烏を金烏たらしめているのは、山内の綻びを繕う能力でも、夜に転身出来る能力でもない。どんな状況、どんな立場に置かれようとも、第一に山内の民の事を考えるという魂ゆえなのだ。

「だから私には金烏《くんしゅ》としての自我はあっても、八咫烏《にんげん》としての心がない」

何か思い出したのか、ふと、若宮は苦笑を洩らした。

「そう言えば以前、母親が子どもに『自分がされて嫌な事を他人にしてはいけない』と言うのを聞いて、途方に暮れてしまった事があったな。私はそれまで、個人的に何かをされて嫌だとか、困るとか、感じた経験が無かったから」

だから、相手の気持ちを経験則から想像は出来ても、本当の意味での共感は出来ないのだとこの男は言う。

ふと、視線を雪哉に向けて、若宮は困り顔になった。

「きっと、気付かぬうちに、お前にも不快な思いをさせてしまった事があったのだろうな」

すまなかった、と申し訳なさそうに言われて、雪哉は泣きそうになった。

「……何ですか、それ。そんな馬鹿な事が、あり得るはずがありません」

「そう言われても、本当なのだから仕方ない。私が八咫烏を殺せないのも、おそらくはこれが原因だ」

我が子を殺す親はいない。少なくとも、大山大綱ではそういう規定になっているため、若宮は、たとえ自衛のためであっても、八咫烏を殺す事が出来ない。本当は、若宮を殺そうと思ったら、複雑な陰謀は何一つ必要ないのだ。たとえ親しい者でなくても、八咫烏を人質に取られてしまえば、若宮はあっけなく死ぬしかない。

真の金烏は、本来、自分が守る対象であったはずの八咫烏に対して、あまりに無防備だった。山内の変事には神がかった勘の良さを発揮する一方で、八咫烏からの攻撃にはめっぽう弱い。だから長束や澄尾は、若宮の身の安全に、人一倍過敏になっていたのだと、ようやく雪哉は理解した。

「じゃあ、あなたは全然、何の感情もないと言うのですか。何をされても、何も感じないと？」

問いかけに「そうだ」と言いかけて、ふと、若宮は瞳を揺らした。

「いや……実際、どうなのだろうな。本当のところ、自分でもよく分からないのだ。よしんば個人的な感情があったところで、私にはそれを感知するすべがないから」

きっと、金烏の意思と外れた感情を持ったところで、それは若宮自身が自覚する前に、なかった事になるのだろうと言う。あったとしても奈月彦の自我は、金烏の意思に触れればあっさり溶けて無くなるような、薄っぺらい、濡れた紙きれみたいなものだった。

「だったらあなたは、自分の心があるのに、金烏としての意思に塗りつぶされているって事じゃないですか」

「そうだったとしても、仕方ない」

「仕方ないって」

「だって私は、黄金の烏《やたがらすのおさ》だもの」

仕方ない、と硝子《がらす》玉《だま》のような目をして、若宮はただ繰り返したのだった。


若宮の部屋を出た雪哉は、口元を覆って、ふらふらと廊下を歩いた。

頭が、ただひたすらに痛かった。真っ白い空気のかたまりが胃の腑から込み上げてくるような、奇妙な吐き気もする。

仕方ない、と繰り返した時の、若宮の目が網膜にこびりついて離れなかった。

無神経だ、冷血だとさんざん言われている若宮は、しかし、時々信じられないくらいに八咫烏《にんげん》らしく笑うのを、雪哉は知っている。

もし、雪哉の想像通り、若宮に心が無いのではなく、個人としての心を殺さざるを得ないのだとしたら、それは彼にとって、よほど辛い生き方なのではないだろうか。

「お前の感じている事は、正しい」

唐突に声を掛けられて、雪哉はぎょっと身を竦《すく》ませた。

振り返ればそこには、置行燈《おきあんどん》にぼんやりと照らし出された、浜木綿がいた。群青色《ぐんじょういろ》の薄い単の上に、深い青の流水紋様の入った、裏地の赤い羽織りをまとうその姿は、どこか幻想的で現実感がない。

まるで心を読まれたような言葉に戸惑っていると、浜木綿はとんとんと、自らの頬を指先で軽くつついて見せた。

「顔に『信じられない』って、書いてあるよ」

思わず頬に手をやると、声を立てて笑われてしまった。

「浜木綿さまは、若宮殿下をどう考えておられるのですか」

構わずに問えば、そうだねえと笑いをおさめ、若宮の妻は、美しく整えられた庭園の方へと視線を向けた。

「……取りあえず、あいつに個人としての心がないってのは、絶対に嘘だと思っているよ」

「嘘」

「お前だってそう感じているからこそ、あいつの話を『信じられない』って思ったんだろう？」

からかうような笑いを含んだ瞳に、ふと、胸につかえていた重いものが消えたのを感じた。

晴れているのに、水の匂いのする夜である。

この時になって初めて雪哉は、外から、蛙の鳴き声がしていると気が付いた。一度意識を向けてしまえばうるさいくらいの大合唱なのに、今まで、全然耳に入って来なかったのが不思議だった。

「殿下には――」

「個人としての、奈月彦としての心がある。それは、間違いないと思う。だが、あいつ自身が言っているように、それを、本人だけは知覚する事が出来ないのだろう」

可哀想な奴だ、と浜木綿はため息を吐いた。

「アタシ達は、少なからず好き嫌いの感情で八咫烏《にんげん》を見ている。だけど、あいつにはそういった基準を設けられないから、色々と誤解を生んじまう」

若宮は、自身の正室を選ぶ際に、何度も言っていた言葉がある。

自分は、妻になったからといって、その人を特別に思うわけではない。恋をしているわけでもない。政治的に必要になれば、切り捨てる事に何の躊躇《ちゅうちょ》もしない。それでも、私の妻になるつもりはあるか、と。

「それで、何て冷淡な男なんだろう！　って、真赭《ますほ》の薄《すすき》なんかは怒ってしまったみたいなんだけどね。あいつからすれば、それ以外に言いようがないわけだ」

真の金烏として、民は平等に愛さなければならない。

でなければ、君主として正しい判断は下せない。愛しても、特定の誰かに思い入れをする事は厳禁だ。だから「誰かを特別に想う」といった感情は、若宮には最初から許されていなかった。

「だからと言って、若宮がアタシ達を何とも思っていないかといえば、それも違う。奴は、あくまで平等に、八咫烏全てを愛しているだけなんだよ」

たとえ、私欲から他人を犠牲にした者でも、若宮を害そうとしている者でも、八咫烏である時点で、若宮にとっては最も愛すべき存在になる。

本当に、誰一人として、特別扱いをしないだけなのだ。

「だから、たとえ自分を殺そうとしている奴が死んだとしても、あいつは、アタシ達が最も大切な人を失った時と、同じだけの悲しみを味わわなければならない」

――可哀想な奴だよ。厄介で、可哀想だ。

再び吐き捨てるように言って、浜木綿は俯いてしまった。

「それなのに、朝廷の連中にはそれが分からない。真の金烏が何なのか説明したところで、今のあいつらには、若宮を殺すのには人質が有効だって事しか、伝わらないのは明らかだ」

私は、それが悔しくてたまらない。

振り絞るように言った彼女を見ているうちに、若宮が、浜木綿を妻として選んだ理由が、なんとなく分かった気がした。

恐らくこの女《ひと》には、随分と前から、若宮の本質が見えていたのだろう。だからこそ、若宮を理解し、憐れみ、同時に愛する事が出来たのだ。

束の間の沈黙の後、不意に顔を上げた浜木綿は、鋭い眼光で雪哉を射抜いた。

「あいつ自身がそれを自覚出来ないからといって、あいつは、何も感じないわけではない」

それを肝に銘《めい》じておけと厳しく言われ、雪哉は姿勢をただし、真面目な面持ちで頷いたのだった。

「雪哉。不知火《しらぬい》を見に行こう」

唐突に寝ているところを叩き起こされて、雪哉は、一瞬それが若宮だとは、気付けなかった。

この調子なら、と医《くすし》にも了解を得て、明日には中央に帰ると決まった夜の事である。早目に体を休めるように言われ、早々に寝床に入ったはずの若宮が、どうして今、雪哉の布団を引き剝がしているのだろうか。

「不知火って……」

「最近、よく見えるようになったと聞いただろう？　どうやらこの近くでも見えるらしいのでな。先程確認したら、ちょうど今、見えているらしい」

「病み上がりなのに、夜風に当たるのは」

「もう平気だ。それに、お前にも一度見せておきたい」

その言い回しに、何か理由があるのだと分かった。若宮の背後では、少し離れた場所で、澄尾が控えていた。警備は大丈夫なのかと視線で問えば、深く頷かれたので、雪哉も素直についで行く事にした。

澄尾と、山内衆のうち信用出来る者を連れて向かった先は、この間行った所とは違う山寺の、瑞垣《みずがき》の中であった。前回の訪問で、若宮はここの『綻び』を繕っていなかったらしい。夜の森を歩きながら、雪哉は主の体を心配していたが、若宮は平然としたものである。

以前と同じく、ふわふわとした酩酊感《めいていかん》を感じ始めた頃、一行は、高い崖の上に出た。

森を抜け、視界がひらけた瞬間、崖の向こうに見えるものに、雪哉は大きく息を吞んだ。駆け寄って断崖の端に立てば、崖下から吹き上げてきた風が、前髪をさらっていく。体に付きまとう闇の向こう、本来ならば黒い山並みがあってしかるべき所に、今まで雪哉が見た事のない光景が広がっていた。

――そこには、星が堕《お》ちていた。


眼下に広がる平地には、燦然《さんぜん》と輝く星々が、いっぱいに散らばっていたのだ。

ごちゃごちゃとした煌《きら》めきが、白く、黄色く、赤くびっしりと裾野を覆っている。

時に点滅し、動き、色の変わる、夥《おびただ》しい程の無数の明かり。

炎でも、鬼火でもない事は明白だった。

綺麗だった。とても綺麗で、同時に、雪哉はそれをおぞましいと感じた。

不吉だったのだ。

星は、空にあるからこそ星なのである。こうして見ると、暗闇を侵食するあの光は星というよりも、畑の作物を食い荒らす、害虫の目玉のように見えた。

一面にびっしりと散らばる光のせいで、逆に、空にある本物の星は見難くなっている。

頭上に月は出ていたが、地上に落ちた星のせいで、その明るさは生ぬるく感じられた。

ここは、雪哉の知っている夜ではなかった。

「あれは……」

「人間界の夜景。不知火の正体だよ」

山内の綻びを縫わずに放置しておくと、たまに見えるのだと言う。

ごらん雪哉、と声をかけて、若宮はその明かりを指差した。

「あの光のひとつひとつの下に、人間達が暮らしている。不知火の正体は、人間の使う照明だ。そして、あの光はね、徐々にこちらに近付いて来ているのだ」

今回の一件に際して行われた調査で、この不知火が、山の端のほぼ全域で、以前よりも頻繁に見えるようになっているという報告が上がって来ていた。また、猿に襲われたわけでもないのに、存在そのものが確認出来なかった集落も、山の端近くでたくさん見つかったのだ。

朝廷はそれを、書類手続きを怠ったがゆえのものとして判断した。数十年前にあった村が、若者が中央や他の地域に出ていったために廃《すた》れ、消えていっただけであると。

だが、自然に消えたと思われているこれらの村は、おそらく、近付いて来た人間界に飲み込まれたのだろうと若宮は言った。

山の端から、山内には決して入れない。

その理由は、外界から見れば山内という存在が、消えて無くなりつつあるからかもしれないと若宮は告げた。

「この時代に金烏《わたし》が生まれた理由も、おそらくはこれだ。山内の崩壊を食い止めるための力、綻びを繕う力を持って、私はこの世に生を受けた。今になって猿どもが侵入して来たのも、多分、無関係ではないと思う。全体として、山内を守る力が弱まっているのだ」

だから、山内はあちこちで綻び始めているし、今までなかった猿の侵入を許してしまった。

幸い今回の侵入経路は閉じる事が出来たが、根本的な原因が山内の崩壊にある以上、今後も、猿が山内に侵入して来る事態は大いに考えられた。

もし、猿と交戦する時が来たら、若宮は八咫烏を守る者として、戦いの最前線に立ち続けるのだろう。たとえ、常に自分の命を狙う連中が、守るべきものの中に含まれているとしても。

美しく、おぞましい夜景を見つめていた雪哉は、視線を動かさないまま呟いた。

「真の金烏は、山内を守るために存在しているのですよね」

山内全てを。つまりは、雪哉が守りたかった故郷を。

若宮は雪哉を見ると、ゆっくりと瞬き、慎重に口を開いた。

「真の金烏は、八咫烏全ての親だ。つまりは――そういう事だ」

雪哉はしばらく黙って夜景を見ていたが、ややあって、若宮の方を向いた。若宮の薄紫の着物の合わせ目からは、未だ痛々しい白さの包帯が覗いている。

雪哉は、覚悟を決めた。

「殿下。僕はやはり、朝廷での面倒事には向いていません。それに、蔭位《おんい》の制を使って政治に口出しするのはいつだって出来ますし、そうやって手に入れた力では、一部の八咫烏しかついて来ないと思っています」

急な話題の転換にも動じず、若宮は先を促した。

「では、どうする?」

「山内衆になります」

きっぱりとした言葉だった。

「あなたのお傍に伺候《しこう》するのなら、きっと力が必要になるでしょう。何より、もう二度と、あなたの足手まといにはなりたくありません」

それを聞いた若宮はふと笑んで、小首を傾げた。

「実力で私付きの山内衆になろうと思ったら、勁草院《けいそういん》で首席か、悪くても次席くらいにはなる必要があるぞ」

勁草院は、山内衆の養成所だ。

山内中から腕に覚えのある少年達が集められ、上級武官候補として、厳しい訓練がほどこされる。そこで優秀な成績を収めた者だけが山内衆として、宗家の護衛を務める事が許されるのである。

厳しい訓練を耐え抜いても、山内衆となれる者はごくわずかだ。

それが分かっているのかと暗に聞かれたのだが、雪哉は「心得ております」と迷わず答えた。

「自信があるのか」

「僕は、勝算のない勝負はいたしません」

言い切った雪哉に、気負いは全くなかった。

今までになく鋭く、強い眼差しで、雪哉は傍らに立つ男を見上げたのだった。

「長束さまのおっしゃった通りだった。あなたを守るという事は、すなわち僕の故郷を守るという事だ。あなたの大切なものと僕の大切なものは、最初から同じだったんです。山内を守るために、僕は僕の持っているものの全てを、あなたさまに捧げましょう」

おもむろに雪哉は膝を突くと、その場に深く頭を下げた。

「真の金烏陛下に、伏してお願い申し上げます。これより後、わたくし垂氷の雪哉は、この命尽き、体朽《く》ち果て、魂の最後の一片が消えて無くなるまで、あなたさまに忠誠を誓い申し上げます」

「ああ」

雪哉の言葉が終るのを待って、若宮はふと息を吐いた。そして、何気ない動作で片手を上げると、不意に、その腕だけ、翼に転化させたのだった。

若木が成長するように腕は伸び、指は引き伸ばされ、ざあっと音を立てて黒い羽が生えていく。艶《つや》やかな黒い翼を、若宮はそっと、地に伏せる雪哉にかざした。

「……いずれお前は、私の懐刀《ふところがたな》となるだろう。だが、私の臣下になったせいで、辛い思いも、苦しい思いも味わう事になると思う。必要になれば、お前を切り捨てる事だってあるかもしれないし、いつでもお前にとって、最良の主ではないかもしれない」

それでも構わないかと問われて、雪哉は「はい」と答えた。

「どうか、配下の末席に加えて下さい」

その言葉を待っていたと、そう言った真の金烏は満足げに——そして、どこか寂しげに笑ったのだった。

寛烏《かんう》八年、涼暮月《すずくれづき》の頃。

裏切り者の捕縛と侵入経路の閉鎖によって、人喰い猿の侵攻は収束を迎えた。

中央山に抜け道があった事態を受け、朝廷による大規模な調査が行われたが、新たにそれらしきものは発見されなかった。猿の正体を知り得ないまま、山内の八咫烏《やたがらす》達は、一応の安息を取り戻したのである。

翌年の春。垂氷《たるひ》の雪哉は宣言通り、勁草院《けいそういん》への入学を志願した。そして、猿の出現を受け、例年になく数の多かった候補生の中でも、優秀な成績で院生試験を突破したのである。

八咫烏が再び猿と相まみえるのは、それから約三年後の事であった。

装幀　関口信介

装画　苗村さとみ

本書は書き下ろしです

著者プロフィール

阿部智里
（あべ・ちさと）

1991年群馬県生まれ。早稲田大学文化構想学部卒業。
2012年『烏に単は似合わない』で松本清張賞を史上最年少受賞。
13年同じく八咫烏の世界を舞台に『烏は主を選ばない』を上梓。
「オール讀物」「小説すばる」ほかに短篇を発表。
14年早稲田大学大学院文学研究科に進学。

黄金《きん》の烏《からす》

二〇一四年七月二十日　第一刷発行

著　者　阿《あ》部《べ》智《ち》里《さと》
発行人　吉安　章
発行所　株式会社　文藝春秋
〒一〇二―八〇〇八
東京都千代田区紀尾井町三―二三
電話　〇三―三二六五―一二一一
印刷所　光邦
製本所　大口製本

Printed in Japan
ISBN 978-4-16-390095-7